D0683670

Mon cœur, tu penses à quoi ?

... à rien...

Du même auteur

Chez Plon

CHÉRI, TU M'ÉCOUTES ?

Chez Flammarion

VAS-Y, MAMAN ! roman.
DIX-JOURS-DE-RÊVE, roman.
QUI C'EST, CE GARÇON ? roman *(Prix du Livre de l'Été).*
C'EST QUOI, CE PETIT BOULOT ? roman.
OÙ SONT MES LUNETTES ? roman.
ARRÊTEZ DE PIQUER MES SOUS ! roman.
ARRÊTE TON CINÉMA ! *(Grand Prix de l'Humour).*
MAIS T'AS-TOUT-POUR-ÊTRE-HEUREUSE !

Chez Pierre Horay

DRÔLE DE SAHARA, roman. *Épuisé.*
VOGUE LA GONDOLE, roman. *Épuisé.*
LES PIEDS SUR LE BUREAU, roman *(Prix Courteline). Épuisé.*
SAINTE CHÉRIE, roman.
SAINTE CHÉRIE EN VACANCES, roman.

Éditions J'ai Lu

LES SAINTES CHÉRIES (nouvelle version).
VAS-Y, MAMAN !
DIX-JOURS-DE-RÊVE
QUI C'EST, CE GARÇON ?
C'EST QUOI, CE PETIT BOULOT ?
OÙ SONT MES LUNETTES ?
ARRÊTEZ DE PIQUER MES SOUS !
MAIS T'AS-TOUT-POUR-ÊTRE-HEUREUSE !

Éditions Pocket

CHÉRI, TU M'ÉCOUTES ?

Nicole de Buron

Mon cœur, tu penses à quoi ?

... à rien...

PLON

ISBN : 2.259.19236.X

« Voir un auteur après avoir lu son œuvre,
c'est comme voir une oie
après avoir mangé du foie gras. »

Citation de Je-Ne-Sais-Qui mais que j'adore.
N.B.

1

Quand l'Homme, l'air morne, l'œil vitreux comme celui d'un merlan vieux de trois jours, vous assure qu'il ne pense à rien, il ment.

En fait, des idées noires tourbillonnent dans sa tête comme des nuages d'orage dans un ciel auvergnat. Circonstance aggravante, il est rentré du bureau avant vous et se tient assis, raide, le menton dans la main, tel *Le Penseur* de Rodin qui aurait mal aux dents.

Votre devoir d'épouse légitime (ou de concubine, ou de pacsée) consiste à lui faire avouer d'urgence ce qui le tracasse. Puis à le consoler comme un petit garçon malheureux qu'il est.

Vous laissez donc tomber par terre, pif... paf... pouf..., tous les paquets que vous trimballez dans vos faibles bras y compris les cabas en plastique provenant de l'Hypermarché (les oranges s'éparpillent sur la moquette). Vous vous asseyez sur le bras du canapé où se tient votre martyr. Vous l'embrassez tendrement dans le cou, derrière l'oreille. On le sait : c'est l'un de vos endroits préférés.

— Dis-moi ce qui ne va pas, mon bébé.

— Riennnn..., grommelle votre mari.

— Tu es malade ?

— Nonnnn !

Aïe, c'est grave ! L'Homme adore se plaindre de sa santé au moindre bobo. Mais reste vaillant dans des circonstances plus graves. Virilité oblige.

Peut-être a-t-il enfin aperçu les quelques cheveux qui lui manquent sur le haut du crâne et forment une petite tonsure. Dont vous ne lui avez jamais parlé, bien sûr. Non, ce n'est pas ça. Votre salle de bains serait déjà encombrée de pilules, de crèmes, de capsules adhésives, de shampooings énergisants, de lotions diverses contre la calvitie. Y compris la mixture utilisée par la reine Nefertiti, à base de graisse de lion, d'hippopotame, de crocodile, de chat et de serpent.

— Tu as des ennuis au bureau ?

L'Homme retrouve subitement la parole.

— Ça ! Tu peux le dire ! explose-t-il.

Allons bon ! La complainte quasi quotidienne des emmerdements de l'époux dans son boulot vous assomme prodigieusement. Vous préférez encore les disputes d'argent au moment des impôts, chacun essayant de faire payer à l'autre la plus grosse part du lourd tribut réclamé par un Etat dilapidateur.

— Tu as eu de nouveau une discussion au sujet du bilan avec le président de la Holding ?

— Pire.

— Oh ! là ! là !

Vous ignorez complètement ce qu'est une (ou un ?) Holding. Les Bonnes Sœurs qui vous ont élevée ne vous ont pas appris à déchiffrer un bilan. Regrettable. Cela vous aurait été plus utile dans l'existence que *La Vie des Saints*, lue pendant le déjeuner — pris en silence — par une pensionnaire qui s'en foutait complètement (comme tout le monde). Quant au Grand Patron du Groupe Vidouze dont votre mari dirige les maisons d'édition, vous ne l'avez jamais vu, sinon une fois en photo dans un magazine où vous lui avez trouvé les lèvres pincées et l'air d'un petit cochon mécontent. Il règne à une adresse inconnue de vous depuis vos trente-trois ans de mariage (en fait trente-huit, car, un jour, votre époux et vous avez décidé ensemble de rajeunir toutes vos dates. Pour des raisons professionnelles. Dans notre douce France — pays où, paraît-il, il fait si bon vivre —, passé quarante-quatre ans et demi vous êtes « un vieux », pire qu'un lépreux au Moyen Age avec sa clochette. En trente-trois, trente-huit ans de vie commune, vous avez appris à faire semblant de comprendre le jargon financier de votre P-DG de mari, et même de vous y intéresser.

Silence tragique. Puis l'Homme se décide à avouer ce qu'il a sur le cœur :

— J'aurai cinquante-neuf ans la semaine prochaine. En vrai.

Ça, vous le savez. Depuis quinze jours vous préparez fébrilement et en douce, avec votre petite famille, une festivité royale pour le Grand Chef. Il adore les fêtes familiales. Surtout les siennes, parce qu'il aurait tendance à oublier les vôtres. Curieux, non ? Heureusement, vos filles veillent au grain. Donc, vous lui souhaitez d'abord son anniversaire, puis la Saint-Alexandre, ensuite le jour des Papas, et enfin une célébration que vous avez créée spécialement pour lui et qui l'enchante particulièrement : la Saint-Parfait (18 avril).

Le voyant si content, lors d'une réunion de la Ligue des Gonzesses, vous avez essayé de lancer la mode. A votre grand étonnement, vos copines vous ont huée.

— Tu es folle ! Nos bonshommes ont déjà beaucoup trop tendance à être contents d'eux ! Avec un truc comme cela, ils auront des têtes comme des pastèques !

Les cadeaux sont prêts. Fille Aînée et Monsieur Gendre n° 2 lui ont rapporté de Londres un gilet de soie blanche brodé, qui se révélera trop petit et reviendra à Monsieur Gendre n° 2 — Fille Aînée s'est bien débrouillée. Petite Chérie, toujours écolo, a rempli une fois de plus un carton d'objets provenant de la boutique Nature et Découvertes qui surprendront sûrement son papa : bougies Zen plus que Zen (?), coussin réchauffeur des cervicales de la nuque rempli de noyaux de cerises séchés au soleil (et ayant une curieuse odeur), réveil au son d'un ruisseau sautillant, etc. Matthias, lui, a fait imprimer un tee-shirt bleu pâle : « *Parlez-moi avec douceur* ». Émilie fabrique avec ardeur des bougies tordues avec la cire de vos abeilles de la Micoulette — que vous cacherez au grenier (les bougies, pas les abeilles !) avant qu'elles coulent sur votre jolie nappe blanche en organdi brodé. Attila a acheté — grâce à vos sous — un superbe chapeau en cuir australien, avec lequel son grand-père, déguisé en bushman, arpentera d'un pas mâle les bois de la Micoulette (gros inconvénient : à réimperméabiliser tous les ans — le chapeau, pas le grand-père !). Lilibelle va lui glisser un petit chèque pour s'offrir des carambars, comme s'il avait encore douze ans. Grand-Papa Jules, une pipe en écume de mer, bien que l'Homme ne fume pas (plus) et la refilera au coursier d'une de ses maisons d'édition, ancien quartier-maître dans la Royale, ravi. Quant à vous, vous avez creusé un trou profond dans vos économies pour donner à votre Seigneur et Maître la bicyclette électrique dont il rêve (à recharger tous les vingt-cinq kilomètres. Sera toujours en panne).

Reste à choisir le gâteau du festin. Discussion animée entre les partisans d'un énorme Saint-Honoré orné d'une grosse chandelle rouge et ceux d'un gigantesque Mamita au chocolat piqueté de cinquante-six (non ! non ! surtout pas cinquante-neuf !) petites bougies blanches. Vous changez d'avis tous les jours. Votre pâtissier en perd la tête.

Vous espérez que ce sera très gai.

Pour l'instant, vous vous appliquez à remonter le moral de votre malheureux époux.

— Cinquante-neuf ans... enfin, cinquante-six !... ce n'est pas vieux ! vous exclamez-vous. Tu es encore un jeune homme.

— Tu parles !

Vous n'hésitez pas à appuyer à fond sur l'accélérateur aux compliments.

— Tu es intelligent ! Tu bosses comme un fou ! Tu es beau ! Tu as plein d'humour ! Une famille qui t'aime ! Un job formidable !

— Justement ! gémit votre mari. Je suis viré.

Vous en restez le souffle coupé, la bouche ouverte.

— Comment ça, viré ? Tu as fait une connerie ?

L'Homme vous regarde avec indignation.

— Apprenez, Madame, que je ne fais jamais de conneries (mais oui, mon chéri ! bien sûr !). Simplement, au poste de Président des Editions que j'occupe dans cette saloperie de Groupe, on vous fout dehors avant soixante piges pour vous remplacer par un type de quarante ans, soi-disant bourré d'idées nouvelles, et qui va tout moderniser. On m'a donc fait comprendre poliment que mes sociétés allaient changer de politique, et que je devais de moi-même, bien gentiment, prendre ma préretraite. Bref, je suis flanqué à la porte comme un vieux débris.

C'est maintenant dans votre petite cervelle à vous que tourbillonnent les noirs nuages auvergnats. Quelle attitude adopter ? Pleurer avec votre époux qui adore son job — si, si, ça existe, les hommes qui sont fous de leur travail —, ou le réconforter ? Vous optez pour l'optimisme :

— Mais c'est formidable, mon chéri ! vous écriez-vous avec un enthousiasme (remarquablement feint). Toi qui te plains sans cesse de n'avoir jamais le temps de faire le quart de ce que tu voudrais faire dans la vie, tu vas être libre.

— Libre de quoi ?

— Ben... heu... par exemple... d'écrire un livre !

— Quel livre ?

— Celui de ta vie. Tu dis toujours que tu as eu une vie passionnante.

— Ma vie est foutue.

— Non, non, mon bébé ! Une deuxième existence s'ouvre devant toi où tu pourras... heu... lire tout ton saoul.

— Sûrement pas ! J'en ai marre de cette littérature actuelle, sinistre et déprimante, qui ne parle que de culs tristes.

— Alors, voyager !

— Ras le bol des voyages ! Je me suis assez déplacé pour mes affaires, dans des avions bourrés de Japonais à moitié ivres, d'émirs arabes ronfleurs, et surtout de groupes de vieux retraités agités et volubiles.

— On pourrait faire le tour du monde, tous les deux, en goélette... dès que j'aurai fini d'écrire mon bouquin, naturellement.

— Je n'ai jamais tenu une voile ni un gouvernail de ma vie.

— On engagerait un skipper, plus un matelot pour cuisiner et servir des punchs aux sept-rhums, qu'on boirait sur le pont, le soir, en regardant le soleil se coucher.

L'Homme paraît un peu ragaillardi. Puis se rembrunit.

— Ouais. Peut-être. Voilà six mois, peut-être un an, d'occupés. Mais après ? Je suis trop âgé, paraît-il, pour trouver un autre job. (Ton haineux.) Il n'y a de place, maintenant, que pour les quadras.

— Et pourquoi ne pas élever des chevaux à la Micoulette ?

— Pas rentable. Je ne veux pas dilapider ma belle prime de départ ni les *stock-options* * que le conseil d'administration de la Holding m'a données et qui sont ma seule consolation dans ce drame, tout cela pour bouchonner des canassons idiots (ô mânes de votre cher papa, colonel de cavalerie et ancien cadre noir de Saumur, pardon ** !). Et puis je suis trop fatigué pour commencer une nouvelle carrière de cow-boy.

— Arrête ta crise de jeunisme ! Qui est-ce qui nous gouverne ? Des vieux ! Rien que des vieux ! Mitterrand a été président de la République jusqu'à soixante-dix-neuf ans. L'actuel a soixante-huit ans. Dix-sept pour cent des sénateurs ont entre soixante et onze et quatre-vingts ans, et un pour cent plus de quatre-vingts berges. Le plus âgé, le comte de Montalembert, a tenu le coup jusqu'à quatre-vingt-quinze ans. Fais de la politique. Tu seras le premier centenaire.

* Malgré les longues explications de votre cher banquier, vous n'avez pas compris de quoi il s'agissait. Sinon de sous. C'est le principal, non ?

** Encore que la plaisanterie préférée du cher homme était : « Si tu es intelligent, sois cavalier, tu seras le seul ! »

Une lueur intéressée passe dans les yeux de l'Amour-de-votre-Vie.

— Oui, pourquoi pas ? marmonne-t-il d'un ton brusquement rêveur.

— Tu les quittes quand, tes sociétés de merde ?

— Dans une quinzaine de jours. Le temps de mettre Zopardi, mon successeur, au courant des principaux problèmes. Enfin, de faire semblant... Il n'y a pas de raison que cet enfant de salaud — qui magouille depuis deux ans pour prendre ma place — profite du mal que je me suis donné.

L'éducation des Bonnes Sœurs a laissé en vous une petite — très petite — trace d'amour chrétien (« Si on te frappe sur la joue droite, tends la joue gauche », quoique vous n'ayez jamais connu quelqu'un qui ait agi ainsi...).

— ... pas très sympa, ça !

— Qu'est-ce que tu crois ? On vit dans un monde de crabes. Si tu avais vu le bordel dans lequel Bromencourt, le P-DG avant moi — tu sais, le mec qui avait de longs poils frisés sortant des oreilles — m'avait laissé les affaires... J'ai dû me défoncer trois mois pour remettre les choses en ordre.

Vous vous foutez complètement de Bromencourt et de Zopardi. Vous continuez votre campagne de publicité pour un avenir radieux, accompagnée d'une complimenthérapie d'enfer. Vous chantonnez :

— Tout Paris sait que tu es un type remarquable, un grand patron de choc. Tu vas avoir plein de propositions formidables. Et des conseils d'administration tous les jours ! Mais il faut commencer par te reposer, enfin quelque temps...

L'Homme fronce les sourcils. Allons bon, vous avez gaffé.

— Je ne suis pas du tout fatigué, grogne-t-il sèchement. Je me sens en pleine forme.

— Oui, mon amour.

Ce n'est pas ce que cet individu déclarait à l'instant ni tous les soirs en rentrant du bureau.

— Je ne t'ai pas tout dit. Fini la voiture de fonction et le chauffeur.

— Ah, merde ! glapissez-vous. Tu es obligé de les rendre ?

Votre époux hoche tristement la tête.

C'est à votre tour d'être effondrée (égoïstement).

Adieu l'un des petits plaisirs délicieux que la vie vous a offerts pendant quelques années ! Plusieurs après-midi par mois, vous délaissiez votre vieille Fiat noire cabossée pour emprunter la belle Safrane bleu marine de votre P-DG de mari, conduite par son gentil et élégant chauffeur sénégalais, Ya-Ya. Et vous voilà partis, tous les deux, à travers Paris, vous béatement installée à l'arrière de votre luxueuse limousine, une liste de courses diverses et de rendez-vous à la main. (On sait que vous êtes une adepte fanatique de la liste, première chose que vous écrivez le matin avant de l'égarer dans la journée.) Outre que vous faites en trois heures les achats d'une ou deux semaines, vous vous prenez pour une star. Vous portez même, pour l'occasion, des lunettes noires avec lesquelles vous ne voyez rien, mais tant pis. C'est la marque des célébrités. Vous adorez bavarder avec Ya-Ya qui a six filles au Sénégal, mais qui, têtu, continue tous les ans, pendant ses vacances, à engendrer des demoiselles jusqu'à ce qu'il obtienne un Fils.

Arrivés à votre premier rendez-vous, Ya-Ya se précipite pour vous ouvrir la portière en s'inclinant avec un large sourire. Il vous attend ensuite patiemment pendant que vous poussez des hurlements chez le dentiste qui vous soigne depuis trente ans et vous fait de plus en plus mal. Un jour, vous le lui avez fait remarquer. « Plus je vieillis, plus j'aime faire souffrir », vous a-t-il répondu gaiement.

Puis vous allez inspecter d'un air hautain les élégantes boutiques de l'avenue Montaigne, du faubourg Saint-Honoré ou de Saint-Germain-des-Prés, où vous déclarez à voix haute que tout est trop cher, et que la collection de sacs de cette année est ratée. Vous prenez un vilain plaisir à voir la tête scandalisée des petites vendeuses snobs qui n'osent rien vous répliquer (elles ont vu la voiture et le chauffeur et vous prennent pour une VIP (Vieille Importante Personne). Elles vous ont assez humiliée, au temps où vous étiez plus jeune, très fauchée et rondelette. C'est votre revanche sur leur mine arrogante d'alors, leur soupir exaspéré, leur regard ironique : « Oh, Madame ! Ici nous ne dépassons pas la taille 38 » (sous-entendu : « Tu t'es vue, grosse vache ? »). Maintenant que vous avez plus de sous, vous n'achetez pas grand-chose non plus. Vous avez été trop pauvre pour dépenser de bon cœur deux fois le SMIG pour une paire de chaussures, modèle Dumas.

Parfois, vous aller porter des chocolats à votre chère belle-mère, Lilibelle, et son contre-amiral de mari, qui, tous les deux, en raffolent, ainsi que de Ya-Ya qui raconte merveilleusement bien les contes de son pays.

Bref, la balade en Safrane avec chauffeur est votre récréation.

Sauf le jour où vous vous êtes rendue, dans votre somptueux carrosse, chez Ikéa, en banlieue nord, pour acheter un canapé-lit très bon marché destiné à la maison des Vendangeurs de la Micoulette. Des dizaines de regards populaires vous foudroyèrent : « Qu'est-ce qu'elle fout ici, celle-là, avec sa bagnole de luxe et son chauffeur nègre ! »... « Pour qui elle se prend ? Saleté de riche ! »

Pan, pan ! Des coups de pied dans les portières de la voiture de fonction de votre P-DG de mari.

— Cher Ya-Ya, avez-vous remarqué dignement, je crois que nous ferions mieux de rentrer au siège de la société, avant que la Safrane ne soit toute cabossée.

— Comme Madame voudra, mais je suis un guerrier Ouolof, et je peux très bien écraser d'abord quelques-uns de ces cons merdeux.

Ya-Ya, élevé par les Pères Blancs, parlait très bien français, comme l'on voit.

Le fantôme de la tête de la princesse de Lamballe au bout d'une pique passa devant vos yeux. Vous préférâtes rentrer à Neuilly.

A part ce léger incident, vous raffoliez de ces exquis petits bonheurs fastueux qui vont vous être arrachés.

A moins que, vous aussi, vous vous lanciez dans la politique. Et que vous deveniez ministre. Vous vous voyez très bien en Ministre Inspectrice des Autres ministres. Débarquant à l'aube dans leur bureau pour vous assurer qu'ils sont déjà à leur boulot comme tous les contribuables français. Et non en train de petit-déjeuner au Plazza ou au George-V en papotant avec d'autres personnalités politiques. Vous aimeriez vérifier férocement leurs notes de frais. Surtout de restaurant : interdit les bouteilles de château-petrus 1961 à quarante mille francs la bouteille à la Tour d'Argent (si, si ! quarante mille francs !). Punition : remboursement immédiat, et un mois au pain sec et à l'eau. Examen minutieux des prétendus voyages officiels à l'île Maurice avec femme, enfants et belle-mère, par Air-France/Espace 180 (super première classe), billets payés par les impôts des contribuables tassés à l'arrière, en classe économique. Punition : interdiction de prendre l'avion pendant cinq ans, uniquement le train, le tracteur, le bateau à rames style d'Abboville, la charrette à bœufs (il y en a encore dans nos campagnes), éventuellement un vieux véhicule d'avant-guerre (sans chauffeur, bien sûr), et même le stop.

Vous vous imaginez très bien en compagnie de toutes les autres Mesdames les ministres (vues à la télé), dans la cour de l'Élysée, sortant, l'air triomphant, de leurs Safrane noires de fonction, jupes remontées haut sur leurs cuissots *. Peut-être même seriez-vous la première femme élue président de la République (ça viendra ! Si ce n'est vous, ce sera votre petite sœur), et vous obligeriez la ministre de l'Environnement à venir au Conseil des ministres en vélo au lieu de tenir de grands discours sur la pollution de ces saloperies de bagnoles *des autres*.

Puisque vous êtes sur la voie des aveux, vous devez

* *Cuissot* : cuisse de gros gibier. *Cuisseau* : partie de cuisse de veau (*aux lectrices de choisir*).

confesser une autre méchante petite envie : un macaron tricolore sur votre pare-brise qui préviendrait les manants alentour — et surtout les gendarmes distributeurs de contraventions — du passage d'une personnalité importante. Comment faire pour en obtenir un ? Vous l'avez demandé à monsieur Confoulens, le charmant maire de votre petit village, qui en a un collé sur sa vieille Renault verte. Il vous a alors révélé que, tout maire qu'il était, il n'avait pas le droit d'agrémenter son vétuste véhicule ni son tracteur du fameux macaron, objet de vos désirs et des siens. Les gendarmes l'avaient même interpellé sèchement : il pouvait se mettre son macaron où il voulait, mais pas sur son pare-brise. Furieux, il avait alors décidé de ne plus se représenter comme maire. Mais huit jours plus tard, monsieur Confoulens était nommé président de l'équipe de rugby à treize de Castelbrac. Du coup la maréchaussée avait arrêté de l'embêter avec son macaron tricolore — qu'il n'avait pas enlevé de son pare-brise. Ah mais ! on est têtu chez nos paysans — et le saluaient au passage avec de grands sourires. Ce qui ne risque pas de vous arriver, hélas, car vous ignorez absolument tout du rugby (les Bonnes Sœurs ne vous ayant appris que la balle au camp).

Si jamais un député parcourt ce modeste livre — ce dont vous doutez, car vous croyez savoir que nos élus ne lisent que leurs discours écrits par un « nègre », ou les articles de journaux parlant d'eux et découpés par leur service de presse. Mais sait-on jamais ? Peut-être ont-ils une gentille femme qui plaiderait en votre faveur ? —, vous promettez alors de voter pour son époux. D'accord, cela ne représente pas grand-chose, mais les petits ruisseaux font les grandes rivières.

— Il y a encore plus catastrophique que la disparition de la Safrane et de Ya-Ya, reprit l'Homme d'une voix dramatique. Il faut rendre également l'appartement.

Vous poussez carrément un chapelet de jurons. MERDE — RE-MERDE — PUTAIN DE MERDE —

BORDEL DE MERDE. Et encore MERDE DE MERDE.

— Vous vous exprimez très vulgairement, Madame ! ricane votre époux. Du reste, votre chère amie, la comtesse Marguerite des Coustals de Cabardès, vous le reproche assez. Elle vous l'a même écrit.

— D'accord, Margot est snob. Mais d'abord comment le sais-tu ? Tu fouilles mon courrier maintenant ?

— Tu crois que je ne sais pas que tu en fais autant avec le mien ?

Vous détournez vite la conversation.

— Eh bien ! à l'avenir, je dirai « merde » dans toutes les langues étrangères que personne ne comprendra et on me foutra la paix.

— Tu fais ce que tu veux (tiens, vous ne vous en étiez jamais aperçue). Mais pour l'instant, il faut que nous parlions de cette histoire d'appartement.

Du coup, une immense chape de tristesse vous tombe dessus.

— Tu es sûr qu'on doit s'en aller ?

— Hé oui ! Tu le sais bien. C'est un logement de fonction. On a trois mois pour se tirer.

Vous manquez d'éclater en sanglots.

— J'adorais cet endroit, bramez-vous.

Votre époux est ému par votre désespoir.

— Mais on va t'en trouver un autre encore mieux, ma Titine. Plus petit, bien sûr, puisque nos filles sont parties. Mais cette fois, on va l'acheter avec ma belle prime de départ. Pour nos vieux jours. Moi, je suis ravi de changer. Je commençais à en avoir marre du quartier. Alors hop ! on déménage en quatrième vitesse et on commence une nouvelle vie, comme tu le dis si bien.

Vous n'êtes plus du tout aussi enthousiaste.

— Au dernier déménagement, tu as prétexté un voyage d'affaires en Asie, et qui c'est qui s'est tapé tout le boulot ? Ma pomme ! rappelez-vous, boudeuse.

— Bon ! Bon ! Cette fois, je serai là, marmonne votre mari, gêné, et c'est moi qui m'occuperai de tout.

Vous n'en croyez pas un mot. L'Amour-de-votre-Vie possède un superbe QI d'intellectuel mais aucun talent pour les travaux pratiques. Pour planter un clou, il réquisitionne toute la maisonnée et finit aux Urgences de l'hôpital, le doigt écrasé. Si vous le laissez agir, vous devrez racheter la moitié de la vaisselle et mettre à la poubelle les verres de Murano légués par votre papa (ce n'est pas parce qu'ils ne servent à rien depuis dix-sept ans dans le haut de l'armoire que vous n'y tenez pas).

L'Homme se lève :

— Tiens, pour nous consoler, on va ouvrir une bouteille de Blanquette de Limoux et boire à notre avenir !

— Wouahououou !

— Juste un détail, déclare le père de vos enfants d'un ton ferme, préviens toute la famille, y compris le nouveau-né de Fille Aînée, que le premier qui prononcera le mot RETRAITE prendra ma main dans la gueule. Je ne prends pas ma retraite. Je change simplement d'activité.

— Oui, mon beau Seigneur.

2

La nuit était d'encre. Gisèle, le visage encore bandé, sortit dans son petit jardin de quatre cent cinquante mètres carrés pour déplier les volets de la porte-fenêtre et la refermer. Deux mains gantées de noir entourèrent son cou fragile et commencèrent à l'étrangler. Elle tenta de crier mais son hurlement fut vite étouffé.

Une silhouette cagoulée gronda quelques mots incompréhensibles.

Gisèle se mit à trembler. Elle allait mourir.

Son agresseur était sûrement le Tueur cannibale qui hantait Paris depuis trois ans et avait déjà assassiné, violé et mutilé cinq jeunes femmes. Dont il tranchait à la hache la main droite en guise de « signature ». La rumeur ajoutait qu'il découpait ensuite des morceaux de chair fraîche — surtout les seins — qu'il dégustait grillés à l'ail.

Vous vous arrêtez d'écrire, le Bic en l'air. Eh oui ! vous griffonnez encore vos brouillons à la main ; votre gentil mari — qui est fou de gadgets — vous a pourtant donné treize machines à écrire de plus en plus modernes dont vous ne vous êtes jamais servi (elles vieillissent sous votre immense table de travail), fidèle à votre chère Olivetti 1930. Il vous a même offert, l'année dernière, un ordinateur avec imprimante, que vous n'avez jamais réussi à ouvrir. Vous êtes une demeurée de la technologie contemporaine.

Pour en revenir à cette histoire de grillade de seins,

vous craignez que l'ail ne fasse pas sérieux et enlève de l'épouvante à l'atmosphère du roman policier que vous êtes en train de rédiger. Votre éditeur vous l'a bien recommandé : beaucoup de violence, des tortures abominables, et du sang, du sang, du sang partout. « Plus c'est horrible, mieux ça se vend », avait-il ajouté en vous conseillant de parcourir Mac Elroy. On voit bien qu'il n'a pas lu les mémoires de guerre de votre papa * dont certaines scènes sont tellement abominables (et vraies, elles) que quelqu'un ne connaissant pas l'auteur ne pouvait se douter qu'il possédait aussi un humour ravageur.

Grâce à quoi, depuis trois jours, c'est vous qui stressez. Vous avez des cauchemars atroces de têtes décapitées dansant sur votre lit. De guirlandes de doigts se balançant au plafond comme des saucisses sanglantes. D'intestins puants enroulés autour de votre cou (torture turque) ! Vous poussez des hurlements qui réveillent votre époux affolé et vos voisins terrorisés.

Vous décidez de remplacer les seins grillés à l'ail par des yeux gobés comme des huîtres, comme dans le fameux roman de Malaparte, *Kaputt*.

Et de jeter le reste dans la Seine.

La porte de votre bureau s'ouvre doucement en grinçant.

Vous sursautez.

Au secours ! Le Tueur cannibale vient se venger sur vous !

Non.

Ce n'est que l'Amour-de-votre-Vie, sortant ébouriffé de son lit, dans son tee-shirt préféré marqué « Nuit câline », ses fesses rondes et poilues à l'air que vous adorez tapoter, et bâillant comme un crocodile (vous en profitez, comme d'habitude, pour inspecter sa gorge : pas d'angine).

— Tu ne m'as pas réveillé ce matin, vous reproche-t-il.

* *Un bipède galonné* d'André de Buron (La Table Ronde).

— Tu te rappelles ? A partir d'aujourd'hui tu ne vas plus au bureau. J'ai jugé inutile de te jeter à bas de ton lit dès l'aube.

— Je ne suis pas gâteux.

— Non, bien sûr, mon amour, vous écriez-vous tendrement, tout en vous demandant si, au lieu de gober les yeux de Gisèle, ce ne serait pas plus original que le Tueur cannibale découpe deux beaux morceaux de fesse pour en faire du filet en croûte aux cèpes. Un Tueur cannibale gastronome, ça pourrait être amusant, non ?

— Qu'est-ce que tu fais ? demande l'Homme qui a senti que votre esprit vagabondait loin de lui.

— Je travaille.

Votre époux paraît surpris :

— A quoi ?

— Comment ça, à quoi ? A un livre, comme tous les matins depuis trente ans !

Mais depuis trente ans, votre macho personnel considère — comme beaucoup d'hommes et même de critiques littéraires — que vos exercices d'écriture relèvent d'activités féminines un peu frivoles comme la broderie ou le dessin au pastel.

Ce matin, ô miracle, il fait un effort :

— Et c'est quoi, ton bouquin ?

— Un polar.

— Épatant ! s'exclame votre Seigneur et Maître d'un ton lointain.

Il doit s'ennuyer diablement pour faire mine de s'intéresser à votre œuvre qu'il ne lit jamais. Sauf votre dernier roman qu'il a commenté d'un air surpris : « Tiens, ce n'est pas mal du tout ! »

Il re-bâille (toujours pas d'angine). Finit par avouer piteusement :

— Je ne sais pas quoi faire.

Le pauvre chéri s'embête vraiment.

Et, pour se distraire, vient vous emmerder à votre tour.

Tchié * !

* « Merde » en japonais.

Les copines vous avaient prévenue.

ANAÏS : Ma pauvre chérie, je te plains. Un homme qui n'a pas préparé sa retraite est un véritable calvaire ! Pire qu'un môme de cinq ans qui traînasse en pleurnichant : « Maman ! Je m'enquiquiiiine ! A quoi je peux jouer ? »

ISA : Moi, ce que j'ai eu le plus de mal à supporter, c'est de vivre brusquement avec un monsieur que je n'avais pas tellement vu à la maison pendant de longues années. C'était, lui aussi, un dingue de travail. Et de découvrir un autre mec que celui que j'avais épousé. Qui, en plus, était toujours dans mes pattes.

SALOMÉ : Le mien aussi me suit partout et commente le moindre de mes gestes : « Qu'est-ce que tu prépares pour le déjeuner ? »... « Et pour le dîner ? »... « Pourquoi tu mets de l'eau dans une si grande casserole ? »... « Ça fait vingt minutes que tu es enfermée aux chiottes ! Tu lis ? »... « Tu lis quoi ? »... « Tu as pensé à arroser les fleurs du balcon ? Elles vont sécher » (mais il ne propose pas de le faire lui-même). Bref, il me rend folle.

BÉATRICE : J'ai été tellement déboussolée, agacée, exaspérée, que j'ai songé à divorcer. A la place, j'ai repris mes études d'architecture. Et lui, il s'est plongé dans la généalogie de sa famille. Finalement, on est plus heureux qu'avant, mais on a frôlé le désastre.

GUILLEMETTE : Au début, ça s'est bien passé parce que je travaillais encore. Je partais le matin à 7 heures à l'hôpital, et je rentrais le soir à 7 heures. Pour trouver mon bonhomme qui était resté écroulé devant la télé toute la journée, qui n'avait naturellement pas eu l'idée de préparer le dîner ni même d'acheter du pain. Il me faisait des scènes pour que je m'arrête, moi aussi, de bosser et que je regarde les films avec lui : « Ça me fout le cafard d'avoir personne pour en discuter après. » Seulement j'adore mon boulot d'infirmière. On a fini par se séparer.

LUCIE : Mon mec à moi, il est devenu fou de jalousie parce que je dirigeais une société de cosmétiques que j'avais créée. Et que lui était comme un toxico en manque de pouvoir. Évidemment, avant, il régentait une compagnie d'assurances de deux mille personnes. Et soudain, pfuttt, il ne lui restait plus qu'une demi-femme de ménage à commander, plus un petit morceau d'épouse. En outre, au début j'ai fait la bêtise, pour le distraire, de l'emmener à des cocktails professionnels où tout le monde l'appelait par mon nom de jeune fille que j'avais gardé. Il avait horreur de cela. Une attaque à sa Glorieuse Importance de Chef de Famille. Il s'est tapé une déprime. Alors j'ai créé une deuxième société à son nom pour la distribution de mes produits, qu'il administre sans que je m'en mêle. Il est heureux comme tout... et moi tranquille. Ouf !

Seule Anne gardait un bon souvenir de cette période.

ANNE : Mon mari était directeur à la Société Générale dont le président était monsieur Laurain, un type fabuleux. Lorsqu'il mettait à la retraite un cadre supérieur, il lui conservait sa voiture et son chauffeur sous prétexte qu'il avait perdu l'habitude de conduire et qu'il risquait d'écraser des enfants à la sortie des écoles. Il lui gardait même un bureau pour aller lire son journal et faire ses mots croisés sans casser les pieds de sa femme.

Vous, la perspective qui vous terrorise le plus, outre d'être dérangée dans votre travail, est de préparer un vrai déjeuner. Comme l'on sait, vous détestez faire la cuisine, et vous profitez des jours où vous n'allez pas au restau bavarder avec une copine pour avaler, debout, en écoutant les titres du Journal télévisé de 13 heures, un grand bol de fromage blanc 0 % de matières grasses, mélangé à un yaourt aux fruits également 0 % de matières grasses (préparation : trente secondes). Ou, plus rapide encore : une canette de Slim Fast (régime au chocolat maigre et lait écrémé, préparation : cinq secondes pour décapsuler). Ensuite, un café (eau bouillante, une cuiller de Nescafé, trois sucrettes) prêt en douze secondes.

Pour le dîner, si vous êtes seule, en particulier à la Micoulette, vous dégustez, toujours en compagnie du JT, mais cette fois de 20 heures, une coquille Saint-Jacques surgelée Agrigel (4 minutes 1/2 au micro-ondes) dont vous partagez la crème avec Melchior qui l'adore. Dessert : une banane. Eh hop ! au lit avec un bon bouquin.

Tandis que, maintenant, c'est un vrai repas qu'il va vous falloir envisager pour l'Homme. En tout cas, pour le déjeuner, soit une demi-heure/trois quarts d'heure de perdus dans votre planning quotidien — Palmira, la femme de ménage portugaise, ne venant pas travailler le matin.

Vous avez beau être féministe, vous savez que c'est à l'épouse de :

1°) Dégoter une idée de déjeuner autre que le jambon-nouilles. Vous ne trouvez pas.

2°) De faire cuire les pâtes sans oublier le sel.

3°) De mettre le couvert. Votre époux refuse de le faire depuis l'âge de dix ans, paraît-il.

Vous vous demandez si les « chiennes de garde » popotent, elles aussi, pour leurs mecs. Sinon, vous allez les rejoindre.

Vos copines étaient d'accord sur deux points. Premièrement : il était quand même mille fois préférable de chouchouter un préretraité malheureux mais riche qu'un chômeur désespéré et fauché. Deuxièmement : il revenait à la Femme, de nature plus prévoyante depuis le Néanderthal, d'envisager toutes sortes d'activités pour l'Homme s'il n'avait pensé à rien (cas banal).

Vous avez donc dressé en douce une petite liste et vous proposez à votre époux égaré diverses occupations :

... Du jogging, comme si c'était samedi ?

— Tout seul ? Pas marrant ! En fin de semaine, il y a les copains et on rigole.

... Une partie de tennis avec le moniteur ?

— Tu rêves, il faut le retenir un mois à l'avance.

... Un saut à la piscine ?

— On est mercredi, la piscine doit grouiller de monde, et surtout d'enfants des écoles qui crient et font pipi dans l'eau.

... Un tour à la Fnac, ou chez monsieur Bertrand, votre cher libraire, rue Poncelet, pour acheter un kilo de romans américains. Vous avez découpé quelques bonnes critiques dans la masse des magazines que vous dévorez tous les après-midi.

— La Fnac n'ouvre qu'à 10 heures, remarque l'Homme aigrement, et il est 8 heures du matin.

— Tu peux attendre au bistrot d'en face en buvant un expresso et en parcourant les journaux.

— J'ai déjà bu deux cafés au réveil en lisant *Le Figaro* qu'un type a jeté contre la porte d'entrée (vlan !) à 6 h 17 du matin, et *Libération* qu'un deuxième mec a également jeté contre la porte (re-vlan !) mais à 6 h 43.

Mierda * ! Vous êtes arrivée au bout de vos suggestions pour la matinée.

Vous commencez à être sérieusement agacée. Le sort de Gisèle vous tracasse dans un coin de votre cervelle (*ne pas oublier de la faire violer par le Tueur cannibale*), plus que de trouver une activité pour votre petit garçon de mari. D'accord, ce n'est pas gentil. Mais chacun a ses manies. Vous, depuis trente ans, vous êtes, dès 5 heures du matin, dans votre tenue de combat (vieille robe de chambre en laine des Pyrénées rose et rapée, dans laquelle vous désirez être incinérée si elle n'est pas tombée en morceaux avant, grosses chaussettes irlandaises entortillées autour de vos chevilles, charentaises éculées prétendument antirhumatismales, qui ont indigné l'Homme jusqu'au jour où vous lui avez révélé que Greta Garbo, l'une des plus grandes stars du

* « Merde » en espagnol.

cinéma, ne quittait jamais les siennes de charentaises, même sur les plateaux de tournage. Ne les ôtant que pour jouer dans des plans où l'on voyait éventuellement ses pieds). Après un bisou à Melchior enfoui dans le grand carton jaune où vous entassez en vrac les papiers de la BNP (auxquels vous ne comprenez rien et que vous ne lisez même pas ; vous faites confiance — exceptionnellement — à votre cher monsieur L. qui s'occupe de vos sous), vous entrez dans un autre monde que ni l'Homme ni votre petite tribu ne connaît. Et où vous détestez qu'on vous dérange avant midi.

Vous dites n'importe quoi.

— Pourquoi n'irais-tu pas faire les courses à l'Hypermarché ? suggérez-vous, vaguement, à votre ex-grand-P-DG d'époux. (*Le Tueur cannibale va-t-il violer Gisèle avant ou après l'avoir tuée ?*)

A votre totale stupéfaction, l'Homme prend un air ravi.

— Bonne idée... Très amusant... Je ne suis jamais entré dans un Hypermarché.

Ça, vous savez.

— Je vais te donner la liste des achats et un plan des rayons. Tu veux les clés de ma voiture ? (*Le Tueur cannibale violera Gisèle morte. Plus pervers, non ?*)

— OK, mais pas ton caddy. Ça fait vieille mémère.

Vous vous exclamez, furieuse :

— Je te remercie ! Je m'en sers tous les jours, et je ne me sens pas « vieille mémère » pour autant !

— Mais vous, Madame, vous avez encore l'air d'une jeune fille ! s'écrie tendrement votre mari en se penchant pour vous embrasser le bout du nez.

Vous restez baba.

Voilà bien longtemps que l'Homme ne vous avait pas adressé, dès le matin, une phrase aussi gentille. Serait-ce l'effet de la « .... * » ? Ou de votre complimenthérapie ? Vous enchaînez :

* Mot censuré : « retraite ».

— Et vous, mon beau Seigneur, vous avez le teint frais d'un jouvenceau.

— Poufff ! gazouille l'Amour-de-votre-Vie, d'un air dégagé.

Mais vous voyez à ses yeux pétillants qu'il est tout content.

Une heure plus tard, douche prise et troisième café avalé, en tenue sport, le Chef de la Tribu part en expédition à l'Hypermarché. Il a enfoui le plan et la liste des courses dans sa poche droite. Dans sa main gauche, il tient sa serviette de bureau en cuir somptueux de Vuitton, dont il compte se servir comme cabas. Vous ne faites aucune remarque du style : « Les cinq kilos de pommes de terre nouvelles ne tiendront jamais là-dedans. » Vous verrez bien. Il vous quitte du pas conquérant d'un explorateur du désert de Gobi.

— Tu crois qu'il va s'en sortir ? demandez-vous à Melchior, toujours blotti dans les papiers de la BNP.

Il ouvre un œil vert pâle.

— Non, répond-il fermement.

Et il se rendort.

3

L'Homme pénètre, au volant de votre brave vieille Fiat noire, dans le parking de l'Hypermarché. Première surprise : il est bourré d'automobiles jusqu'à l'horizon. Votre cher mari ne se doutait pas que tant de ménagères à quatre roues se livraient à tellement d'achats.

A force de tourner en rond, il finit par trouver une petite place où votre voiture se glisse juste. Arrivera-t-il à ouvrir sa portière et à se faufiler au-dehors, en rentrant le ventre et en se tortillant comme une couleuvre ? Oui. Aux dépens d'un bouton de la poche de son blouson à moitié arraché par la poignée de la Renault d'à côté dont la conductrice est en train de s'enfuir après avoir déposé une bouteille de lait sur le toit de sa Clio. L'Homme est étonné, mais galant. Il court après la distraite.

— Madame ! Madame ! Vous oubliez votre bouteille de lait sur le toit de votre voiture !

La dame se retourne, amusée :

— Mais non. Je la laisse exprès, comme balise, pour retrouver ma bagnole dans ce fouillis de tôles, quand je ressortirai tout à l'heure de l'Hyper.

— Ah ! Très malin ! Très malin ! s'exclame votre époux. Mais on ne vous la vole jamais ?

— Pas grave. Ce n'est pas du lait qu'il y a dedans, mais de l'eau sale de l'aquarium de mon fils.

L'Homme est épaté : les femmes trouvent de ces

trucs dont leurs P-DG de maris n'auraient jamais eu l'idée.

La jeune femme à la bouteille de lait est en train de s'emparer d'un caddy au bout d'une file à l'extérieur du magasin. Votre époux décide d'en faire autant finalement — il ne vous l'avouera pas, c'est tout. Facile. Il suffit de glisser une pièce de dix francs dans une fente dissimulée dans l'engin et de le décrocher de la procession. Hélas, l'Homme a beau fouiller les poches de son blouson et de son pantalon, il n'y trouve aucune pièce de dix francs. Il regarde autour de lui. Pas le moindre changeur de monnaie à l'horizon. Incroyable, ça, par ces temps modernes ! Et d'abord, pourquoi faut-il mettre dix francs dans cette saloperie de chariot ? Dans tous les aéroports du monde, ce service est gratuit. Il se propose d'écrire une note à ce sujet au P-DG qu'il a dû rencontrer dans des réunions patronales. En attendant, il ne va pas se laisser décourager dès le début, non ? D'autant plus que l'attend à la maison une moqueuse petite souris blanche (vous).

Il aperçoit alors, derrière l'immense vitre de l'Hyper, une haie de caisses, de caissières qui s'agitent, de clientes qui manipulent leurs achats dans tous les sens, de caddies qui se heurtent, de pièces de monnaie qui roulent, de dames qui attendent en bâillant. Armé de son sourire qui a fait tourner la tête à bien des secrétaires (et à vous aussi), votre époux va demander à la caissière la plus proche (une jeune et jolie beurette) la monnaie d'un billet de deux cents francs en pièces de dix francs.

— ... j'ai pas ! marmonne la petite créature sans arrêter de piquer, à une allure vertigineuse, des boîtes à sa droite qu'elle jette à sa gauche, après les avoir présentées à une drôle de machine automatique (dite « la douchette ») posée devant elle.

— Et où puis-je en trouver ? demande alors avec une voix de miel l'Homme, pourtant peu habitué à être traité aussi cavalièrement.

— ... Caisse centrale.

— Ah bon ! Et où est-elle, cette Caisse centrale ?

— ... au centre du magasin, tiens ! grogne la jolie beurette, agacée (on a parfois affaire, dans les grandes surfaces, à des types complètement crétins !).

Une demi-heure plus tard, votre Seigneur et Maître a déniché la Caisse centrale, fait la queue pour obtenir sa monnaie, est ressorti du magasin pour retrouver la file des caddies, a essayé d'introduire une de ses pièces de dix francs dans la fente du premier chariot. Sans y réussir. Rien à faire. La pièce de dix francs refuse énergiquement de pénétrer dans la fente. Jusqu'à ce qu'un petit garçon de quatre-cinq ans qui accompagne une ménagère de plus de cinquante ans (une de celles qui ne présentent aucun intérêt pour les « décideurs » de la télé et dont vous faites partie) lui arrache tranquillement des mains la pièce diabolique et la glisse sans problème dans une deuxième fente que l'Homme n'avait pas remarquée, de l'autre côté du caddy.

— Merci, mon petit bonhomme, sourit l'Homme, tu es un lion.

Le petit garçon hoche la tête et s'éloigne avec sa grand-mère qui, exaspérée d'avoir attendu, grommelle :

— Les Hypers devraient être interdits aux hommes.

— Mais, moi aussi, je suis un homme, fait remarquer son petit-fils. Celui-là, c'était un taré.

Votre époux bien-aimé sort alors votre plan et votre liste de sa poche.

Non, il ne les a pas perdus.

Il a juste oublié ses lunettes.

Comme il est presbyte malgré ses magnifiques yeux noisette, il a un mal fou à déchiffrer la première ligne :

— Ah ! ça y est ! « 12 yaourts aux fruits, 0 % de matière grasse, sans sucre. Rayon à droite de l'entrée. »

Hélas, à cet endroit, pas un seul yaourt aux fruits, 0 % de matière grasse ou pas, mais un mur de paquets de biscuits provenant du monde entier.

Les yaourts aux fruits 0 % etc. sont à gauche.

— J'ai une femme qui ne sait pas reconnaître sa droite de sa gauche, confie votre conjoint, mécontent, à un autre représentant du sexe mâle, habillé tout en blanc, et trônant au rayon d'en face, au milieu de centaines de morceaux de viande bien découpés.

— Mais non. On a simplement changé tous les produits de place cette nuit, explique gentiment le boucher. Le lendemain, c'est le cauchemar. Les clientes, furieuses d'être bousculées dans leurs habitudes, courent partout en râlant.

— Alors, pourquoi le faites-vous ?

— Pour qu'elles voient des produits qu'elles ne pensent pas à acheter en temps ordinaire. Et vous, qu'est-ce que je vous donne ?

— Je ne me rappelle plus ce que ma femme m'a dit, soupire l'Homme, plutôt que d'avouer qu'il est presbyte.

— Je vous conseille le pot-au-feu en promotion. Il est très tendre, *tranché dans la culotte*.

Votre époux hoche la tête, dépose religieusement son pot-au-feu *tranché dans la culotte* et en promotion dans son caddy, dit au revoir à son nouvel ami, le boucher, et retourne aux yaourts.

Là, il a un éblouissement face à des centaines (peut-être des milliers !!!...) de petits pots de toutes sortes, de toutes couleurs, de toutes marques.

Devant, une très vieille dame est en train de boire au goulot une bouteille de Yop à la fraise. Qu'elle repose, à moitié vide, dans le fond du rayon, en la dissimulant bien derrière les premières rangées. L'Homme la regarde avec un peu d'étonnement et une légère indignation. Voler à cet âge, quel mauvais exemple pour les jeunes !

L'octogénaire (nonagénaire ?) lui sourit avec malice (malgré son manque total de dents).

— Ici, « ils » gagnent assez d'argent sur notre dos pour offrir à boire à une pauvre vieille qui n'a presque pas de retraite, et qui a soif.

— Euh... je suppose, bredouille l'ex-P-DG, lâchement.

— Essayez, c'est délicieux, dit l'arrière-arrière-grand-mère, impérativement, en tendant à votre grand gaillard, de sa main ridée et griffue, une bouteille de Yop à la framboise.

Votre mari, subjugué, obéit et boit à son tour.

— En effet, c'est très bon, avoue-t-il en essuyant avec la manchette de son polo une trace de yaourt rose autour de ses lèvres.

Mais au moment de cacher à son tour sa bouteille à demi vide dans le fond du rayon, une grosse voix (Dieu ? Moïse ?) gronde à son oreille droite : « Tu ne voleras point. » (Huitième Commandement.) Votre époux range alors pieusement le Yop dans son caddy.

La douairière glousse :

— On voit bien que c'est la première fois que vous entrez dans une grande surface.

— Vous savez où sont les yaourts aux fruits à 0 % matière grasse et sans sucre ? demande l'Homme.

— Juste devant votre nez.

L'Homme tend la main et attrape un pack de huit pots. Sa nouvelle amie l'arrête :

— Feriez mieux de prendre ceux du fond. Ils sont toujours plus frais.

— Ah bon !

— Ben oui. « Ils » essaient de vendre les plus vieux en premier. Alors, « ils » les mettent devant. Normal, non ?

— Normal, approuve sobrement l'ex-P-DG. Au revoir, Madame, et merci de vos conseils.

— Avec plaisir, mon petit.

En passant devant le rayon Fruits, « mon petit » a un vague souvenir que vous lui avez parlé de clémentines, ou de mandarines. Il croit savoir qu'il y a une différence de pépins entre les deux fruits, mais c'est tout. Justement, une autre de ces ménagères de plus de cinquante ans (qui ne comptent toujours pas pour les « décideurs » de la télévision) est en train de remplir de clémentines/mandarines un pochon en plastique qu'elle a détaché d'un rouleau.

Votre mari se dépêche de l'imiter. Hélas, il est tombé sur un sac pervers. Impossible de l'ouvrir. Les deux bords sont collés. Il a beau roulotter, pinçoter, glissoter un ongle, rien à faire. Dieu merci, sa copine la très vieille dame, réapparaît. En une seconde elle ouvre le sac.

— Vous êtes ma bonne fée, lui assure l'Homme. Tiens, des avocats. J'adore les avocats.

Il commence à palper ceux du dessus.

— Attention ! chuchote l'octogénaire fée Mélusine, il faut toujours regarder autour de vous avant de tripoter les fruits. C'est interdit.

Trop tard. La voix aigre d'une inspectrice retentit.

— On ne palpe pas les avocats. Ça les abîme !

— Et alors, comment qu'on sait qu'ils sont mûrs ? piaille Mélusine se transformant en Carabosse. Vous vous en foutez, vous, pourvu que vous vendiez votre camelote aux pauvres gens.

— Ça, c'est bien vrai ! braille une autre ménagère (toujours de plus de cinquante ans. Décidément, la télé devrait refaire ses sondages).

— Moi, les fruits, je les achète au marché. Là, au moins, on peut les tâter, clame une autre dame.

— En province, oui, beugle une voix forte et mâle, mais pas à Paris.

Tiens, il y a un autre homme dans ce royaume des Femmes.

L'Homme veut profiter de l'émeute qui commence pour peser ses avocats et ses clémentines/mandarines. Mais il a beau regarder : sur la balance, ne figure aucune vignette « Mandarines/Clémentines », ni « Avocats ». Énervé, il appuie sur la vignette « Oranges » (après tout, les mandarines/clémentines sont des espèces d'oranges, non ?) et... rien. Il recommence la manœuvre.

Toujours rien. Quelle saloperie, ces machines modernes. Quand elles ne sont pas manœuvrées par de mignonnes petites secrétaires.

— L'étiquette sort sur le côté, indique le deuxième Homo Sapiens Sapiens mâle qui s'est approché.

En effet.

Votre Homo Sapiens Sapiens à vous remercie le premier et pose la question qui l'intrigue :

— Pourquoi l'étiquette sort-elle sur le côté de la balance où on ne la voit pas et non devant ?

— Parce qu'elle a été fabriquée par un Néanderthalien qui n'était jamais entré dans un Hyper.

— Et qu'est-ce que je fais pour les avocats ? Il n'y a pas d'étiquette.

— Appuyez sur « Pommes vertes » suggère son interlocuteur. Vous verrez bien ce qui se passera.

Votre mari suit docilement le conseil, remercie une fois de plus son congénère et se sauve, poussant à grands pas son chariot.

Au passage, il aperçoit le rayon Saucissons. Chouette ! Votre époux adore le saucisson. Et vous ne lui en achetez jamais, se plaint-il. Vous plaidez coupable, mais vous avez une excuse : par un phénomène qu'aucun médecin n'a jamais pu expliquer, son nez devient tout rouge (celui de l'Homme, pas du médecin), comme le pif d'un clown, s'il a le malheur de manger un seul petit rond d'Arles au poivre, de jésus de Lyon, d'ardéchois aux noisettes, etc.

— Tant pis ! Pour une fois... marmonne l'Homme qui les tâte tous soigneusement et choisit un magnifique jésus de Lyon qu'il lance dans son caddy. Où il atterrit (le saucisson, pas l'Homme) sur un pack de rouleaux de papier-cul rose.

Comment ça, du papier-cul rose ? Il n'a jamais acheté de papier-cul rose !

Ni de lessive détartrante.

Ni de bière.

Ni de whisky. Interdit chez vous. Vous trouvez qu'il y a assez de merveilleux alcools en France pour ne pas aller en acheter à l'« estranger ».

On lui a volé non seulement ses provisions, mais sa superbe mallette Vuitton pleine de pommes de terre nouvelles (2 kilos et demi seulement, le reste n'a pas voulu entrer dedans).

A ce moment-là, une voix masculine (tiens, un troisième mâle !) gueule de l'autre côté de l'allée :

— Quel est le con qui a fauché mon caddy ?

— A moi aussi, il y a un salaud qui a piqué le mien ! mugit votre mari.

Un jeune homme s'approche en poussant le chariot de votre époux à qui il arrache le sien.

— Dis donc, Pépère, tu pourrais faire attention !

L'Homme qui, pendant des années, a été appelé onctueusement « Monsieur le Président » a un sursaut d'indignation.

— Petit crétin morveux, blatère-t-il comme un chameau en colère. Si tu m'appelles encore une fois « Pépère », je te fais bouffer ton papier-cul !

Le commissaire Sinoquet de la Crime hoqueta devant l'horrible tableau du corps dépecé de Gisèle dont le sang dégoulinait encore sur le parquet, les seins découpés, les fesses tranchées, les oreilles et la langue tronçonnées, le poignet droit sectionné à la hache (la fameuse « signature »). Il entendit derrière lui son jeune adjoint, le lieutenant de police Jérôme Broquet, qui vomissait.

— Encore le Tueur cannibale ! s'écria férocement le commissaire Sinoquet. Celui-là, quand je l'attraperai, je lui pèlerai les couilles comme des figues...

Pilou... Pilou... votre portable réservé à la famille sonne.

Vous soupirez et demandez à l'Homme :

— Tu es où ?

— Toujours à l'Hyper.

— Tu te débrouilles ?

— Mais parfaitement, répond votre époux d'un ton hautain. Je ne vois pas pourquoi je ne me démerderais pas bien. Je ne suis pas plus idiot qu'un autre.

— Non, mon amour, tu es même mon Einstein à moi !

— Mais... heu... je ne me rappelle plus la marque de café que tu achètes d'habitude.

— Le Colombiana Doré. Et puisque tu es encore là, prends aussi trois rouleaux d'Essuie-tout qui sont planqués...

Crac... votre chéri a raccroché sans vous laisser finir

votre phrase. De toute façon, il ne sait pas ce que c'est qu'un Essuie-tout.

L'Homme est alors pris d'une frénésie de dépenses, phénomène bien connu en psychiatrie (FAC = Folie d'Achats Compulsionnelle ?). Il jette dans son caddy non seulement votre café Colombiana Doré, mais un carton de douze boîtes de raviolis *en promotion* : deux gratuites sur les douze ! (Malheureusement, tout le monde chez vous déteste les raviolis.) Également *en promotion* : quatre paires de chaussettes thaïlandaises en soie lavée (pourquoi lavée ? Elles ont déjà été portées ?) donnant droit à une nuit dans un hôtel trois étoiles à condition de payer le dîner, le petit déjeuner et une baby-sitter. Toujours *en promotion*, vingt terrines de lapin pour chat dont cinq gratuites (hélas, Melchior refusera de les manger sous prétexte qu'elles sentent le putois). Encore *en promotion* : six tranches de saumon fumé du pôle Nord, avec cadeau : un poster d'une famille d'Esquimaux. Votre mari hésite : le saumon fumé du pôle Nord, même avec poster, est trois fois plus cher que celui de votre délicieux petit resto russe à côté de chez vous : Le Daru. Tant pis. Votre époux raffole du saumon fumé et il a bien le droit de fêter sa première exploration dans ce pays inconnu (de lui) et bourré de pièges : l'Hypermarché.

Ce que le pauvre Trésor ignore, c'est que le pire est à venir.

D'abord le moment tant redouté des ménagères (de moins ou de plus de cinquante ans) : la sortie avec paiement.

Devant les dix caisses, de longues queues de clientes attendent pour régler leurs achats avec leurs chariots bourrés de vracs insensés. Beaucoup sont accompagnées d'enfants qui s'amusent à pousser le caddy maternel dans le derrière de la dame précédente qui en fait autant avec la ménagère devant elle, etc. (et alors ? Il faut bien se distraire). Votre cher époux a un hoquet d'horreur devant la perspective d'une demi-heure d'attente mais aperçoit, à la Caisse n° 7, un couple seul. Il se précipite derrière. Erreur fatale que vous connaissez bien. Ce n'est pas la file la plus courte qui passe le plus rapidement à la caisse mais celle aux chariots les moins remplis. Votre pauvre bonhomme s'en aperçoit promptement. D'abord triomphant, il réalise ensuite que le mari et la femme trimballent chacun de quoi nourrir un commando de hussards-parachutistes, sous-officiers compris. Votre mari calcule qu'il en a pour, au moins, trois quarts d'heure à poireauter. Du coup, il commence à se ronger les ongles, ce qu'il n'avait pas fait depuis l'âge de sept ans.

Seule distraction : le couple s'engueule.

LUI : Je t'avais dit « pas de brandade de morue » ! J'ai horreur de la brandade de morue.

ELLE : Moi, j'adore, et on n'en mange jamais... Marre à la fin !

LUI : En plus, tu as acheté cinq pots de marmelade d'orange anglaise. Tu es malade ! Ça coûte une fortune, et Maman nous gave de confitures.

ELLE : Les confitures de ta mère, elles sont à gerber ! Toujours aux prunes, aux prunes, aux prunes, et sans sucre.

LUI : C'est pour que tu ne continues pas à grossir comme une oie.

ELLE : Et toi, tu ressembles à un gros cochon.

Enfin, c'est au tour de l'Homme d'apprendre la gymnastique de base de la ménagère.

1er exercice :

Attraper à toute vitesse vos achats dans votre caddy et les poser sur le comptoir de la caisse.

Avec une rapidité folle (record : dix-huit articles/minute), la caissière (qui a les cheveux teints en rouge vif — ne sait pas que ce n'est plus à la mode) s'en saisit, les présente à la douchette et les jette toujours sur le comptoir mais de l'autre côté. Catastrophe : la jeune personne a l'œil perçant. Elle dépiste immédiatement l'étiquette « Oranges » collée sur le sac des clémentines/mandarines, et celle « Pommes vertes » sur les avocats.

— Oh ! là ! là ! Qu'est-ce que c'est que ce souk ? D'abord, les avocats, ça se paie à la pièce, et pas au poids.

Votre époux bafouille des explications.

La créature aux cheveux rouge vif (appelée aussi cérémonieusement : l'« hôtesse de caisse » par le Service de Publicité) ne l'écoute pas et hurle :

— Bokar ! Demandé Caisse n° 7.

Personne ne vient.

— Bokar ! Bokar ! Demandé urgence Caisse 7.

La file de clientes qui s'est agglutinée derrière l'Homme voyant qu'il était seul — toujours la même erreur ! — commence à s'agiter.

Surgit enfin un énorme gaillard maghrébin, crâne rasé et moustaches à la Tarass Boulba, style champion de catch. La caissière lui explique la situation :

— Tu me repèses les mandarines, et après tu expliqes la situation des avocats à la chef.

— **Khara ! Khara * !** Elle est d'une humeur de chien ce matin, réplique Bokar qui s'éloigne, ses longues moustaches en berne et traînant les pieds.

Il revient dix minutes plus tard, toujours déprimé.

— 22,45 francs, les mandarines.

Il était temps. Les clientes derrière l'Homme commençaient à l'insulter. Des cris éclatent quand l'« hôtesse de la caisse n° 7 » découvre la serviette Vuitton en cuir de votre époux.

— C'est quoi, ça ? demande-t-elle, les sourcils froncés.

— Mon attaché-case, répond avec hauteur l'ex-P-DG.

— Et qu'est-ce qu'il y a dedans ?

— Des pommes de terre nouvelles.

— Un kilo à 32 francs ?

— Heu... je ne sais pas !

— Bokar ! hurle à nouveau la chevelure de feu.

* « Merde » en arabe.

— Bo-kar !!! scande la foule. Bo-kar !!! Bo-kar !!!

Le champion de catch réapparaît.

— Va me peser ces patates (entre-temps, elle les a transférées de la belle serviette en cuir de Vuitton dans un affreux sac en plastique blanc), et grouille un peu, sinon on sera encore là ce soir à 7 heures et tu vas rater ton match.

Tandis que Bokar s'éloigne, cette fois rapidement, avec ses pommes de terre nouvelles, la petite caissière n° 7 recoiffe ses cheveux carminés en sermonnant votre époux :

— La prochaine fois, venez avec votre dame. Aujourd'hui, le magasin entier va être en retard à cause de vous. Et puis, ne prenez plus votre cartable de bureau. Tous les inspecteurs vont vous le faire ouvrir à la sortie, en vous prenant pour un voleur.

— D'accord et merci de vos conseils, répond humblement l'ancien patron du groupe d'éditions A. de la Holding Vidouze.

— 12,75 francs, dit Bokar en rapportant les fameuses pommes de terre que votre mari réenfouit dans sa serviette Vuitton (une obsession ?).

2e exercice de la gymnastique ménagère :

Foncer à la droite du comptoir (de l'autre côté de la caisse) avec son chariot vide. Le remplir à nouveau avec célérité de ses achats enfouis hâtivement et en vrac dans les petits cabas en plastique blanc donnés au compte-gouttes par l'Hyper. Tout en payant.

— 592,80 indique l'« hôtesse » de la caisse 7.

— Je paye comment ? demande l'Homme.

— Comment comment ?

— Carte ? Chèque ? Liquide ?

— Ce que vous voudrez.

Votre époux sort sa carte VisaPremier toute dorée, tape son code (merci mon Dieu ! malgré son énervement, il ne l'a pas oublié) et s'enfuit avec son caddy de nouveau rempli à plein bord. Il est rattrapé par les cris de la caissière qui agite un long ruban de papier et un autre plus petit.

— Monsieur ! Monsieur ! Vous oubliez vos tickets de caisse.

— Je m'en fous de vos tickets de caisse, explose l'Homme. Foutez-les à la poubelle.

— Non ! Non ! il faut les garder en cas de contrôle.

Votre mari les enfourne furieusement dans la poche de son pantalon et repart à grandes enjambées vers la sortie. Malgré les sombres prédictions de la jeune personne à la chevelure couleur beaujolais, aucun inspecteur ne l'arrête pour les fouiller, lui et son attaché-case Vuitton.

3e exercice de la gymnastique ménagère :

Une fois dehors, rechercher où se trouve sa voiture (enfin la vôtre) dans le millier de bagnoles serrées les unes contre les autres jusqu'à l'horizon.

Car, drame, la dame à la bouteille de lait a disparu.

Mais votre époux bien-aimé est un brave. Toujours poussant son lourd caddy (lui qui n'a jamais déplacé le landau de ses filles), il commence à arpenter les dizaines d'allées du parking à la recherche de votre petite Fiat noire. Pourquoi diable n'avez-vous pas choisi un modèle plus voyant : Rouge Baiser, violet soutane d'évêque, jaune poussin ?

Au bout de quelques kilomètres, une curieuse sensation s'empare de lui.

Une voiture le suit doucement.

Un type avec une casquette de chasseur au volant.

S'agit-il d'un braqueur de raviolis ?

Ou d'un nouveau petit boulot : le transport de clients surchargés jusqu'à leur véhicule.

L'Homme s'arrête.

La Toyota inconnue aussi.

Le braqueur de raviolis se penche à sa portière :

— Montez ! crie-t-il à votre mari. Je vais vous conduire.

— Combien vous prenez ! demande votre conjoint épuisé mais économe.

— Rien du tout ! Ce que je veux, c'est votre place de parking.

— D'accord, mais qu'est-ce que je fais de mes achats ? Je ne vais pas sortir tous les sacs de mon chariot pour les mettre dans le coffre de votre voiture pour, ensuite, les ressortir et les flanquer dans l'arrière de la mienne, pour, après, les re-ressortir et les monter chez moi ! Je ne serai pas rentré pour le dîner !

— Ne vous en faites pas. J'ai un crochet spécial à l'arrière de ma Toyota pour attacher et traîner votre caddy.

— Formidable !

Pas autant que cela parce qu'en fait votre petite Fiat se trouvait dans l'allée d'à côté.

4e exercice de la gymnastique ménagère :

Jeter les vingt-sept cabas en plastique contenant les provisions familiales, du chariot accroché à la Toyota au coffre de votre petite Fiat.

— Je vais vous donner un coup de main, dit l'inconnu à la casquette.

— Merci, Monsieur ! Vous êtes vraiment trop aimable, s'exclame votre époux.

— Il faut bien s'entraider entre hommes ! proclame le chasseur.

— Vous avez bien raison !... Et maintenant, qu'est-ce que je fais de mon caddy vide ?

— Vous êtes supposé retourner le raccrocher à sa file, là-bas, et récupérer vos dix francs. Mais je suis vraiment pressé. Alors je vous propose de vous donner les dix francs en question et vous abandonnez votre chariot ici.

— Il n'en est pas question ! s'exclame l'Homme. C'est moi qui vais vous donner dix francs.

Passe une jeune fille portant un cabas en paille vide et dont l'allure rapide indique qu'elle n'a pas encore galopé dans tous les sens à l'Hyper. Le chasseur à la casquette se précipite sur elle.

— Vous avez une pièce de dix francs ?

— Pourquoi ? demande la petite créature, méfiante. Vous êtes SDF malgré votre casquette en fourrure ?

— Non. Mais si vous me donnez vos dix francs, moi je vous file mon caddy.

Affaire faite.

5e exercice de la gymnastique ménagère :

— Est-ce que la place va être libre ? demande avec un fort accent étranger une autre ménagère plus âgée qui arrête à la hauteur de la Toyota et de la Fiat un énorme 4×4 ressemblant à un tank et portant un CD sur sa plaque d'immatriculation.

— Non !!! hurlent les deux hommes en même temps.

— **Gavno * !** s'exclame rageusement la conductrice qui redémarre.

— C'est la première fois que vous faites les courses dans un Hypermarché, comme moi ? interroge votre époux bien-aimé.

— Non, mais c'est la dernière, réplique farouchement le monsieur à la casquette de chasseur.

— Moi aussi ! s'exclame l'Homme.

Vous voilà bien !

* « Merde » en russe.

4

— *Vous êtes sûr que c'est bien le Tueur cannibale qui a tué, violé et mutilé atrocement la jeune Gisèle ?* demanda le Commissaire principal Pons au commissaire Sinoquet.*

— *Presque certain, Monsieur le Commissaire principal. Cette façon de découper si proprement le corps, et surtout de trancher la main droite, est caractéristique. A mon avis, c'est un boucher.*

— *Un boucher ? dit le Commissaire principal Pons. Un boucher ?... Ça me dit quelque chose. Est-ce que le compagnon de la morte n° 1 n'était pas un garçon boucher ?*

— *Parfaitement ! s'exclama le commissaire Sinoquet. Patron, vous êtes drôlement fortiche !*

Vous vous arrêtez et regardez le plafond. Est-ce que le mot « fortiche » n'est pas un peu démodé ? Vous notez sur la feuille rose « A faire » de téléphoner à votre petit-fils Attila pour lui demander ce que l'on dit maintenant en verlan à la place de « fortiche ».

Lorsque vous l'aurez au bout du fil, il vous répondra par une autre question :

— Ça veut dire quoi : « fortiche » ?

— Quelqu'un de fort, de costaud, de malin.

— Alors, tu dis : « couillu ».

Vous avez préféré garder « fortiche ».

La porte de votre bureau s'ouvre d'un grand coup de pied. Entre l'Homme, succombant sous le poids de ses innombrables pochons en plastique blanc et de son cher attaché-case Vuitton, dont le contenu (les petites pommes de terre nouvelles) se répand sur votre bureau sans souci du fantôme de la pauvre Gisèle débitée en morceaux.

— Quelle expédition ! s'exclame-t-il, essoufflé. Je suis crevé.

Délicatement, vous ne lui faites pas remarquer que vous vous livrez à cette corvée pratiquement tous les jours. Ni que tous les membres de la tribu détestent les raviolis.

— Tu as oublié les œufs pour l'omelette du déjeuner, observez-vous gentiment.

— Oui, mais à la place, j'ai pris du pot-au-feu *en promotion*. Il a l'air délicieux. *Tranché dans la culotte !*

Vous le soupçonnez d'ignorer ce que veut dire « tranché dans la culotte ». Du reste, vous ne le savez pas non plus.

— Formidable ! Mais je crois qu'il faut bien quatre heures pour cuire un pot-au-feu. Ce qui veut dire que nous déjeunerons à 5 heures de l'après-midi.

— Pas question. J'ai drôlement faim. Si on se tapait le saumon fumé ?

— OK, à condition que tu ressortes acheter de ces moelleux blinis à notre copain du Daru, avec de la crème fraîche, du citron... et une demi-bouteille de vodka.

— J'en ai marre de faire les courses, se plaint votre époux. J'ai une ampoule au pied.

— Bon. Je vais téléphoner à « PSD » ou « Pizza sans délai », et à table dans une demi-heure. Tu n'as pas oublié le café ?

— Le voilà ! crie l'Homme, triomphant, en agitant le paquet. Je ne suis pas aussi nul que tu le crois.

Vous froncez les sourcils.

— Mais c'est du Colombiana Doré EN GRAINS, alors que je t'avais bien noté et souligné sur ma liste de l'acheter MOULU. Il n'y a pas de moulin à café dans la maison.

Votre époux prend un air de stupeur indignée.

— Chez ma mère, quand j'étais petit, il y en avait deux. J'adorais moudre...

— Ah non ! Tu vas pas commencer à gâtifier avec des réflexions style : « Chez ma mère, quand j'étais petit... »

Trois coups de sonnette vous interrompent au moment où la météorologie conjugale tournait à l'orage.

— Trois coups ? Voilà Petite Chérie qui a perdu nos clés et qui a faim ! annoncez-vous. Tu peux aller lui ouvrir ?

Le Père s'exécute en boitillant.

Votre fille cadette entre, toute joyeuse, dans votre bureau, et reste un peu surprise devant le bazar des provisions répandues sur la table.

— C'est ton père qui a fait le marché, expliquez-vous.

— Bravo, Papa. Tu vas devenir une vraie petite ménagère, rigole Alizée. Qu'est-ce qu'il y a pour le déjeuner ?

— Du saumon fumé, pour celui — ou celle — qui ira acheter des blinis, de la...

— J'y cours, s'empresse Petite Chérie qui adore, elle aussi, le saumon fumé... J'ai... euh... juste besoin d'un peu d'argent...

— Prends des sous dans mon sac. Moi, je fonce dans mon bain. Toi, dites-vous à votre cher mari, veux-tu avoir la gentillesse de transporter tout ton magasin dans la cuisine ?

— Oui, Cheftaine ! répond l'Homme.

Vous sentez qu'il commence à en avoir marre des fameuses tâches ménagères.

— Merci, mon adjudant, répliquez-vous avec un gracieux sourire.

Mais, en fait, vous aussi, vous êtes énervée. Ce matin, vous n'avez pas pu écrire tranquillement vos dix pages quotidiennes, et maintenant vous n'avez plus le temps de vous livrer dans votre bain express aux exercices abdo-fessiers (pour aplatir votre rond petit bidon) enseignés par votre cher kiné, monsieur Charly, qui vous masse également délicieusement tout le corps (pour mincir). Ce qui fait ricaner Psy bien-aimé qui maintient que les massages font maigrir les masseurs, pas les patientes. C'est vrai que monsieur Charly est maigre comme un fil de fer et vous grassouillette comme une caille élevée au grain. Tiens, une idée vous passe par la tête. Est-ce que les masseurs se massent entre eux ? Vous consignez cette importante question sur la feuille verte titrée : « Se renseigner ».

Le déjeuner russe terminé, y compris les lourdes et exquises parts de Vatrouchka — tarte au fromage blanc sucrée —, Petite Chérie se sauve, bien nourrie.

Vous, vous vous allongez sur le canapé du salon, le ventre délicieusement plein. C'est l'heure sacrée de la lecture de vos chers quotidiens. Melchior se niche dans votre cou. L'Homme commence à ronfler dans son fauteuil.

Petite surprise : vous commencez un papier sur l'économie du Brésil qui se termine sur la mafia au Daghestan. Votre époux chéri, en parcourant vos journaux ce matin, a mélangé les pages. Vous les remettez en place en essayant de faire le moins de bruit possible. Et vous reprenez votre lecture. En fait, vous parcourez surtout les titres et les « chapôs » (résumés, en jargon journalistique et en caractères gras, du sujet délayé dans l'article dont vous connaissez déjà le thème par la radio de 5 heures).

Vous sautez les pages « Sports » et le Carnet mondain, passion de madame Rastout, votre très chère concierge. Tous les jours, en sortant vous lui glissez *Le Figaro* sous la porte de sa loge. Elle se précipite dessus. Et, munie d'un crayon, dépouille avec ardeur les petites annonces des naissances, des fiançailles, des mariages, et surtout des décès. Elle envoie parfois ses condoléances aux familles éplorées qu'elle a rencontrées dans de mystérieuses circonstances. Ou vous interpelle, sous la voûte de l'immeuble, pour savoir si vous êtes parente de la marquise de Machin ou de la duchesse de Truc. Vous lui expliquez patiemment que vous êtes de petite noblesse de province (dédaignée par les grandes familles de la Cour du Roi) mais très ancienne (d'après votre papa — que vous soupçonnez parfois d'être un peu hâbleur malgré ses cinq galons —, votre premier ancêtre connu combattait déjà en 1067 à Hastings avec Guillaume le Conquérant). Ce qui vous permet, à votre tour, de manifester un certain mépris à la noblesse d'Empire, beaucoup plus récente et nommée par ce parvenu de Napoléon. Ces détails fascinent madame Rastout et vous mettent affreusement en retard pour le reste de la journée.

Vous êtes plongée dans un article très sérieux (vous en lisez parfois) révélant que les porte-avions français à propulsion atomique ne dépassaient pas en mer la vitesse de quarante kilomètres à l'heure (trois fois moins rapide que votre vieille petite Fiat) et devaient rentrer au port (même le dernier : le *Charles-de-Gaulle*) si le vent soufflait à plus de quatre-vingts kilomètres à l'heure. Pourquoi dépenser tant de milliards quand une planche à repasser avec un moteur de mobylette suffirait ? En plus, il manque quatre mètres à la piste d'envol des avions du *Charles-de-Gaulle* en question. Devis augmenté de 30 %. Si vous étiez Ministre-Inspectrice, comme vous le désirez tellement, vous attacheriez l'ingénieur du génie maritime qui a fait une telle coûteuse connerie, dos nu, à la passerelle et, devant l'équipage réuni, vous le feriez fouetter de seize coups de *chat à neuf queues*. La prochaine fois, il ferait plus attention.

Vous entendez la porte d'entrée s'ouvrir doucement, et des petits pas filer dans le couloir. Voilà Palmira, votre très gentille femme de ménage portugaise. Elle ne pousse aucun « **Merda** * » devant le spectacle de la cuisine laissée — par vous — en grand désordre.

* « Merde » en portugais et en italien.

Bruit de vaisselle empilée dans la machine à laver. Ronronnement de celle-ci.

L'Homme se retourne avec un petit gémissement. Qu'il est mignon, l'Amour-de-votre-Vie !

Soudain un grondement effrayant explose dans l'appartement. Votre époux bien-aimé sursaute, ouvre les yeux, et vous regarde d'un air égaré.

— Qu'est-ce que c'est que ce boucan ?

— Rien !... l'aspirateur ! Dors !

— L'aspirateur ? répète, stupéfait, votre époux, comme s'il s'agissait d'un troupeau d'éléphants barrissant dans votre entrée. Et qui le passe ?

— La femme de ménage portugaise, Palmira.

— Je croyais qu'elle s'appelait Maria.

— Oh ! Il y a longtemps que Maria est mariée et qu'elle est repartie avec deux enfants au Portugal. Entre-temps, il y a eu Lucia et Filinta, mais tu ne les as jamais vues : vos horaires ne correspondaient pas.

— Et pourquoi s'agite-t-elle avec cette horrible machine maintenant et pas le matin ?

— Heu... le matin, elle ne vient pas travailler.

— Et pourquoi ne vient-elle pas travailler le matin ?

Vous êtes coincée.

Vous toussotez...

— Parce que, le matin, j'écris et que le bruit de l'aspirateur me déconcentre.

— Alors, si je comprends bien, je suis condamné à ne pas pouvoir faire la sieste sous prétexte que madame travaille le matin.

Pas de doute : vous allez devoir réorganiser le planning de la maison, parce que après trente-cinq ans (enfin trente-huit) de vie à la fois commune et séparée, l'Homme fait retour au foyer.

— Tu ne vas quand même pas dormir tous les jours jusqu'à 4 heures de l'après-midi ? Rappelle-toi : tu n'as que cinquante-huit ans et demi. Tu es jeune. Tu as plein d'activités qui t'attendent... *dehors*.

Votre époux prend un air boudeur :

— J'aimerais bien être tranquille au moins jusqu'à 3 heures.

— D'accord.

Vous vous levez et allez à la cuisine chercher Palmira pour la présenter au Grand Chef de la Tribu. Votre chère femme de ménage le contemple avec curiosité et pointe le doigt dessus.

— C'est le Monsieur de Madame ?

— Si, dites-vous.

Et vous ajoutez, avec diplomatie :

— Il est très gentil. *Molta boa* !

Votre Seigneur et Maître intervient alors sans aucune diplomatie :

— Monsieur veut pas aspirateur après le déjeuner.

Palmira vous regarde d'un air interrogateur. Vous lui expliquez de votre voix la plus douce :

— Monsieur désire dormir maintenant.

Votre chère femme de ménage décoche un sourire éblouissant à son patron.

— Maintenant, Monsieur se couche et Palmira va passer aspirateur.

Votre mari chéri commence à s'énerver :

— C'est une conne, ta Portugaise ! On ne va pas s'en sortir.

— Monsieur ne doit pas appeler Palmira « conne », répond dignement votre Lusitanienne. Sinon, yé va partir...

Eh là ! Eh là ! Dès le premier jour de sa « .... * », voilà que l'Homme renvoie la femme de ménage ! Il est temps que vous repreniez fermement en main les rênes de cette maison.

— **Shit** ** ! dites-vous sèchement à l'Homme, laisse-moi me débrouiller *with the housekeeper* *** s'il te plaît.

Vous empoignez celle-ci par le bras, vous l'emmenez dans la cuisine où vous lui expliquez la situation :

— Monsieur est malade.

* Mot censuré : « retraite »

** « Merde » en anglais.

*** Housekeeper : femme de ménage en anglais.

— *Quale misericordia ! Quale pobre !*

— Il ne faut pas le contrarier. C'est le médecin qui l'a dit.

— *Si, si, lo medico, el disse...* Bref, Palmira passera l'aspirateur à 3 heures et demie et fera tout ce que veut le Monsieur de Madame.

— Merci ! Merci ! chère Palmira.

Vous vous embrassez sur les joues toutes les deux.

Vous revenez dans le salon, soulagée.

— C'est arrangé : aspirateur à 3 heures et demie et la femme de ménage fera tout ce que tu lui diras.

— Parfait, approuve sèchement votre ex-P-DG de mari (c'est vous maintenant avec Palmira qui remplacez son personnel). Peux-tu me prêter encore ta petite voiture ? Je dois aller voir un copain en banlieue.

— Bien sûr, mais fais-y gaffe. Elle n'est plus toute jeune.

— Ne t'inquiète pas. Et toi, où vas-tu ?

— J'ai des rendez-vous.

— Avec qui ?

Allons bon ! Voilà que votre époux bien-aimé se transforme en flic.

— Je vais, comme tous les lundis, à SOS/Cœur ouvert.

— C'est quoi, ça : « SOS/Cœur ouvert » ?

— Une organisation pour aider les femmes malheureuses, battues, abandonnées avec leurs enfants sans un sou... et qui téléphonent, stressées, en larmes, à bout de nerfs, prêtes au suicide, etc.

— Et alors, qu'est-ce que tu fais ?

— D'abord, et surtout, je les écoute. Puis j'essaie de les réconforter, de les conseiller, quelquefois de les nourrir... (Tiens ! Peut-être que vos raviolis leur feraient plaisir ?)

— Tu ne m'avais jamais dit cela.

— Si ! Plusieurs fois. Mais ça n'avait pas l'air de t'intéresser.

— Tu sais, j'avait tellement de soucis en tête...

— Je sais, mon Trésor.

Parce que ce vilain macho croit que vous n'avez

jamais eu de soucis en tête, vous aussi ? Particulièrement quand Fille Aînée a acheté un revolver dans un café à Pigalle pour tuer la septième maîtresse de Monsieur Gendre n° 1. La pauvre idiote n'avait pas remarqué les six premières. Et quand Petite Chérie a voulu épouser un imam barbu pakistanais et s'est enfuie avec lui à Ismalabad. Vous avez dû sauter dans l'avion suivant, et la ramener presque de force (tâche facilitée par le consul de France qui lui avait révélé que son musulman avait déjà trois femmes et treize enfants).

L'Homme ignore encore que les enfants apportent des tracas à leurs parents toute leur vie.

5

Vous rentrez chez vous, en retard, fatiguée, traînant la patte droite. **Scheïsse** * ! un début de sciatique. L'après-midi a été dur. Le téléphone de « SOS/Cœur ouvert » n'a pas arrêté de sonner et des voix désespérées vous ont raconté tous les malheurs du monde. Dix-sept femmes trompées. Douze battues (vous songez parfois à condamner ces salopards de cogneurs à se rendre à leur travail en portant sur leur dos une grande affiche, comme un homme sandwich, avec écrit en rouge : « Je suis un salaud qui tabasse sa femme. » Sept mères plaquées avec enfants. Trois incestes, etc., etc.

Vous rêvez au petit verre de vin rouge que vous allez avaler pour vous réconforter. Vous savez que ce n'est pas bien : alcoolisme mondain et kilos en plus. Vous n'avez même pas osé l'avouer à Psy bien-aimé. Mais tant pis. Cela vous console de ne plus être le *bulldozer* de votre jeunesse et de commencer à prendre des années. Quoique toutes vos amies vous jurent que vous faites moins que votre âge. Sauf celle qui, pour rigoler (?), a déclaré : « Tiens ! Je te croyais plus vieille !... » Vous avez fait semblant de rire, vous aussi comme les autres, mais en faisant les cornes avec les doigts derrière votre dos pour porter malheur à cette garce.

Vous sortez de l'ascenseur et vous fouillez dans votre

* « Merde » en allemand.

sac à la recherche de votre clé. Miracle ! vous la trouvez tout de suite, sans avoir besoin, comme d'habitude, de renverser le contenu de votre besace sur votre paillasson. Mauvais signe. Vous êtes superstitieuse. Quand les choses vont trop bien, vous vous demandez ce qui va vous tomber sur la gueule. Quand elles vont mal... aussi, du reste ! Vous tournez la clé dans la serrure... Un grondement terrifiant retentit dans l'appartement. Non, ce n'est pas l'aspirateur ni le tracteur de la Micoulette. Plutôt un volcan en éruption. Vous entrebâillez votre porte. Un gigantesque monstre noir aux yeux flamboyants vous saute au visage en poussant des aboiements capables de réveiller un cimetière.

Vous refermez précipitamment la porte. Terrorisée par cette bête apocalyptique chez vous.

Comment est-elle entrée ?

Il n'y a personne dans votre appart. Vous avez beau sonner, crier, taper des deux poings sur la porte et même y donner des coups de pied rageurs, ni saint Pierre ni aucun portier céleste ne vient vous ouvrir. Le loup du Gévaudan aurait-il dévoré toute votre famille ?

Vous vous asseyez sur le paillasson pour réfléchir. Vous entendez souffler un bœuf. Qu'est-ce que c'est encore ? Votre cher mari, grimpant l'escalier en portant deux énormes paquets de dix kilos de croquettes Pal.

— C'est toi qui ne renvoies pas l'ascenseur et fais tout ce tapage ? vous demande-t-il sévèrement.

— C'est toi qui as introduit chez nous une créature du diable qui a failli me dévorer ?

— Ce n'est pas une créature du diable, riposte l'Homme, indigné, c'est MON chien. Que j'ai acheté cet après-midi. Un magnifique dogue noir de Naples. Très rare. Pèse quatre-vingt kilos. Dressé à la garde par mon copain Benjamin.

— Il va garder quoi ? Nous ne possédons rien de valeur.

— Comment ça ? Et le bureau Louis XIV de mon grand-père ?

— C'est un faux... une copie XIXe. Quant à la

commode Louis XVI en marqueterie de ma grand-mère, signée « Riesener », il faut quatre hommes pour la soulever.

Votre Seigneur et Maître n'est pas content de votre remarque concernant le bureau Louis XIV de son grand-père.

— Je propose que nous poursuivions cette discussion à l'intérieur, dit-il sèchement.

— Avec joie, mais passe le premier...

L'Homme déchire alors le haut d'un sac de croquettes, en prend une poignée, et passe la main ouverte dans l'entrebâillement de la porte.

— César... mon César... Bon, ça, à manger !

Parce que le monstre s'appelle César ! Il doit être snob, en plus.

Il s'arrête de gronder et renifle les croquettes qu'il avale d'un coup de langue avec une satisfaction évidente.

Votre conjoint entre alors doucement. Vous le suivez, offrant à votre tour vos mains pleines de « Grand menu » que ledit César continue à dévorer joyeusement et bruyamment.

— Ainsi aucun cambrioleur ne pourra nous saucissonner, comme c'est la mode, nous bâillonner, nous battre comme Paul-Loup Sulitzer, « Monsieur Tati », madame Trigano, Aznavour, le joaillier Boucheron et même l'ancien ministre Lionel Stoleru ligoté au pied de son lit avec du fil électrique, assure l'Homme, ravi.

— Tu parles ! Il suffira d'une poignée de croquettes pour amadouer ton superbe gardien.

Cette acquisition subite, et surtout sans vous en parler au préalable (crime de lèse-épouse), vous tracasse.

— Pourquoi as-tu acheté brusquement cette bête terrifiante ? demandez-vous à votre Seigneur et Maître.

— J'en avais envie depuis que mon vieux Rock est mort. Quand ces salauds m'ont viré, j'ai décidé, à titre de consolation, de m'offrir tous mes rêves avec mes indemnités de départ.

Au moment où vous allez lui faire observer qu'un tracteur 100 CV pour la Micoulette vous aurait fait encore plus plaisir à vous et à monsieur Louis, on sonne à la porte.

César se met à aboyer comme un chenil au complet.

L'Homme l'attrape précipitamment par le collier.

— Sage... César... Sage ! Bonne bête !...

Vous ouvrez courageusement.

Sur le palier, cinq pompiers en tenue de combat (casque, gants, rangers, etc.).

— Bonjour, messieurs-dames. On nous a signalé un animal dangereux chez vous.

— Excusez-nous, dit votre mari le plus aimablement du monde. C'est un léger malentendu. Nous avons juste acheté un chien de garde... et...

C'est alors que César échappe à l'Homme, bondit sur le premier pompier (un tout jeune, rose et blond), et lui mord la cuisse. Gueulements. Confusion. Tumulte.

— Serrano ! La valise des secours ! crie le chef des sapeurs-pompiers.

Vous proposez d'emmener le blessé dans votre salle de bains où vous possédez une pharmacie entière. Y compris — comme vous ne jetez jamais rien — des médicaments périmés depuis dix ans.

— Non, non, merci, nous avons tout ce qu'il faut, répond le sergent, et je vais appeler l'équipe cynophile.

— Ce n'est pas la peine, déclare le petit pompier « blessé ». Je n'ai absolument rien senti.

— Montre !

Après une légère hésitation, le jeune sapeur descend son pantalon d'uniforme bleu foncé avec bande rouge. Vous admirez au passage un adorable slip bleu pâle orné de joyeux Mickey.

Aucune trace de morsure.

— Bon, on s'en va ! indique le sergent.

Puis il s'adresse à l'Homme :

— Avec une bête pareille, vous avez intérêt à bien vous assurer.

— Merci, je suivrai vos conseils, approuve votre époux. Et pardon pour le dérangement.

Les cinq pompiers redescendent l'escalier.

Pilou... Pilou... piaule votre portable dans votre sac.

Vous décrochez tout en criant « Au revoir et merci Messieurs les pompiers ! » et vous enchaînez dans le téléphone :

— ... Quoi ? Non, ce n'est pas à toi que je parle. Non, il n'y a pas le feu à la maison ? Pire !... Excuse-nous, on arrive. On te racontera, dites-vous en raccrochant la communication. (*A votre mari.*) Avec ton « bestiau », on a complètement oublié qu'on dînait ce soir chez tes copains, les Cordins. Ils nous attendent, affamés, il faut foncer.

Foncer prend du temps. Votre mari réclame une vieille couverture pour servir de couche à son monstre, qu'il installe par terre, à côté de son lit.

Mais César la dédaigne et grimpe sur le plumard sacré de l'Homme où il s'étale avec ravissement.

— César ! Descends de là ! ordonne le Seigneur et Maître de ces lieux d'un ton de commandant de la Légion étrangère que votre Papa aurait sûrement admiré.

Hélas, la gigantesque bête n'a pas dû faire son service militaire ni dans la Légion ni dans les commandos de dogues parachutistes car, absolument pas impressionné par la voix de son maître, il ne bouge pas d'un poil.

— On n'a pas le temps de le dresser maintenant, grommelez-vous, énervée, sinon les Cordins vont dévorer notre dîner jusqu'au dessert.

Au moment de sortir, une angoisse vous saisit.

Où est Melchior ?

Il a disparu. César l'aurait-il avalé d'une bouchée ?

A cette idée vous manquez vous évanouir.

— Mais non, glousse votre Minou-Minou adoré, du haut de la bibliothèque. Ce n'est pas ce gros bêta noir qui va me faire peur. Simplement, il est bruyant et complètement crétin.

Heureusement, l'Homme ne comprend pas le langage chat.

Dîner chez les Cordins très animé, et consacré aux animaux. Chacun a eu, a, ou aura un chouchou. Le plus beau, le plus drôle, le plus tendre. Les anecdotes fusent. Vous vous demandez si les Gaulois n'aiment pas plus leurs bêtes que leurs enfants ?

C'est au retour que la tragédie a lieu.

Votre époux ouvre tranquillement la porte de l'appartement, en appelant d'une voix tendre qui vous était jusque-là réservée : « César... César... Le chien-chien à son Papa !... »

Horreur ! Le monstre ne le reconnaît pas.

Il est là, dans l'entrée, aboyant comme un fou furieux, crocs dehors. L'Homme a beau crier :

— César... tais-toi !...

... Le chien-chien à son Papa continue de vous menacer.

Malgré le sang guerrier de vos ancêtres qui coule dans vos veines, vous ressortez lâchement et précipitamment sur le palier. L'Homme vous suit et claque la porte contre laquelle la Bête bondit de toutes ses forces.

— Il ne m'a pas reconnu, geint votre époux, piteux. Il garde l'appartement. Il nous faudrait des croquettes.

— Elles sont rangées hors d'atteinte, dans la cuisine.

— Il n'y a pas un endroit où en acheter ?

— L'Hyper est fermé à cette heure-ci, et l'épicier arabe n'en a pas. Peut-être pourrait-on rappeler les pompiers.

— Plutôt crever ! s'exclame votre fier conjoint. Je ne veux pas avoir l'air d'un imbécile une deuxième fois.

Vous voilà, votre compagnon et vous, sur le palier comme deux naufragés du *Titanic*.

— Si au moins on avait une couverture, remarque l'Homme, on pourrait dormir ici.

— Je préfère le Ritz, insinuez-vous.

— Tu es folle ! s'écrie l'Amour-de-votre-Vie. Une nuit au Ritz, ça coûte une fortune !

Vous prenez votre voix la plus enjôleuse.

— A chacun ses rêves. Le tien, entre autres, c'était un dogue noir pire qu'un dragon. Le mien : une nuit au Ritz.

— Bon, d'accord ! dit l'Homme qui a mauvaise conscience. Mais une, seulement.

Vous lui sautez au cou de joie et mordillez tendrement le lobe de son oreille droite. Vive César !

Le concierge du Ritz, aussi distingué qu'un lord anglais, vous voit entrer avec un certain dédain. Il a senti immédiatement que vous ne faisiez pas partie du Jet Set. En plus, le voiturier, dans votre dos, doit lui indiquer par signes que vous n'avez pas de Rolls, mais une modeste petite (et vieille) Fiat . Et surtout ni sac ni valise. Vous êtes des ploucs qui croyez peut-être vous trouver dans un hôtel de passe. Quelle honte pour le Ritz ! Néanmoins, le concierge daigne vous accorder une chambre. Ravissante. Où vous passez une nuit exquise de jeunes mariés. Suivie, le lendemain, d'un petit déjeuner somptueux que, ô bonheur, vous n'avez pas préparé vous-même.

Vous traînez ensuite au lit (tant pis pour votre polar, vous avez bien le droit de prendre de temps en temps une matinée de vacances, non ?).

Vous refaites l'amour, et c'est aussi délicieux que dans les bois de la Micoulette pendant une nuit d'été.

Hélas, les bonnes choses ont une fin, on le sait.

Car le problème se pose toujours.

Comment rentrer dans votre appartement sauvagement gardé par votre monstrueux Cerbère, gardien des Enfers ?

Vous suggérez :

— Passons prendre des croquettes à l'Hyper, il doit être ouvert, maintenant.

— On ne va pas acheter des croquettes chaque fois qu'on voudra rentrer chez nous, grince votre mari qui commence à être agacé par le chien-chien à son Papa. Je propose plutôt d'aller chercher mon copain Benjamin, son dresseur, afin qu'il nous montre comment se faire obéir de cette sale bête.

Benjamin rit beaucoup de vos mésaventures et vous suit à votre appartement. A sa vue, votre fauve s'aplatit à ses pieds et lui lèche les mocassins. L'Homme reste impassible, mais vous savez, vous, qu'il est fou de rage et de jalousie. Benjamin suggère alors que vous veniez ensemble deux heures par jour pendant trois semaines à son école de dressage. Pour apprendre à César à ne pas mordre les pompiers, ni la femme de ménage, ni la concierge, ni, bien sûr, votre petite famille au complet, sans oublier les copains et les copines. Bref, à n'attaquer personne sauf les cambrioleurs portant sur la poitrine la plaque : « Cambriolage en cours ».

Tout se passe bien. Il apparaît que votre ex-monstre adore les enfants. Au grand agacement de votre époux toujours jaloux, il se laisse même chevaucher et tirer les poils par Attila.

Reste l'Ennemi héréditaire.

Le chat.

Votre Melchior adoré.

— Si ton César égorge mon chéri à moi, je l'abats à la carabine, prévenez-vous froidement le grand gaillard qui partage votre existence.

— Ne t'en fais pas ! crâne le Minou-Minou de votre cœur, ce chien, c'est un faux dur, un grand doudou de chiffons noirs...

Benjamin, à qui vous téléphonez pour lui faire part de votre inquiétude, vous conseille de présenter cérémonieusement votre gouttière bien-aimé à l'énorme dogue qui, surpris, tourne autour. Votre chat ne bouge pas, impassible. Seule sa queue en l'air, hérissée, révèle son agitation intérieure. César s'approche et lui renifle le derrière.

— Dégoûtant !... Mal élevé !... s'écrie Melchior, indigné par cette familiarité.

Il se retourne vif comme l'éclair et, avec sa petite patte aux griffes acérées, il flanque une bonne gifle sur le museau de la gigantesque bête. Qui reste abasourdie et, queue basse, va se réfugier derrière l'Homme en gémissant.

— Ici, c'est moi qui commande, déclare froidement Melchior qui reprend sa place sur la bibliothèque.

Exact.

6

— Où tu vas, cet après-midi ? interroge l'Homme (de plus en plus flicard chaque jour) au-dessus du poulet à la pékinoise aux amandes.

N'ayant pu le convertir à votre fromage blanc et à vos yaourts aux fruits 0 %, éventuellement suivis d'une pomme en guise de déjeuner, vous avez conclu un arrangement avec les traiteurs chinois de la rue d'à côté.

A 11 h 30, vous téléphonez à madame Shu (ex-peintre de son état. Hélas, l'Art ne paie pas, à Paris comme à Pékin) et lui demandez ce que cuisine monsieur Shu (lui, ex-sculpteur : l'Art ne nourrit pas non plus les sculpteurs *). Vous commandez votre menu. A 12 h 30, vous dégringolez l'escalier et courez à L'Épi d'Or chercher un cabas tout préparé que madame Shu vous tend avec son charmant sourire, à l'indignation de la foule des clients qui attendent, leur chèque-déjeuner à la main.

Merci, ô grand Bouddha, votre époux bien-aimé à l'air de s'être très bien habitué à manger chinois.

— Où tu vas, cet après-midi ? repète l'Homme à qui vous n'avez pas répondu, plongée dans vos réflexions socio-ménagères.

— Des courses, marmonnez-vous vaguement.

* Note : à ce propos, vous haïssez le mot « plasticien » à la mode qui désigne désormais les peintres et les sculpteurs. Pour vous, cela évoque des fabricants de trucs hideux, en chewing-gum mâchonnés.

— Moi aussi, s'exclame joyeusement votre époux. Tu veux qu'on y aille ensemble ?

Surtout pas.

Non seulement vous détestez courir les magasins, on le sait — sauf à l'arrière d'une limousine avec chauffeur... —, mais — honte à vous ! — vous avez particulièrement horreur de lanterner de boutique en boutique avec votre mari.

En effet, celui-ci, malgré sa carrure d'1,90 mètre et ses immenses pa-pattes, marche à une allure d'escargot rêveur, et s'arrête devant chaque vitrine qu'il inspecte minutieusement. Vous, vous cavalez comme un gendarme. Au bout d'une demi-heure, vous trépignez devant l'Élysée, faubourg Saint-Honoré (sous l'œil suspicieux des policiers), alors que l'Amour-de-votre-Vie est encore au coin de la rue Royale.

Il y a pire. Dès le lendemain de votre lune de miel, vous vous êtes aperçue du problème. Le grand lascar que vous veniez d'épouser adorait vous acheter des vêtements. Quelle femme n'aurait pas été folle de joie ? Vous, vilaine pie-grièche ! Parce que le grand lascar en question affectionnait les dentelles, les volants, les broderies, les talons aiguilles, etc., bref, la mode dite « femme-femme ». Que vous exécrez — pour vous —, trouvant que la sobriété et le style « sport » vous conviennent mieux. Des bagarres éclatèrent dans les magasins au milieu de vendeuses affolées. Il arriva que l'Homme, furieux de votre manque de goût, sorte en claquant la porte vous laissant à moitié nue au milieu de la boutique. Puis votre doux Seigneur se mit à travailler comme une brute. Vous aussi, le problème de votre garde-robe disparut dans le brouillard des Falkland.

Vous craignez qu'il ne réapparaisse maintenant.

Vous décidez donc de mentir :

— Je vais au Monoprix, chercher une passoire et des ampoules. Cela ne t'amusera pas beaucoup.

D'un autre côté, laisser traîner votre époux seul devant les boutiques entraîne des dégâts financiers.

Avant-hier, il est rentré enchanté, avec deux caleçons de chez Hermès à huit cents francs pièce !

Vous avez poussé des hurlements.

— Tu te rends compte que tu aurais pu t'acheter cent soixante caleçons chez Tati pour le même prix !

— Et qu'est-ce que tu veux que je fasse de cent soixante caleçons Tati ? Là, au moins, je m'amuse.

Comme l'a enchanté de faire faire chez un tailleur inconnu, sortant probablement de Sainte-Anne, une extravagante redingote, dite « requimpette », qu'il ne mettra jamais, et dont vous n'osez même pas demander le prix. Ni celui de la garde-robe complète commandée chez Armani pour lequel il a abandonné Lanvin.

— Lanvin est plus élégant, avez-vous osé observer.

— Armani est plus branché, a répliqué votre cher trésor d'un ton sans appel. Et si je veux trouver quelques conseils d'administration, je dois être dans le coup !...

En vérité, aujourd'hui, vous ne vous rendez ni chez Tati, ni au Monoprix, encore moins chez Hermès.

Vous allez en douce faire le tour de tous les membres de votre petite famille pour les prévenir enfin que l'Homme est à la « .... * », et qu'il ne doit être fait aucune allusion à cette situation qui le déprime, sans qu'il l'avoue.

Vous commencez par Lilibelle et Grand-Papa Jules.

— Ma pauvre petite ! s'exclame-t-elle. Cela va être un cauchemar pour vous deux. Mon fils adorait son métier : un vrai *workaholique*.

— Ça veut dire quoi, *workaholique* ? interrompt Grand-Papa Jules

« Cinglé de boulot » en américain, répond Lilibelle, très fière d'elle et de sa culture anglophone.

— Parce que, maintenant, tu parles américain ? glousse son marin de mari.

* Mot censuré : « retraite ».

— Non, Monsieur le contre-amiral, je lis les journaux sérieux, moi. Pas comme d'autres qui parcourent indéfiniment *La Revue du Petit Matelot*.

Grand-Papa Jules baisse le nez.

— Non seulement mon garçon est un travailleur acharné et doit souffrir mille morts de rester inactif, reprend Lilibelle en s'adressant à vous, mais il va venir vous déranger sans cesse.

— Oui, je l'ai déjà constaté, dites-vous sombrement. J'ai un mal terrible à écrire mon prochain roman. Il entre dans mon bureau toutes les cinq minutes !

Lilibelle joint les mains et vous supplie :

— Je vous en prie, ne divorcez pas ! J'en mourrais ! Soyez patiente ! Cela s'arrangera. Croyez-moi, quand on est un vieux couple on s'entend mieux que quand on est jeunes. On s'est accoutumés l'un à l'autre. Et les habitudes, c'est très reposant, avec l'âge.

— Est-ce qu'au moins Alexandre sait jouer aux échecs ? interroge votre beau-père.

— Euh... je ne crois pas.

— Dommage, c'est une occupation passionnante et intelligente. Pas comme les mots croisés que certaines personnes que je connais (clin d'œil dans la direction de Lilibelle) passent des journées à remplir.

— Cela entretient la mémoire, réplique votre belle-mère, furieuse. Et ces personnes-là n'oublient pas de fêter les anniversaires des autres.

(A son tour, clin d'œil dans la direction de son marin.)

Pour détourner l'orage qui menace au-dessus du vieux couple, vous avouez que votre QI est insuffisant pour jouer aux échecs et même pour remplir des grilles de mots croisés. Vous vous contentez de vous amuser aux dames ou à la bataille navale avec vos petits-enfants quand ils sont malades.

— Et le bridge ? Pourquoi vous ne vous mettez pas au bridge tous les deux ? Il y a des clubs très élégants où l'on rencontre des gens charmants, suggère votre belle-mère qui est une fanatique.

Hélas, comme vous l'avez déjà raconté, depuis que

vers l'âge de douze/treize ans votre mère vous a obligée à faire la quatrième au poker et que vous y avez perdu toutes vos économies destinées à acheter la bicyclette de vos rêves, vous haïssez les cartes (sauf pour, éventuellement, une crapette, toujours quand vos petits-enfants sont malades). Quant à votre mère, vous lui en avez voulu pendant des années de sa sommation : « Dette de jeu, dette d'honneur. » Dette d'honneur à cause d'un carré de dames battu par un carré de rois ?... **Cuc** * !

— Il y a un bon côté dans tout, reprend Lilibelle, Mon fils va avoir beaucoup de temps libre et pourra me conduire chez le coiffeur et au cimetière, sur la tombe de son Papa, pour m'aider à arroser les fleurs.

Vous craignez que l'Homme refuse ce genre d'activité et se brouille avec sa chère Maman.

— Alexandre est contre les cimetières, dites-vous doucement à votre belle-mère. Il m'a déclaré vouloir être inciné sans cérémonie, et ses cendres jetées simplement, plouf..., dans la Seine.

Lilibelle lève les yeux au ciel.

— Mon fils a toujours été insupportable. Pourquoi priver sa famille et ses amis d'un bel enterrement ?

Vous gardez le silence courageusement. Parce que cela vous démange la langue de lui demander si elle a déjà prévu pour Grand-Papa Jules de belles funérailles militaires aux Invalides, avec drapeau sur le cerceuil, détachement de trente marins, ministre de la Défense nationale, chef d'état-major de la Marine en uniforme suivi de son éternel chef de cabinet (qui écrit les résumés des carrières toujours brillantes des défunts), vieux copains amiraux bardés de décorations, fanfare avec sonnerie de clairon, etc.

Et ELLE, Lilibelle...

... enveloppée, sanglotante dans d'immenses voiles noirs à l'ancienne et soutenue par le ministre.

Vous pouvez parier que, malgré son chagrin — elle

* « Merde » en vietnamien.

aime tendrement son marin —, votre belle-mère appréciera cette grande cérémonie.

Fille Aînée prit un air consterné en apprenant le coup dur qui frappait son père.

— Papa est bien trop *speed* pour prendre sa « .... * ». Pourquoi ne cherche-t-il pas un autre job ?

— Tu sais, à cinquante-neuf ans... bien... enfin cinquante-quatre ans !..., on ne se recase plus.

— C'est vrai. Il paraît que beaucoup d'hommes dans ce cas sont tellement malheureux qu'ils meurent brusquement, crac, d'un infarctus.

— Je te remercie de me réconforter. Pour l'instant, je voudrais lui organiser une vie intéressante.

— Pourquoi n'achetez-vous pas une goélette et ne faites-vous pas le tour du monde ? Ce serait mon rêve si j'avais l'argent et le temps.

— Nous y avons bien pensé, mais je déteste la perspective de passer un an sans voir mes filles et mes petits-enfants.

— J'ai une idée géniale ! s'exclama Fille Aînée. On prend tous une année sabbatique, et on part ensemble, bébé compris.

Vous lui rappelez que son propre mari, Monsieur Gendre n° 2 (le dentiste), a le mal de mer à la moindre vaguelette. Et qu'il ne quittera jamais ses patients et leurs chères dents (« chères », dans tous les sens du terme).

— En tout cas, réfléchit Justine, puisque Papa va avoir maintenant beaucoup de temps libre, je le vois très bien emmener les enfants au Louvre, au cinéma, à Disneyland, etc.

Vous n'en êtes pas si sûre. L'Homme déteste les musées : « Il y a toujours dix Japonais entre la Joconde et moi », le cinéma moderne : « Du cul ! rien que du cul ! Et triste en plus ! » et Disneyland : « Je refuse d'aller voir ces conneries américaines volées à nos chers vieux contes européens. »

* Mot censuré : « retraite ».

Vous ne répondez rien. Vous savez par expérience que vos petits-enfants sont toujours follement occupés. Débordés, comme leurs parents, par la vie moderne.

Le mercredi après-midi et le samedi, Matthias prétend qu'il a des cours de rattrapage. En fait, il passe son temps soit à dormir, soit au cinoche avec sa copine à s'embrasser comme des fous. Ce qui agacera leur grand-père, très pudique (en public). Vous soupçonnez Émilie de suivre le même chemin. Le bébé a à peine ouvert les yeux et n'a encore aucune conversation, sinon « beu... beu... beu... beu... » Ce qui n'intéressera pas son grand-père plus de deux minutes. De plus, les nouveaux-nés font peur à l'Homme qui n'a jamais su par quel bout les tenir. Reste Attila. Qui ne se déplace guère sans son copain, Rachid, un beur très gentil mais ne s'exprimant qu'en verlan, ce qui rendra la conversation difficile avec votre cher époux. En plus, Fille Aînée l'a inscrit (Attila, pas votre mari) à une foule d'activités : poterie, piano, tennis, cheval, karaté, et même japonais (la langue de l'avenir, assure-t-elle). Sans oublier, bien sûr, le foot. Bref, pratiquement impossible d'attraper un Attila libre plus de dix minutes.

Cependant, sur votre insistance et un sermon sur l'importance des rapports familiaux, Justine fut d'accord pour annuler toutes ces folles occupations et confier Attila (sans Rachid) un dimanche à son grand-père. Lequel prépara la journée comme un futur bachelier son examen.

D'abord un peu de culture. Il y avait justement une exposition de Poussin au Grand Palais dont on disait le plus grand bien.

Votre époux décida d'y emmener son petit-fils.

— C'est quoi, ces poussins ? demanda ingénument Attila. Et y aura aussi des poules ?

— Ce ne sont pas des animaux que nous allons voir, expliqua l'Homme d'une voix magistrale de prof de la Sorbonne, mais les œuvres d'un très grand peintre français du XVIIe siècle qui s'appelait Nicolas Poussin.

— Ah bon ! fit Attila déçu. Tu sais, papy, je suis

écolo. J'aurais préféré aller au Salon de l'Agriculture voir des cochons.

— Je t'y emmènerai aussi quand ça sera l'époque.

— C'est taf ! s'écria Attila.

Quand le couple arriva devant le Grand Palais, il y avait dehors une file de deux à trois mille personnes qui attendaient patiemment d'entrer.

— Qui c'est, tous ces gens-là ? demanda Attila.

— Des « poussinophiles », répondit l'Homme : des amateurs qui veulent admirer les tableaux de Nicolas Poussin.

Il s'adressa à un monsieur très élégant qui patientait en lisant Proust.

— Pardon, monsieur, de vous déranger, mais y a-t-il longtemps que vous attendez ?

— Une heure, soupira son interlocuteur. Et, d'après les rumeurs, nous en avons encore pour une autre heure !

— Grand-père, supplia Attila, si on allait plutôt aux Tuileries faire des tours de chevaux de bois.

— Pas très culturel, remarqua votre époux qui faisait ce jour-là une poussée de fièvre enseignante.

— Pourquoi ne pas l'emmener sur les Bateaux-Mouches faire une promenade ? Il pourra ainsi voir de beaux monuments de Paris sans attendre, suggéra le lecteur de Proust.

— Très bonne idée. Merci, monsieur, dit l'Homme.

— Géant ! cria Attila qui n'était pas poussinophile.

La promenade sur le *Passons-la-monnaie* fut très agréable. L'Homme admira la Concorde, le Louvre, l'Institut de France, le pont des Arts et, au retour, les beaux hôtels anciens, le pont Marie, Notre-Dame, la tour Eiffel, la fausse statue de la Liberté — qui rentrait, toute contente, d'un voyage au Japon —, etc., regardant et écoutant religieusement le télé-affichage et les images de la Mémoire du Fleuve. Attila, hélas, ne s'y intéressa pas du tout. Il était, lui, passionné par la Seine, ses poissons crevés le ventre en l'air dérivant au fil de l'eau, en même temps que ces animaux inconnus blanchâtres dont son grand-père disait ignorer le nom (préservatifs), les énormes branches d'arbre tapant dans les hélices (il faillit y avoir un accident. Heureusement, le mécanicien eut le temps de mettre en marche un second propulseur), les passages sous les ponts étroits où le petit garçon écoutait, ravi, l'écho des ses « coucouououou ! », les péniches des mariniers, culottes séchant au vent (le fameux pavois de la marinière) ; Attila ne se plaignit que d'une chose, il ne savait pas lire le plan du parcours. Pour le consoler, un mécanicien lui montra les énormes moteurs, l'emmena faire en courant trois fois le tour des coursives, lui fit admirer les tags ornant les berges (que, personnellement, vous préférez à beaucoup de peintures dites modernes), laissa bavarder le petit garçon avec le pilote (strictement défendu) qui, récompense des récompenses, lui permit de tenir (avec lui) le manche pour manœuvrer l'énorme bateau. Attila était si radieux que le photographe prit un rouleau entier de votre mignon petit-fils.

Pour le déjeuner, Attila emmena l'Homme dans son restaurant préféré : l'Hippopotamus des Champs-Élysées, que l'ex-P-DG ne connaissait pas. Ce dernier trouva la côte de bœuf moelleuse, la pomme de terre au four accompagnée d'une sauce au roquefort très bonne, et l'ambiance particulièrement gaie.

Et regretta de n'avoir pas connu cet endroit plus tôt, pour y inviter le conseil d'administration du Groupe Vidouze au lieu de le traîner chez Lipp, nettement plus chic mais moins amusant.

La conversation fut très animée. Consacrée au film que les deux complices allaient voir.

Votre époux avait envie de revoir un western de son enfance. Attila ignorait ce qu'était un western et penchait pour un « frilleur ».

— C'est quoi, un frilleur ? demanda son grand-père.

— Un film où on a très très peur.

— Je n'ai pas envie d'avoir très très peur, s'écria votre cher mari. Je voudrais passer un après-midi tranquille. Pourquoi pas un film d'aventures comme *Tarzan* ?

— *Tarzan*, c'est bon pour les bébés ! s'exclama dédaigneusement Attila.

L'Homme tourna les pages de *Pariscope*.

— Tiens, pour toi qui adores les animaux, je te propose *Crin Blanc*.

— Je l'ai vu dix-sept fois.

— Bon, dit patiemment le grand-père, toujours le nez dans *Pariscope*, est-ce que tu aimes la science-fiction ?

— J'adore ! Et toi ?

— Jamais vu.

— Tu n'as jamais vu de film de science-fiction ?!! hurla Attila si fort que toute la salle se tourna pour le regarder. Alors, on y va !

— D'accord. Il y en a justement un, américain, dans un cinéma à côté.

Attila se leva. Puis se rassit.

— Est-ce qu'il est traduit en francais ?

— Euh... non... il n'a pas l'air.

— Alors je ne comprendrai rien. Ni ce qu'ils disent en anglais, ni ce qui est écrit en dessous même pas en verlan. Regarde dans quel quartier on le parle normalement.

Le temps que l'Homme trouve, l'heure de la séance était passée. Pire : grand-père et petit-fils s'aperçurent qu'à force d'avoir perdu du temps à discuter, les films étaient commencés dans tout Paris.

— Qu'est-ce qu'on va faire ? se lamenta Attila.

— Qu'est-ce que tu as envie qu'on fasse ? demanda, embêté, votre cher mari.

— Acheter des poissons américains sur les quais.

— OK ! On prend un taxi et on y va.

Hélas ! les boutiques étaient fermées le dimanche. Sauf une où les poissons américains n'étaient pas arrivés, restés en rade à Miami (à cause de la millionième grève d'Air France). A la place, et à la demande pressante de son petit-fils, l'Homme lui offrit une couleuvre. Le petit garçon, fou de joie, dansa dans le magasin. Son grand-père le ramena en taxi au pied de son immeuble et rentra tranquillement chez lui (et vous) lire son journal.

Pendant ce temps, Attila, un peu inquiet des réactions de sa mère vis-à-vis de sa chère *coluber natrix*, la cacha sous son lit dans une boîte à chaussures capitonnée avec un chandail en cachemire bleu ciel (votre dernier cadeau de Noël, qui vous avait coûté une fortune). Hélas, la couleuvre n'aimait pas le cachemire bleu ciel. Elle s'échappa de sa boîte et se mit à ramper à travers l'appartement. Fille Aînée l'aperçut, traversant tranquillement le salon. Elle se mit à hululer comme une famille de chouettes.

Puis vous téléphona :

— Papa est fou ! Il a offert un serpent à Attila, qui se promène chez moi... le serpent, bien sûr. Je suis terrorisée.

Vous informez de cette situation dramatique votre époux assis tranquillement dans son fauteuil, plongé dans *Le Journal du Dimanche*. Il lève à peine les yeux. Et prononce une des phrases qui vous agacent le plus au monde :

— *Peux-tu dire à ta fille...*

Car l'Homme ne parle jamais directement à ses filles quand la situation risque d'engendrer une dispute. Il s'adresse à vous, du ton ferme d'un sultan turc, pour que vous transmettiez son message. Cela vous énerve ! Cela vous énerve !

Donc :

— *Peux-tu dire à TA fille...*

Vous, hargneuse :

— Laquelle ?

(Vous savez très bien laquelle. C'est histoire d'emmerder votre galopin de mari.)

— Justine... que les couleuvres ne sont absolument pas dangereuses. Au contraire, elles sont utiles et mangent les moustiques.

Vous faites passer.

— Je m'en fous ! vociféra Fille Aînée. D'abord il n'y a

pas de moustiques chez moi. En plus il paraît que c'est une couleuvre de Montpellier et que cela mord.

— **Dreck** * !

Vous annoncez la bonne nouvelle à votre époux qui ne s'en émeut pas.

— Eh bien, qu'elle la tue.

Vous faites passer à nouveau.

— J'en suis incapable, hurle Justine, et Benoît est parti promener le bébé. Je veux que Papa vienne rechercher cette saloperie de bête immédiatement et l'emmène chez toi.

— Pas question ! braillez-vous à votre tour.

(La scène se passe sur fond de sanglots d'Attila.)

— Ta fille aînée est vraiment une petite nature, remarque l'Homme, toujours paisiblement.

Cette fois, vous explosez. Vous lui arrachez son journal et lui tendez le téléphone :

— Eh bien ! DIS-LE-LUI-TOI-MÊ-ME !!!

D'une voix de miel, le Père annonce simplement dans l'appareil :

— J'arrive.

Vous apprendrez par la suite que la traque du reptile à travers l'appartement de Justine fut épique. L'Homme finit par le retrouver dans une des chaussures pointure 52 de Monsieur Gendre n° 2 (qui, malgré sa taille normale, a bizarrement des pieds gigantesques) et le glissa dans sa chère serviette de bureau Vuitton.

Craignant (avec raison) que vous ne l'attendiez avec un marteau à la main s'il rentrait chez vous avec son serpent, il l'abandonna dans les toilettes du petit café d'en face. Que vous surveillez ensuite plusieurs jours durant, attendant avec intérêt des hurlements de dames s'enfuyant culotte sur les chevilles, l'arrivée des pompiers, l'évacuation dans la panique du café, puis de l'immeuble, puis du quartier, etc.

Rien ne se passa.

A votre avis, le patron du bistrot avait dû attraper la

* « Merde » en yiddish.

couleuvre, l'avait bien installée dans un chaud bonnet de ski au fond de son tiroir-caisse, prêt à la lancer à la figure du premier petit braqueur venu. Même armé d'une Kalachnikov, n'importe quel bandit albanais s'enfuirait en beuglant s'il recevait un serpent dans la gueule. Non ?

Petite Chérie, elle, proposa immédiatement de partager son atelier de peinture avec son père.

— Il a du talent, tu sais ! On travaillerait tous les deux côte à côte. Il pourrait même louer des modèles nus. Moi, je n'ai jamais eu assez de sous.

— Tu sais bien qu'il déteste les gens qui fument.

Votre cadette a un grand élan d'amour.

— J'arrêterai de fumer pendant tout le temps de sa « .... * »

Vous trouvez cela très mignon, mais vous n'y croyez pas une seconde. Petite Chérie a essayé quinze fois d'abandonner ses chères Marlboro... plus de dix minutes ! Sans succès, hélas.

Là aussi, vous voulez éviter une brouille familiale.

— Emmène-le plutôt à la Grande Chaumière.

— Ils vont le bizuter.

Vous laissez tomber la perspective d'avoir deux Picasso dans votre tribu.

Arrive l'anniversaire de l'Homme.

César porte un superbe nœud rouge à son collier. Il est splendide, ainsi que son maître vêtu de la fameuse requimpette du tailleur fou, style chasse à courre !

Guirlandes, cadeaux, gâteau au chocolat, avec une petite bougie blanche, fleurs sont en place. Vous avez briefé une dernière fois toute la famille au téléphone : le mot « .... * » est IN-TER-DIT.

Le coupable sera privé de dessert.

— Alors, mon pauvre garçon, claironne Lilibelle en faisant une entrée à la Sarah Bernhardt et embrassant son fils, il paraît que tu as été mis à la RETRAITE.

* Mot censuré : « retraite ».

Un silence de plomb s'abat sur l'assistance pétrifiée.

Votre époux bien-aimé éclate de rire et se tourne vers vous.

— Ce n'était pas la peine de te donner tout ce mal, ma pauvre Titine. Mais je vais suivre ton conseil, je vais reprendre une activité intense : je vais me lancer dans la politique.

— Bravo ! s'écrie Fille Aînée. Là, au moins, tu peux rester député jusqu'à cent ans.

Tout le monde applaudit.

— Et vous m'aiderez ! clame l'Homme, en levant les bras comme un véritable élu haranguant le peuple.

— Oui ! Oui ! crie la famille, gaiement.

Léger silence.

— Comment on va faire ? demanda Petite Chérie. On a chacun un avis politique différent. Lilibelle est lepenniste, Grand-Papa Jules mégrettiste. Ma sœur vote socialiste. Son mari pour les Verts. Matthias se vante d'être royaliste mais sans roi. Émilie est communiste. Papa ne jure que par le RPR — ou par le RPF, je confonds les deux. Maman se flatte d'être anarchiste de l'extrême centre (personne ne sait ce que c'est, même pas elle). Et moi, je suis très fière d'être trotskiste. Quoiqu'il m'arrive de voter pour Chevènement parce que je suis amoureuse de lui. On ne va pas arrêter de se disputer.

Et on commence tout de suite.

7

— Avant de te lancer dans la politique, remarquez-vous en avalant de délicieux *nems* de madame Shu, délicatement enroulés de feuilles de menthe et de salade, il faut trouver un appart'. Ça commence à urger.

— Hon ! Hon ! marmonne l'Homme en tendant un ravioli chinois aux crevettes à César qui en bave de bonheur.

Vous êtes une maîtresse de maison nulle, on l'a vu, mais vous avez quelques rares principes hérités de votre grand-mère. Vous rouspétez :

— Je croyais que nous étions convenus que ton chien ne mangerait pas à table. Sa pâtée l'attend dans l'arrière-cuisine.

— Il est tellement mignon ! dit le Père de vos enfants d'une voix mouillée de tendresse (qu'il n'a jamais eue non plus pour sa progéniture).

Votre Seigneur et Maître est fou de passion pour son grand dogue noir qui ne le quitte pas d'un mètre, dort sur son lit serré contre lui — ce qui vous pose parfois des problèmes pour vous y glisser à votre tour... Quand c'est l'Homme qui vient vous rejoindre dans votre chambre, il laisse son chien enfermé dans la sienne où il pousse des gémissements lugubres (le chien). Vos voisins suivent ainsi avec intérêt votre vie sexuelle.

Vous laissez tomber vos récriminations. César a plus d'influence que vous dans votre propre maison. Et puis, il apporte un petit bonheur qui soulage la tristesse que vous sentez tapie au fond du cœur de l'Amour-de-votre-Vie.

— Pour en revenir à cette histoire d'appart', reprenez-vous...

— Je m'en occupe ! coupe votre mari chéri d'une voix ex-patronale. Mais avant, je dois m'acheter une voiture. J'en ai repéré une formidable, d'occasion, au Club des Collectionneurs. J'y vais justement cet après-midi. Tu m'accompagnes ?

— J'aimerais bien, mais j'attends le réparateur de SOS-Vous-Tire-d'Embarras. La machine à laver la vaisselle est en panne.

— Quand vient-il ?

— C'est ça qui est épatant avec les sociétés de dépannage : on ne vous fixe jamais d'heure précise. On vous indique simplement : « Le technicien passera entre 14 heures et 20 heures. » Tu es coincée tout l'après-midi.

— Palmira ne peut pas s'en occuper ?

— Palmira n'est pas là. Elle est partie en urgence au Portugal où sa mère est mourante.

— Alors, qui est dans la cuisine à casser des assiettes ?

— Sa petite nièce portugaise Naïr, qui parle à peine le français et n'est pas terrible côté ménage. Mais c'est mieux que rien.

L'Homme se lève, imité par César.

— Désolée de ne pas pouvoir venir avec toi, dites-vous gentiment.

Vous mentez une fois de plus. L'Homme sait que vous mentez. Vous savez que l'Homme sait que vous mentez. Mais vous croyez fermement que le mariage requiert l'art des petits mensonges affectueux. Du reste, vous avez lu quelque part que l'Église, autrefois, les appelait des « joyeusetés » et ne les comptait pas parmi les péchés.

Pour en revenir aux voitures, vous vous en foutez complètement. Vous demandez simplement à la vôtre de ne JAMAIS tomber en panne. Plus les années passent, moins vous êtes capable de changer un pneu *. Ni, surtout, de séduire un conducteur mâle passant sur la route et s'arrêtant pour le faire à votre place (c'est ça le plus triste).

L'Homme et son chien s'en vont. Vous vous plongez pour la dix-septième fois dans *Voyage au bout de la nuit* de Céline que vous n'arrivez pas à lire depuis des années, bien qu'il soit, paraît-il, le chef-d'œuvre des chefs-d'œuvre du siècle. Vous avez honte. Vous n'êtes vraiment pas une intellectuelle intelligente (parce qu'il y a des intellectuelles idiotes. Par exemple **...)

A 4 heures de l'après-midi, le dépanneur sonne. Il a une cravate à pois, des lunettes et une serviette d'ingénieur. Très homme d'affaires.

— Où se trouve la machine ? demande-t-il d'un ton froid, sans vous dire bonjour.

— Sur le balcon, répondez-vous joyeusement.

Le technicien reste impassible. Vous vous excusez de votre humeur blagueuse et vous l'entraînez dans la cuisine.

Le représentant de Miele ouvre alors l'appareil, tripote divers boutons, grommelle : « Hum !... Hum !... » Mauvais signe. Vous êtes bonne pour acheter une machine neuve. La jeune Naïr le contemple, les mains jointes, comme s'il était la Vierge de la Macarena, à Séville.

Soudain, le dépanneur se penche, attrape un fil électrique qui traîne par terre et le brandit.

— Votre Miele G532 marcherait si elle était branchée, remarque-t-il ironiquement. Ce sera trois cent cinquante francs pour le dérangement.

A sa grande indignation, vous éclatez de rire. Vous êtes vraiment une ménagère minable ! Le réparateur s'en va avec son chèque, en hochant la tête. Quel métier ! Se déplacer pour des folles comme vous !

Naïr, elle, pleure.

* Vous avez appris avec stupéfaction il y a trois jours que les pneus n'avaient plus de chambre à air depuis des années... C'est dire si vous vous tenez au courant de l'industrie automobile.

** Censuré par votre chère directrice littéraire sous prétexte qu'elle les édite !...

— Pardon, Madame. Moi, très sotte.

— Mais non. Ce n'est pas grave, ma petite fille, dites-vous en la prenant dans vos bras et en la berçant.

A ce moment-là, l'Homme et César rentrent, l'air un peu surpris de vous trouver enlacée avec la femme de ménage. Avant que vous ayez pu ouvrir la bouche pour une petite explication, votre époux crie, hors de lui d'excitation :

— Elle est toujours aussi belle ! Elle est toujours géniale ! Elle est toujours formidable ! Elle est toujours le rêve de ma vie ! Comment ça « QUOI » ? Ma voiture, évidemment ! Viens la voir du balcon.

Vous le suivez en courant. Vous regardez dans la rue. Vous ne voyez rien de spécial.

— Là ! Là ! gueule votre mari en pointant le doigt en direction d'un poisson d'argent sous votre fenêtre.

— Mais elle est minuscule ! vous exclamez-vous. Même Melchior ne va pas pouvoir entrer dedans.

— Mais si. Viens voir !

Il saisit un gros pouf marocain dans l'entrée et, avant que vous ayez eu le temps de poser la moindre question, dégringole l'escalier avec son chien. Vous suivez.

Et là, sur le trottoir, vous avez un choc.

Vous la reconnaissez. C'est aussi la voiture de vos rêves. La fameuse vieille Jaguar type E. Élégante. Racée. Luxueuse.

— Et refaite entièrement à neuf en Angleterre ! précise votre époux.

De merveilleux souvenirs affluent dans votre tête. C'est avec elle ou sa sœur aînée que trente-huit ans auparavant, votre Grand Amour vous a enlevée, emmenée faire le tour de l'Italie à deux cent trente kilomètres à l'heure, et séduite pour la vie.

Au moment où vous allez entamer une valse joyeuse avec ledit Grand Amour, une sombre réminiscence envahit votre mémoire.

A l'époque, le jeune Alexandre avait un grand berger allemand, Rock, qu'il adorait encore plus que César. Et quand vous aviez voulu vous installer dans la belle Jaguar (neuve), ô surprise, il n'y avait pas de siège pour le passager. Le baquet avait été enlevé. Remplacé par une pile d'oreillers.

— Où je m'assieds ? aviez-vous bredouillé, dépassée par la situation.

— Sur les oreillers, avait répondu gaiement votre futur mari.

— Mais... pourquoi ?

Le jeune homme avait arboré alors un air chafouin que vous avez depuis appris à reconnaître.

— Rock ne tient pas assis sur le siège. Sa tête tape contre le toit de la voiture, alors j'ai enlevé le baquet, et toi, tu seras installée comme une sultane sur des coussins dans son harem. Juste au niveau du pare-brise.

— Tu veux dire que je vais faire le tour de l'Italie accroupie sur des oreillers si je veux voir le paysage ?

— Ben...

Vous avez beau être toute jeune, timide, et follement, follement, amoureuse, vous n'en avez pas moins votre petite vanité. Vous ne voulez pas être traitée moins bien qu'un chien.

— Il n'en est pas question, aviez-vous déclaré avec hauteur.

Et vous vous étiez enfuie.

Le jeune homme s'était précipité à votre poursuite.

— Je t'en prie, mon amour, ne te sauve pas. Tu sais bien que je suis fou de toi. Je vais faire remettre le siège et laisser le chien à mon père. Pardonne-moi, j'ai de temps en temps des idées idiotes ! Si tu me quittes, je me jette contre un arbre.

Vous avez vingt ans. Vous le croyez. Et surtout, vous l'adorez, votre Alexandre. Vous fondez.

— Non ! Non ! Ne te tue pas ! On va se serrer tous les trois.

Vous avez ainsi parcouru, accrochée au collier du chien Rock et non au cou du futur-Homme-de-votre-vie, la plus belle des Italies.

Et voilà que ça recommençait !

Vous comprenez maintenant l'utilisation du pouf marocain que votre mari tient dans ses bras.

— Tu as encore fait enlever le siège du passager ? demandez-vous, les dents serrées, blême de rage.

Votre époux se tortille, l'air gêné.

— J'ai pensé que… heu… César…

Mais les années ont passé. Vous avez pris de l'autorité. Et bien qu'adorant toujours votre mari, vous ne marchez plus à quatre pattes quand il lève le petit doigt.

— C'est le chien ou moi ! hurlez-vous.

Et, de nouveau, trente-huit ans plus tard (bien que vous prétendiez trente-trois) vous tournez les talons et laissez en plan cet enfant de salaud que vous avez eu la bêtise d'épouser, son clebs de malheur et sa saleté de pouf marocain.

Ô drame,

Ô désespoir,

Ô « tristesse » ennemie…

… cette fois-ci, l'Homme ne vous court pas après en demandant pardon. Sa passion se serait-elle émoussée ?

Tha Ma De * !

Vous rentrez chez vous faire vos bagages.

Une demi-heure plus tard, vous ressortez avec quelques vêtements jetés dans un sac, le brouillon de votre livre que vous avez abandonné depuis trop longtemps, et votre téléphone portable.

Un taxi vous attend pour vous emmener à la gare.

Vous avez également appelé votre très chère cousine Isaure qui a accepté gentiment de vous recevoir quelques jours en Dordogne dans son château (classé) avec trente-cinq chambres (classées) et son parc (classé).

Vous confiez Melchior à votre chère concierge qui a une grande affection pour lui.

* « Merde » en chinois (mandarin).

— Tu ne t'en vas pas trop longtemps ? demande-t-il inquiet et malheureux.

— Non. Juste quatre ou cinq jours de bouderie.

— D'accord, de temps en temps la bouderie, ça fait du bien, confirme votre sage Petit Chat.

L'Homme a disparu avec son César. Qu'ils crèvent tous les deux dans leur Jaguar de merde (tant pis, vous l'avez dit !).

Vous éprouvez une immense tendresse pour Isaure qui vous a recueillie quand, à seize ans et demi, vous vous êtes enfuie de chez votre mère et Gorille Grognon (son mari n° 2) et que vous vous êtes retrouvée un peu perdue dans la vie. Puis votre cousine épousa Renaud, marquis de G. Mit au monde cinq garçons — à votre grande fierté, vous êtes la marraine de l'un d'eux —, les éleva, et consacra ensuite son existence à entretenir, au prix de mille difficultés financières, le superbe château de famille de G.

Douze heures par jour, elle court de la grille d'entrée à repeindre (blason compris) aux douves à vider et nettoyer, discute avec l'architecte des Monuments historiques de la réfection d'une partie du toit, fait tailler minutieusement les buis des parterres par deux CES *. Porte chez l'ébéniste un bureau ayant appartenu au prince de Condé, abîmé par une baby-sitter irlandaise peu soigneuse, plus un banc de la petite chapelle sur lequel un salopard inconnu a gravé ses initiales. Cherche fébrilement un mécène et des sous pour remettre en état la chambre dite « de l'Évêque », tapissée de papier d'époque. Remplace, quand il a trop besoin de faire pipi, l'étudiant qui sert de guide et escorte les groupes de touristes arrivant inlassablement par cars entiers pour visiter une partie du château, le parc et la chapelle.

Vous admirez profondément son cœur, son intelli-

* Note de l'auteur : ma directrice littéraire d'origine bourgeoise et, semble-t-il, fort bien payée, ignorant ce qu'est un CES, je précise spécialement pour elle qu'il s'agit d'un Contrat-Emploi-Solidarité.

gence, sa gentillesse, sa vitalité, sa gaieté, mais aussi sa main de fer pour mener tout son monde.

Souvent, vers 10 heures du soir, elle se lance, à la tête d'une équipe, à la recherche de son marquis de mari qui a une passion : ses mille hectares de bois qu'il parcourt des journées entières, cahotant dans une 2 CV presque aussi vieille que le pigeonnier du XIIIe (bon, d'accord, là vous exagérez un peu), et oubliant de rentrer dîner. Occupé à noter fébrilement pour ses fils les travaux forestiers à effectuer pendant les vingt prochaines années.

Le dimanche d'Isaure n'est pas, non plus, de tout repos : elle voit arriver avec bonheur ces cinq fils, ses cinq brus et ses vingt-cinq petits-enfants. Soit des tablées de trente-sept personnes (trente-huit avec vous).

La vie au château de G. présente, cependant, quelques inconvénients que vous connaissez bien.

Isaure vous avait fait préparer la chambre dite « de la Pompadour », dans les tons bleus, avec un délicieux lit à baldaquin que vous auriez bien chipé si l'on ne vous avait pas appris, à vous aussi, dès le biberon, le Huitième Commandement : « Tu ne déroberas point. »

Deux fenêtres avec rideaux en toile de Jouy assortie au baldaquin et donnant sur le parc encadrent une table où vous comptez travailler quand vous l'aurez débarrassée d'une collection de ravissantes petites tabatières.

A ce propos, Isaure vous a raconté une charmante anecdote. Une de ses amies, Bénédicte, avait vécu quelques années au Montenegro où son mari était directeur du Tourisme de l'île de Sveti Marko. Elle vit arriver un jour une gitane qui habitait à côté de chez elle et traînait son petit garçon par la main. Lequel tendit à Bénédicte sa tabatière Louis XV en nacre et argent ciselé dont elle avait remarqué la disparition.

— Pardonnez-lui, dit la gitane, il est petit. Il ne sait pas encore qu'il ne faut jamais voler les VOISINS !

Pour l'instant, vous dormez béatement sous votre baldaquin.

La porte de votre chambre s'ouvre brutalement.

Piaillements. Flashes. Rires aigus.

Vous sursautez et émergez, abrutie, de vos draps brodés d'une couronne de marquis.

Un groupe d'une dizaine de Japonais et Japonaises entoure votre lit et vous désigne du doigt avec agitation. La moitié d'entre eux ne cesse de vous photographier. Peut-être croient-ils que vous êtes la Pompadour elle-même ?

— Sortez de ma chambre ! hurlez-vous. Vous êtes dans une aile du château interdite au public.

En fait, c'est de votre faute. Vous avez oublié de fermer hier soir votre porte à clef. Pourtant, vous savez que les touristes ont la passion de se glisser dans les endroits défendus. Vous vous êtes déjà réveillée au milieu d'Américains, d'Allemands, d'Indonésiens, de Russes, de Chinois, de Nigériens, d'Argentins, etc., etc.

Hélas, vos Japonais de ce matin ne comprennent pas le français. Ils vous répondent avec de larges sourires et de profondes courbettes.

— **OUT** * **!** gueulez-vous en leur montrant la porte d'un index menaçant.

Cette fois, ils ont saisi. Et s'enfuient en désordre.

Ces vilains descendants des samouraïs ont appris l'anglais et non le français. A quoi servent nos ministres de la Culture ? A part participer à la Fête de la musique dont les instruments discordants sous vos fenêtres vous empêchent de dormir.

Puisque vous êtes réveillée, vous décidez de travailler (pas comme certains de nos ministres dont vous ne citerez pas les noms **). Vous sortez votre manuscrit en désordre : *Le Tueur cannibale*. Brusquement, le titre ne vous plaît plus. Et si vous appeliez votre polar *L'Anthropophage de Bercy* ? Non, trop long. Et puis vos chères lectrices croiront que c'est une allusion perfide au ministre des Finances. Alors peut-être... heu... *Le Cannibale du Trocadéro*. Tiens, ça sonne pas mal. Mais

* « Dehors » en anglais.

** Vous avez eu assez d'ennuis lorsque vous avez écrit : *Arrêtez de piquer mes sous* (éd. Flammarion).

pourquoi le Trocadéro ? Pourquoi pas le Trocadéro ? Il y a de bons bouchers dans le 16e. Oui, mais vous savez, vous, que le coupable n'est pas le boucher justement, sinon il n'y aurait pas de suspens. Bon, vous verrez ça plus tard. Pour l'instant vous griffonnez sur une feuille intitulée « Titres à voir » : *Le Cannibale du Trocadéro*, et vous vous mettez à écrire.

Les lieutenants de police Jérôme Broquet et Zoé Franqui entrèrent dans la boucherie « La Joyeuse Entrecôte ».

— Monsieur Georges Dulard ? demanda le premier au garçon boucher en train de trancher vigoureusement à la hache (ah ! ah ! serait-ce la « hache-signature » ?) des côtes d'agneau pour une cliente qui ne les quittait pas des yeux (espérant peut-être qu'il se couperait un doigt avec).

— Ouais, c'est moi.

— Pourriez-vous nous suivre (Jérôme Broquet sortit de sa poche sa carte d'officier de la Criminelle). Nous voudrions vous interroger au commissariat au sujet de la mort de mademoiselle Delcroix, Rosalie.

Le garçon boucher blêmit.

— Encore ! On m'a déjà convoqué cinq fois sans compter la perquisition dans mon studio, où vos gars ont mis toutes mes affaires tellement en l'air que j'en ai eu pour trois jours à ranger. Déjà que je ne suis toujours pas remis de la mort de ma copine !

— Désolé, mais c'est important.

Georges Dulard posa sa hache.

— Vous avez trouvé le salaud qui l'a tuée ? s'écria-t-il, frémissant.

Quelqu'un frappa à votre porte. Toc, toc.

— Oui ?

Isaure passa la tête.

— Pardonne-moi de te déranger, ma chérie, mais ta famille est en ébullition. Ton mari est écroulé dans son fauteuil et refuse d'ouvrir la bouche. Lilibelle a signalé ta disparition au commissariat où ça les a fait rigoler. Fille Aînée téléphone systématiquement à tous les hôtels du quartier sous ton nom de jeune fille. Il n'y a que Petite Chérie qui s'est doutée que tu étais ici. Qu'est-ce que je lui réponds ?

— Qu'elle garde le silence encore quelques jours. Je l'appellerai ce soir, chez elle.

— Ton époux pleurniche aussi que tu n'es pas là pour visiter avec lui d'urgence des appartements.

— Il n'a qu'à les visiter avec son chien, dites-vous amèrement.

— Oh, arrête d'être fâchée ! Tu t'es quand même aperçue, dans ta vie, que les bonshommes ont des cervelles de moineaux et font des idioties sans s'en rendre compte.

— Je sais bien ! Mais il y a des jours où cela vous reste sur l'estomac.

— Ah, j'oubliais ! Il y a un cadeau pour toi au pied du perron.

— Qu'est-ce que c'est ? demandez-vous, intriguée.

— Viens voir toi-même.

Vous restez saisie à la vue d'une adorable petite 206 rouge, toute neuve, entourée d'un énorme ruban cerise.

Un mécanicien en sort et vous demande :

— Vous êtes bien... heu... Madame Titine ?

Vous êtes tellement stupéfaite que vous hésitez un moment.

— Heu... non... enfin, oui !

Il vous tend alors une lettre.

Ecriture de l'Homme.

« Titine, je suis un sombre crétin. Pardonne-moi.

« Accepte cette petite voiture neuve que tu mérites bien, et reviens à la maison. Je suis malheureux sans toi.

« A.

« P-S : J'ai échangé la Jaguar E contre une grosse Mercedes S-class où tiendront tous les paniers que tu transportes inlassablement de Paris à la campagne, et de la campagne à Paris. »

Vous levez un visage radieux vers Isaure et agitez la lettre.

— Tu sais ce que c'est ?

— Je m'en doute.

— Peut-être, mais pas tout à fait. C'est la première lettre d'amour de mon mari.

— La 206 neuve, c'est gentil aussi.

— Oh ! pour les cadeaux, il a toujours été généreux. Ce sont les mots d'amour dont il est avare.

— Veux-tu que, pour célébrer l'événement, nous ouvrions une bouteille de champagne ?

— Merci. Tu es un chou ! Mais si cela ne t'ennuie pas, je repars tout de suite à la maison retrouver mon beau Seigneur.

Vous pouvez parier que même la maison Peugeot ne se doutait pas que sa 206 pouvait aller aussi vite. Vous roulez pied au plancher, en chantant à tue-tête votre air préféré : *La Marseillaise*. « Aux Armes, Citoyens !... Tata, Tata, Ta ta, Ta ta », etc. (il y a longtemps que vous avez oublié les paroles). Par chance, vous ne rencontrez aucun képi ni radar.

Vous êtes accueillie à Paris par Melchior qui miaule de joie, César qui vous lèche la figure... et une drôle d'odeur qui semble venir de la cuisine.

Qui en vient. Mais oui...

Au milieu de la pièce, l'Homme en short de nuit, un torchon blanc entortillé autour de la taille, s'agite. La grande table et le plan de travail sont jonchés d'artichauts, de tomates, de champignons de Paris, d'oignons, de gousses d'ail, de tranches de lard, etc., etc. Par terre, un peu partout, vos casseroles et vos poêles. Dans la cocotte, sur le gaz, mijote quelque chose. Vous n'en revenez pas.

— Qu'est-ce que tu fous ?

— La cuisine.

— LA CUISINE !?

— Oui. C'est mon copain Jean-Paul qui m'a donné cette idée : apprendre à faire la tambouille, cela calme les nerfs. En plus, j'en avais marre de tes chinoiseries.

— Je crois que je vais repartir de cette maison, dites-vous, pas très contente. (Déjà !)

L'Homme se précipite, une poêle dans une main, un oignon dans l'autre, et vous enlace.

— Non, non ! Ne t'en va pas. C'est trop triste quand tu n'es pas là. J'ai besoin de toi.

Votre petit cœur de midinette se remet à battre de bonheur. Jamais votre époux n'a été aussi tendre. Vous décidez d'être, à votre tour, la geisha de ses rêves.

— Peut-on savoir ce que tu prépares ? demandez-vous d'une voix langoureuse.

— Des artichauts *à la Barigoule*.

— Hé bé ! Tu veux faire concurrence à Bocuse ?

— Je suis justement en train de parcourir son livre de recettes.

— Et tu t'en sors bien, on dirait ! remarquez-vous, admirative.

Votre mari se gonfle de contentement comme un pigeon amoureux.

— Je commence, tu sais. Je dois reconnaître que cela m'amuse. Reste que cela ne fait pas rire du tout Palmira. Sa mère va mieux, elle est rentrée du Portugal, et grogne que toute la vaisselle que je salis ne tient pas dans la machine à laver et qu'elle en a pour une heure, le soir, à ranger mon foutoir.

— Aïe !

— Elle a même marmonné qu'elle pourrait bien partir si je continuais à être sans cesse dans ses pattes dans SA cuisine.

— Aïe ! Aïe ! Je vais lui payer une heure de plus.

Votre époux brandit dangereusement la poêle.

— Jamais de la vie ! C'est moi maintenant qui prépare les repas et c'est elle que tu veux augmenter ? Le monde à l'envers.

— Mais je vais te rémunérer, toi aussi, comme un chef !

— Et avec quel argent ?

— Le tien !

L'Homme éclate de rire et vous décidez d'en profiter

pour changer de conversation (vous vous arrangerez en douce avec Palmira).

— Tu as vu des appartements intéressants ?

— Oui, mais chers. Très chers.

Délicatement, vous ne remarquez pas à voix haute qu'avec tout l'argent que votre Chef de Tribu a jeté par la fenêtre en bagnoles, chien, costumes Armani, caleçons Hermès, montre Rolex en or, etc., vous seriez plus au large pour acheter un duplex. Mais geisha vous avez décidé d'être, geisha vous serez.

— Merci pour la voiture, murmurez-vous, et vous posez un baiser voluptueux sur les lèvres de l'Amour-de-votre-Vie.

L'Homme laisse tomber sa poêle et son oignon, vous couche sur la table de la cuisine où vous écrasez les tomates épluchées, et vous viole délicieusement *.

* NB. Vous n'avez jamais fait autant l'amour que depuis que l'Homme est à la « .... ». Vive la « .... » (et sans Viagra) !

8

— Qu'est-ce que tu dirais si on achetait une maison de deux cent quarante mètres carrés, avec séjour, six chambres et jardin, à Neuilly ? demande la voix de votre mari derrière son journal dont il lit avec passion les petites annonces immobilières. Et interrompant brutalement vos réflexions sur *Le Cannibale du Trocadéro* : ce matin vous avez trouvé quatre alibis solides pour le garçon boucher soupçonné des six meurtres de jeunes femmes (y compris ceux de Gisèle et de Rosalie), et qui est en garde à vue à la Crime.

— Titine, tu m'écoutes ? s'impatiente votre époux bien-aimé.

— Parfaitement (menteuse !). Mais j'ai mal entendu ce que tu m'as dit. Je deviens sourde (non, ce n'est pas encore vrai. Heureusement !). Moi, je préfère un appartement confortable à Paris, dans un immeuble en bon état où je n'ai à m'occuper de rien. Je te signale qu'on a déjà une maison, la Micoulette, qui me réclame beaucoup de travail.

— Et si on s'y installait définitivement ?

— Où ça ?

— Ben, à la Micoulette. Dis donc, toi, tu as l'esprit bouché, ce matin.

— Oui. En plus d'être sourde, je deviens gâteuse, assurez-vous gaiement. Ecoute, tu sais combien j'adore la campagne, mais j'aime aussi Paris. Sans compter que je veux être près de nos filles, des petits-enfants, de mon éditeur, de mes copines, etc. Et puis toi, qu'est-ce que tu ferais toute l'année à la campagne ? Tu as une passion pour les fleurs, d'accord, mais si tu tailles le moindre rosier, tu attrapes une sciatique. Du bricolage ? Tu t'écrases le doigt et tu fais tomber le mur quand tu plantes un clou. Et l'hôpital se trouve à quarante-cinq minutes en voiture.

Votre cher époux dédaigne de répondre et se replonge dans les petites annonces de son journal.

— ... « Immeuble pierre de taille. Cinq minutes musée d'Orsay... »

— On se fout du musée d'Orsay, remarquez-vous. Je n'ai pas l'intention de le visiter tous les jours.

— Attends, je n'ai pas fini : « ... trois chambres, deux salons, salles de bains sans eau »...

— Comment ça, salles de bains sans eau ?

— Je ne sais pas. Je ne comprends rien à leurs abréviations. Après tout, c'est peut-être du champagne qui coule des robinets ?

— Tu es sûr ?

— Non.

— Je me demande pourquoi les annonceurs marquent toujours « pierre de taille ». Sinon, il est bâti en quoi, leur immeuble ? En bambou ?

— Plutôt en béton, je suppose.

— Quelle horreur, le béton ! Ça fait prison. Et puis tu remarqueras qu'il n'y a pas d'ascenseur.

— Mais si, sûrement. Avec le prix qu'ils demandent !

— On a les sous ?

— Non, dit l'Homme sombrement. Seulement dans huit ans, quand je pourrai finir de vendre mes *stock-options*.

Vous n'avez toujours pas la moindre idée de ce qu'est une *stock-option*, et vous ne voulez toujours pas le savoir.

— On n'a peut-être pas besoin de cinq pièces, insinue l'Homme. Trois nous suffiraient : un living, une chambre pour toi, une chambre pour moi.

— Et mon bureau ?

— Tu peux peut-être travailler dans ta chambre ?

— Tu as vu les tonnes de papiers, de notes, de dossiers, de dictionnaires, de grammaires, d'ouvrages de référence, dont j'ai besoin pour bosser ? Il ne me restera même pas la place d'un « lit-trois-cuisses ».

Surpris, votre mari lèvre la tête par-dessus son journal et demande :

— C'est quoi, un « lit-trois-cuisses » ?

— Autrefois, les couches pour un couple ne mesuraient que 1,10 m × 1,75 m. Alors que maintenant la taille minimum est de 1,40 m × 2 m. Du coup, les antiquaires appellent les plumards anciens des « lits-trois-cuisses ».

— Moi, je ne tiendrais même pas tout seul dans un « pucier-trois-cuisses », remarque l'Homme fièrement. Alors avec toi en plus, il faudrait dormir en sandwich.

Il rigole et enchaîne :

— Tiens, je vois là une petite annonce qui va te plaire. Un loft d'artiste avec vingt et un placards, une porte blindée et un jardin intérieur.

— Vingt et un placards ! Epatant ! Mais où sont-ils ces vingt et un placards ?

— Dans le 20e arrondissement.

— Et ça perche où, le 20e arrondissement ?

— A l'est de Paris.

Vous détestez sortir de votre quartier et il y a des tas de coins de la capitale où vous n'avez jamais mis les pieds. D'accord, ça fait snob d'avouer que vous connaissez mieux Mexico qu'Aubervilliers. Mais qui a jamais eu envie de visiter Aubervilliers ?

— Tu es cinglé ! vous exclamez-vous. Nos deux filles habitent toutes les deux dans le 17e. Exactement de l'autre côté de Paris. Une heure au moins chaque fois pour aller les voir et une heure pour en revenir. Pas question. Et si on s'installait dans la résidence où vit ta mère ?

— Jamais ! Pour n'être entourés que de petits vieux qui perdent leur dentier au déjeuner, ou jouent au bridge comme des malades toute la journée. On ira quand j'aurai quatre-vingt-quinze ans et que je serai gâteux et toi retombée en enfance. Sans compter qu'habiter à côté de ma mère me rendra dingue. Je préfère tout de suite l'asile de fous.

— D'accord. Moi aussi, du reste. Et si on s'adressait à une agence ?

— Qui prendra cinq pour cent de commission ?

— Pas forcément. J'ai une copine qui a une amie, très femme du monde, qui cherche des appartements, mais... pour s'occuper... enfin, s'amuser. Tu vois le genre. Elle ne demande rien, ou presque.

— Tu parles ! Je connais le coup. C'est arrivé à un de mes directeurs dont un vague cousin lui avait déniché un duplex, soi-disant par pure amitié. Il lui a quand même réclamé quatre pour cent.

Vous commencez à être inquiète.

— Tu crois qu'on va trouver quelque chose rapidement ? Parce que nous devons libérer les lieux dans un mois.

— Je t'en supplie ! ne stresse pas. Je M'EN OC-CU-PE ! C'est énervant que tu ne me fasses jamais confiance.

— Si, si, mon bébé. Je te fais entièrement confiance.

Une « joyeuseté » de plus.

En sortant de chez vous, vous passez voir votre chère concierge. N'aurait-elle pas entendu parler d'un quatre pièces dans le quartier, qui, que, etc. Elle lève les bras au ciel.

— Ma pauvre petite dame, tout le monde cherche des quatre pièces ! C'est ce qu'il y a de plus difficile à trouver.

Par contre, elle connaît, avenue Foch, une gardienne d'immeuble dont un des propriétaires, un chef d'Etat africain milliardaire (comme ils le sont tous avec nos sous), cherche à se débarrasser de son sixième étage, avec terrasse de cinq cents mètres carrés comportant une immense pelouse (à tondre tous les jours), une piscine cascadant parfois chez le voisin du dessous (un cheikh arabe pas commode du tout qui monte, furieux, avec sa garde de Bédouins armés), et un âne qu'il a fait amener là par hélicoptère.

Un âne ! vous avez déjà sur les bras un chien, un chat et, en ce moment, en vacances, le hamster et les poissons d'Attila (dont deux américains, paraît-il très rares et qu'il faut nourrir avec une poudre spéciale qu'on ne trouve que dans une boutique à Pantin).

Vous vous sauvez.

Madame Rastout vous court après dans la rue.

— Excusez-moi du conseil, énonce-t-elle, essoufflée, mais, avant de vous décider définitivement, ne manquez pas d'aller interroger la concierge. On a quelquefois des surprises.

Vous la remerciez chaleureusement de cette recommandation avisée.

Dans l'avenue d'à côté se trouve justement un petite agence immobilière de quartier. Vous vous arrêtez et examinez photos et prix exposés dans la vitrine. Les deux vous semblent convenables. Vous entrez. Un jeune homme encore très boutonneux se lève en hâte. Vous lui expliquez votre problème.

— Nous avons beaucoup de quatre pièces, assure-t-il avec un sourire engageant, mais... heu... au rez-de-chaussée.

— Pas de rez-de-chaussée, répondez-vous fermement. Tous les passants vous regardent vous habiller ou vous déshabiller par la fenêtre. Sans compter les cambrioleurs.

— Vous voulez rire ! s'exclame l'agent immobilier. Les cambrioleurs s'attaquent surtout aux derniers étages où ils sont plus tranquilles pour travailler. Sans compter que toutes les fenêtres de nos rez-de-chaussée sont munies de barreaux.

— Quelle horreur ! On doit avoir l'impression d'être en prison.

— Et un premier étage ? propose le vendeur.

Vous hésitez.

— « Immeuble de standing en pierre de taille (naturellement !), double vitrage... » : vous n'entendez pas les bruits des voitures, récite le jeune homme.

Vous demandez le prix. Moins que ce que l'Homme a décidé. Ça vaut le coup d'aller voir, non ?

— Je peux le visiter maintenant ?

— Immédiatement. Il est à cent mètres d'ici. Je reviens, dit votre compagnon à une vieille secrétaire que vous n'aviez pas remarquée dans un coin, et qui vous semble avoir une lueur narquoise dans l'œil.

Vous partez avec le jeune agent immobilier boutonneux et bavard qui vous fait une description éblouissante de la vie délicieuse que vous aurez dans son quatre pièces plein sud (soleil toute la journée), deux salles de bains (avec eau cette fois-ci), cuisine américaine (vous n'osez pas demander ce que c'est), moulures au plafond (vous vous en foutez), repeint de neuf en blanc cassé, etc., etc. Bref, vous avez envie d'aller remplir vos valises et de vous installer immédiatement dans cet endroit de rêve.

Le vendeur s'arrête :

— C'est là.

— Mais c'est une poissonnerie ! vous exclamez-vous, épouvantée.

— L'appartement est au-dessus.

— Vous voulez dire que nous vivrions dans une perpétuelle odeur de poisson ?

— Oh, si peu. Beaucoup moins que si vous étiez en Bretagne.

— Mais je ne veux pas habiter en Bretagne. J'aime beaucoup la Bretagne, mais je cherche un appartement à PARIS !

— Alors, il vous suffit de ne pas ouvrir les fenêtres et de faire brûler des bougies à la lavande.

— Vous êtes un escroc, jeune homme ! Adieu !

Vous l'abandonnez aussi sec avec indignation. Vous décidez de laisser l'Homme se débrouiller tout seul avec cette histoire d'appartement. Bonne chance !

— Avoue, Georges ! Tu te sentiras mieux après, dit la lieutenante de police, Zoé Franqui.

Le garçon boucher éclata en sanglots.

— Je vous jure que ce n'est pas moi, le tueur cannibale, Madame la commissaire.

— Lieutenante de police seulement.

— Lieutenante de police seulement, répéta Georges, hébété. Sur ma tête que je n'ai tué ni mutilé personne.

— C'est ce que disent tous les assassins.

— Mais j'ai un alibi : j'ai dîné chez ma mère.

Le lieutenant de police Jérôme Broquet entra à son tour dans la danse.

— Ta mère m'a l'air d'une forte femme prête à mentir pour sauver son garçon. Et pourquoi ta copine ne dînait-elle pas aussi chez elle ? Elles ne s'entendaient pas bien toutes les deux ?

— Ben, vous savez, les mères, elles ont toujours l'impression que les belles-filles, elles leur volent leur fils. Mais enfin, ça allait : maman voulait tellement avoir un petit-fils.

— Elle avait été bouchère, elle aussi, ta mère ?

— Ouais, du temps que mon père vivait.

— Elle sait donc aussi découper la viande ?

— Ça, pour sûr. C'était même une sacrée bouchère.

— Ah, ah, dit le lieutenant de police Jérôme Broquet lançant un clin d'œil à sa complice Zoé Franqui, on approche du but...

Le petit boucher serra les poings.

— Je vous interdis de dire que ma mère est une meurtrière !

Zoé Franqui enchaîna :

— Mais personne n'a prétendu cela. Par contre, toi, tu n'as pas répondu quand le lieutenant t'a demandé pourquoi ta Rosalie n'était pas venue dîner ce soir-là chez ta mère ? Elles s'étaient disputées ?

— Non, c'était à cause que sa cicatrice lui faisait encore mal.

Le commissaire Sinoquet avait pénétré silencieusement dans le bureau et interrogea à son tour :

— Quelle cicatrice ?

— Celle de son sein droit à ma Rosalie. Celui que l'assassin a découpé après. Il était plus gros que le gauche, et ma copine, ça la rendait malade. Moi, je m'en foutais, mais pas elle. Elle ne voulait pas se marier avec un nichon qui faisait le double de l'autre. Alors, il y a

trois semaines, elle s'en est fait enlever un morceau par un médecin esti... heu... esté...

— Esthétique.

— Voilà, c'est ça !

Le commissaire Sinoquet leva les yeux au ciel et bougonna :

— Les femmes sont folles...

L'Homme entra violemment sans frapper dans votre bureau, suivi de son chien qui vient poser son museau humide sur votre main gauche. Melchior, dans un bruit de papiers froissés, jaillit du carton vert à demi plein de notes sur le cinéma, et fonça en direction du dogue qui recula prudemment.

— Toi, tu n'as pas le droit d'entrer dans le bureau de ma maîtresse quand elle travaille, cracha-t-il.

César vous regarda d'un œil désespéré.

— Cela ne fait rien pour aujourd'hui, calme-toi, chuchotez-vous à votre petit chat bien-aimé. De toute façon, « ON » m'a déjà dérangée. Je sens que je ne vais pas pouvoir finir mon chapitre ce matin.

Votre époux jeta sans cérémonie une pile de vos dossiers par terre et s'assit sur le coin de votre immense table de travail où régnait le fouillis habituel (il paraît même que vous battez le désordre de Jean d'Ormesson).

— Je n'en peux plus de visiter des appartements, soupira-t-il. J'ai vu de tout. Des gourbis d'une saleté repoussante. D'autres avec huit persans abandonnés par leur vieille maîtresse en train de crever à l'hôpital ; ça sentait la pisse de chat à tomber par terre. Une maison miniature avec des japonais qui m'ont fait enlever mes chaussures et trottiner en socques, alors que j'avais un trou à ma chaussette. Elle sait pas repriser, notre femme de ménage ?

— Elle n'a pas le temps.

— Et toi ?

— Les Bonnes Sœurs m'ont appris à broder des mouchoirs, pas à repriser.

— N'importe quoi ! J'ai dû supporter des bagarres de couples qui divorçaient en se jetant des insultes obscènes à la tête, et en me prenant à témoin. Par contre, deux jeunes mariés, malgré le rendez-vous pris par l'agence, baisaient sur un canapé en poussant des cris de volupté et n'ont pas daigné s'arrêter pendant toute ma visite.

— Mon pauvre bébé !

— MAIS J'AI TROUVÉ !!!

— Non ?

— Oui. Un quatre pièces formidable, au cinquième étage, à côté du bois de Boulogne où César et moi nous pourrons faire notre jogging tous les matins, hein ? le chien-chien à son Papa ! Avec un grand bureau clair pour toi, une terrasse en plein soleil, pas de bruit. Bref, le pied. Un peu plus cher que je n'aurais voulu, mais tant pis. Je vais chercher un petit job de consultant financier pour arrondir nos fins de mois. N'est-ce pas que je suis un type formidable ?!

Vous poussez un cri de bonheur et allez vous suspendre au cou de votre merveilleux mari.

— Oui ! Oui ! Oui ! Tu es un mec épatant !

— Bon. L'agence a pris un deuxième rendez-vous à 14 h 30 pour que tu le visites à ton tour.

— D'accord. Je devais aller chez mon coiffeur à cette heure-là mais j'irai demain.

L'Homme avait raison, l'appartement était sublime. Exactement ce que vous vouliez.

— Il faut vous décider ce soir, minaude la dame de l'Agence aussi fardée et embijoutée qu'un « mignon » d'Henri III. Je le fais re-visiter demain matin à un couple qui est très emballé.

Votre époux vous regarde. Vous hochez la tête en signe d'approbation.

— Je vous appellerai ce soir à 18 heures à votre bureau, annonce-t-il à la bonne femme de L'Immobilier pour tous. Et ce sera presque sûrement pour vous confirmer que nous sommes preneurs.

— Parfait, répond-elle avec la plus complète indifférence. Je vous le garde jusqu'à ce soir 18 heures. A tout à l'heure.

Vous sortez enchantés de l'immeuble qui abritera bientôt votre foyer.

— Il a du standing, hein ? remarque l'Homme, très content de lui.

Vous vous rappelez soudain la recommandation de votre chère madame Rastout : interviewer la concierge de ces lieux.

— Tu peux me filer deux cents balles ? demandez-vous à votre mari.

Il est si content qu'il ne vous demande même pas comme d'habitude :

— Pourquoi ?

Car votre Seigneur et Maître a une manie qui vous exaspère depuis trente-cinq ans (ou trente-huit). Il ne répond jamais directement à la moindre innocente question que vous lui posez : « Comment s'appelait ton grand-père ? » ou : « A quel âge as-tu appris à lire ? »... ou : « Aimes-tu les girolles ? » Il vous regarde de l'air soupçonneux du paysan en train d'acheter une vache à la foire, et vous répond par une autre interrogation.

— Pourquoi ?

— Pourquoi quoi ?

— Pourquoi tu me demandes ça ?

En effet. Pour quelle raison lui posez-vous cette question ? Vous ne savez plus. Vous changez de conversation. Vous vivez finalement très bien en ignorant le nom de son grand-père, à quel âge il a appris à lire, et vous achetez des cèpes pour le dîner.

Au début de votre mariage, vous aviez trouvé un truc qui vous semblait génial. Avec un grand sourire et la voix joyeuse, vous l'interrogiez :

— Es-tu de bonne humeur aujourd'hui ?

— Pourquoi ?

— Parce que j'ai besoin d'argent...

— Pourquoi ?

Cela se terminait par une dispute. Maintenant, vous prenez directement les sous sur son compte à la banque et basta !

Vous êtes donc suffoquée de le voir sortir sans hésiter de la poche de sa veste un billet de deux cents francs qu'il vous tend froissé. Autre manie de votre chéri : il n'utilise jamais les dizaines de portefeuilles que vous ainsi que ses filles lui avez offerts, ni les porte-monnaie : les pièces cliquettent dans ses poches de pantalon.

Vous allez frapper à la porte de la loge de la concierge portugaise (à Paris, la majorité des gardiennes d'immeubles est désormais portugaise). La Lusitanienne tricote une brassière bleu pâle. Cela vous émeut. Voilà bien longtemps que vous n'avez vu une grand-mère tricoter pour un bébé (y compris vous). Les petites brassières sortent désormais toutes prêtes d'immenses usines.

— Un garçon ? questionnez-vous aimablement.

— Si, si, répond-elle avec un grand sourire.

Vous déposez délicatement votre billet de deux cents francs tout froissé dans son giron. Elle vous regarde d'un air surpris et méfiant.

— C'est pour quoi ?

— Mon mari et moi, nous allons probablement acheter l'appartement du cinquième étage.

— Ah ! Si ?

Elle enfouit prestement le billet dans la poche de son tablier. Vous interrogez :

— Il est bien, l'appartement du cinquième étage ?

— Si. Bien.

— Aucun problème ?

Madame Fernandès (ou Lopès, ou Perès, etc.) hésite un léger instant à répondre.

— Y a toujours des problèmes partout, dit-elle prudemment.

— Ah ! Par exemple... au cinquième ?...

— ... Eh bien, le garçon du quatrième, Julien, il est musicien.

— Ah ! ah ! Et qu'est-ce qu'il joue ?

— Hé bé... de la batterie. Mais y a pire.

— Ah ! ah !...

— Avec des copains, il a fondé un petit orchestre, et ils font un bruit terrible toute la nuit.

— Quel cauchemar ! Et les autres locataires ne se plaignent pas ?

— Si. Les flics, ils viennent un jour sur deux. Mais le père d'un des garçons, il est député ou quelque chose comme ça. Alors, hein... vous savez comment ça se passe. Vous connaissez pas de ministre, vous ?

Vous avouez tristement que non. Juste un huissier de l'Assemblée nationale.

L'Homme est fou de rage quand vous le rattrapez dans la rue et lui annoncez que ses nuits risquent d'être bruyamment musicales.

A 18 heures, vous passez tous les deux à Immobilier pour tous dire son fait à la salope de l'agence.

Votre Seigneur hurle si fort qu'une petite foule se rassemble devant la porte de la boutique.

— ... quand je pense que vous osez mettre « charme et tranquillité » dans votre annonce ! Vous devriez être en prison pour abus de confiance !

La pouffiasse dont les kilos de maquillage commencent à fondre bafouille :

— Mais personne ne m'a rien dit (tu parles, Charles)... Je ne savais pas... J'ignorais... Désolée... mais, attendez : j'ai un autre quatre pièces à vous proposer, et là, je vous jure que...

— Putasse ! gueule votre mari en claquant la porte si violemment que la vitre se fend. Ciao !

Quand vous racontez cette histoire, le lendemain, à monsieur Jean-Marc, votre cher coiffeur, il pousse de petits cris de compassion. Assis sur un tabouret derrière vous, il raccourcit patiemment un par un vos maigres tifs plats. Cela lui prend une heure complète. Si, si. Et que faire pendant ce temps-là sinon bavarder avec votre artiste capillaire ? Soudain il se penche et chuchote à votre oreille.

— Je vais peut être pouvoir vous dépanner. Avez-vous cinq minutes après votre brushing (brushing de quoi ? De vos trois cheveux ?) pour venir boire un thé dans mon bureau ?

Là, il vous révèle son secret.

Marié depuis vingt-quatre ans, il a une maîtresse

depuis dix ans (une ex-cliente) pour laquelle il a acheté un appartement (une occasion) dans cet immeuble même. Très commode pour faire un saut entre deux coiffures. Sa femme ne s'est jamais doutée de rien. Quatre pièces sublimes au sixième. Soleil. Quartier chic. Pas exorbitant comme prix. Bref, épatant.

Oui mais voilà : cela ne marche plus très bien avec Marie-José, l'ex-dame de son cœur. Elle commence à s'énerver et voudrait qu'il divorce pour l'épouser. C'est vrai qu'il le lui avait promis, il y a dix ans. « Vous savez ce que c'est, chère Madame, quand on est fou amoureux on dit n'importe quoi. » Oui, vous savez. Toutes vos copines vous l'ont dit. Mais il tient à sa femme et à ses enfants. Beaucoup d'hommes sont dans ce cas, si vous en croyez toujours lesdites copines. Bref, il a décidé de se séparer de Dame Marie-José qui a commencé à faire ses valises en glapissant, sanglotant, jurant de se venger. Lui, il ne sait pas trop quoi faire de son appartement. Vous intéresserait-il ?

— Si on allait le voir ? suggérez-vous, excitée.

Monsieur Jean-Marc prévient son premier assistant de se débrouiller tout seul avec la comtesse de Schiappe qui couine qu'elle en a marre d'attendre depuis une demi-heure, les cheveux mouillés, qu'on s'occupe de ses rouleaux.

Vous montez avec votre cher coiffeur (en tout cas, il y a déjà un ascenseur) voir le nid d'amour. Cela vous amuse énormément.

Il ouvre la porte. Reste suffoqué sur le seuil. Ce n'est plus un nid d'amour douillet mais un chantier. Tout est cassé. Dame Marie-José a dû acheter une hache de bûcheron canadien pour fendre les chaises et les tables en bois. Les rideaux sont découpés en lambeaux. Le matelas, le canapé anglais à fleurs et les fauteuils sont éventrés à coups de couteau. Les tableaux, tailladés. La vaisselle en morceaux par terre dans la cuisine, etc. Bref, l'appartement semble avoir été ravagé par une bande de Talibans fanatisés.

— La pute ! La pute ! gémit Monsieur Jean-Marc.

— Mais non, c'est épatant, le réconfortez-vous. Pas

de questions gênantes de votre femme au cas où elle vous aurait surpris rentrant chez vous avec soi-disant la vaisselle de votre vieille tante enveloppée dans vos pyjamas. Pas de garde-meubles à payer pour y enfouir vos souvenirs : canapé, fauteuils, tableaux, etc. Pas de souvenirs du tout. Un grand coup de balai par SOS-Nettoyage et hop, je m'installe.

L'assistant de Monsieur Jean-Marc apparaît pour prévenir que la star Maronna vient d'arriver pour son coup de peigne quotidien et s'étonne que le maître capillaire ne l'attende pas lui-même à la porte avec force courbettes.

— Celle-là, elle me fait chier ! gronde votre cher coiffeur — d'habitude si poli mais là mal remis du désastre de son appartement. Elle n'est pas plus star que la dame-pipi de l'hôtel Crillon. Rase-lui la moitié de la tête, tiens, en lui disant que c'est la mode de demain et que Demi Moore l'a bien fait, elle.

Pendant ce temps-là, dans un coin, vous téléphonez sur votre portable au portable de l'Homme de venir IM-MÉ-DIA-TE-MENT chez votre coiffeur, enfin au sixième étage de son immeuble, et surtout de ne pas s'exclamer en entrant « Quel bordel, cet endroit ! » ledit bordel étant l'appartement de vos rêves.

Quand votre époux arrive, il s'écrie naturellement :

— Quel bordel, cet endroit !

Mais après avoir fait minutieusement le tour de toutes les pièces avec son chien (qui a terrorisé au premier abord votre cher Monsieur Jean-Marc), il acquiesce sans discuter : c'est bien l'appartement de vos rêves à tous les deux. Du reste, César lui-même a l'air d'approuver.

Vous n'en revenez pas. Où est passé l'esprit de contradiction bien masculin qui pousse toujours votre grand mari chéri à dire d'abord non à vos propositions, histoire de voir comment vous allez vous agiter pour le faire changer d'avis.

Il s'installe sur une chaise qui n'a plus de dossier, en face de Monsieur Jean-Marc en équilibre sur une pile de coussins déchiquetés qui perdent leurs plumes. Et les deux hommes commencent à parler affaires. Tombent d'accord.

Vous quittez, ravie, ce qui va être bientôt votre nouveau chez vous. Vous félicitez l'Amour-de-votre-Vie d'avoir trouvé un si merveilleux endroit. Il avale vos compliments comme un brochet une ablette, oubliant complètement que c'est la chance et vous qui avez déniché ce paradis.

Il est content.

Mais il pose une condition.

C'est vous qui vous occuperez du déménagement.

Kak * !

* « Merde » en arménien.

9

Dès le lendemain de la signature chez le notaire, vous rangez pieusement le manuscrit toujours inachevé — malgré les cris d'impatience de votre éditeur — du *Cannibale du Trocadéro* dans votre grand carton rouge marqué : « A FAIRE/URGENT ».

Et vous décidez, comme l'Homme vous l'a fait promettre après vous l'avoir promis lui-même (vous suivez ?) de vous consacrer entièrement à cette entreprise infernale : déménager.

Tout d'abord, suivant votre chère habitude, vous établissez une liste :

1. Débarasser en priorité votre nouvel appart' des débris de la fureur vengeresse de Dame Marie-José.

2. Le repeindre de fond en comble, sans oublier les placards ni la chambre du septième qui, bien arrangée, pourrait servir de studio à votre petit-fils Matthias qui commence à réclamer son indépendance sur l'air des lampions. Ce qui ne plaît pas du tout à Fille Aînée qui craint que de mauvais copains ne l'entraînent à se droguer. Peut-être que votre lointaine surveillance calmerait son inquiétude. Humm ! Pas sûr.

1 bis. Avant de repeindre, vérifier l'électricité (les architectes ont la manie d'installer le minimum de prises pour que leurs clients se prennent les pieds dans les fils des lampes qui serpentent à travers les pièces). La plomberie (les robinets d'eau gouttent toujours et il

n'y a pas de douche pour l'Homme). Le gaz (les tuyaux vous ont paru rouillés). Etc., etc.

3. Changer la moquette du salon dont vous trouvez la couleur rose bonbon hideuse.

4. Nettoyer en grand.

5. DEMENAGER (après avoir jeté le maximum de vieilleries, ce qui constitue un calvaire pour vous qui détestez balancer à la poubelle la moindre assiette cassée. Vous espérez toujours avoir le temps d'aller faubourg Saint-Antoine la faire recoller).

6. Re-nettoyer en grand. Installer. Ranger. Ranger. Ranger.

7. Vous coucher pendant huit jours pour vous remettre de votre fatigue ou aller faire une thalassothérapie en Bretagne (malgré les autonomistes).

Vous avez oublié le principal.

Vous présenter à la concierge.

Et lui donner un petit cadeau d'entrée.

Oui, mais combien ? Vous téléphonez à votre copine Claire qui sait toujours tout.

— Mon Dieu ! Tu déménages, ma pauvre chérie ? Tu vas voir : c'est un véritable cauchemar (merci de vous remonter le moral). Quant à la gardienne de l'immeuble, tu lui files la même chose qu'à Noël, soit le dixième du loyer.

— OK.

— Naturellement, si tu veux qu'elle te surveille tes ouvriers mieux qu'une compagnie de CRS, tu lui allonges le double.

— Aïe ! Mais tu as raison. Ça vaut le coup.

Claire vous donne également les numéros de téléphone de SOS-Nettoyage, de Net-Net-Net-Nettoyage, de Rapid'Nettoyage, etc.

— ... tu les fait venir et tu leur demandes un devis à chacun. On a des surprises.

Elle ajoute :

— Ton mari a commencé les démarches ?

— Quelles démarches ?

— Comment ça, quelles démarches ? Mais votre changement d'adresse, pour l'eau, le gaz, l'électricité, les assurances, la banque, la Séc. Soc., la poste, les impôts, etc. Il n'est pas sorti de l'auberge, ton pauvre bonhomme.

Justement, le pauvre bonhomme en question entre dans la cuisine où, toute habillée, prête à charger l'ennemi, vous finissez votre petit déjeuner.

— A qui tu téléphones ?

— Au pape, répondez-vous gracieusement à votre gestapiste de mari. Tu as de l'argent liquide ?

— Pourquoi ?

— Pour amadouer la concierge de notre nouvel appart'.

— Toi et tes pipelettes ! grommelle l'Homme.

Vous révélez alors à votre tendre époux la liste des démarches qu'il doit accomplir à la suite de votre déménagement. Il pousse de grands cris :

— Tout ça ! J'en ai pour un an, sans secrétaire !

Un P-DG qui se retrouve au bout de vingt ans sans secrétaire est paumé comme un Petit Poucet sans ses cailloux.

— Eh oui ! Tu vas découvrir la vie du citoyen lambda face à la Puissante Administration Française. Mais j'ai une idée. Tu prends des notes, tu écris ensuite un livre comme François de Closets. Tu as un succès fou et le prix des Libraires.

L'Homme rit (vous l'adorez quand il rit).

— Quel optimisme !

— Il en faut.

Mis de bonne humeur, votre cher époux vous tend quelques billets que vous enfouissez dans votre sac. Pas dans votre soutien-gorge comme Petite Chérie qui, après avoir vécu quelques années à Séville, a pris cette curieuse habitude espagnole qui stupéfie les caissières des supermarchés parisiens.

Arrivée devant votre nouvel immeuble, vous vous apercevez que vous avez oublié, une fois de plus, votre liste. Et surtout le code d'entrée. **Skata** * ! Vous tentez

* « Merde » en grec.

de vous le rappeler. Rien à faire. Vous tapotez dix combinaisons. La porte ne s'ouvre toujours pas.

Vous haïssez de plus en plus cette folie moderne des codes qui s'étend tous les jours. Vous avez vous-même, un jour, dans un élan de méfiance, codé vos codes. Et distraite comme vous l'êtes, oublié votre codage. Vous avez vécu six mois comme sur une île déserte. Et décidé de n'utiliser à l'avenir qu'un seul chiffre : celui de la date de naissance de vos filles !... (oui, mais laquelle ? Ah ! ah !).

Pour l'instant, vous songez à chercher un autre appartement quand apparaît un ravissant jeune homme qui, lui, tient sa liste de codes à la main. Sauvée. Non. Il a beau tapoter à son tour le digicode plusieurs fois de suite, cette saloperie de porte d'entrée reste obstinément fermée.

— Vous vous êtes peut-être trompé d'immeuble ? suggérez-vous d'une voix affable à ce très beau garçon.

— Non, répond-il, amer. Plutôt de fille.

Il froisse sa liste de codes qu'il jette dans le ruisseau et repart vers l'aventure.

Que faire ?

Vous décidez de frapper à la fenêtre à votre droite. Les concierges habitent en principe au rez-de-chaussée.

Victoire ! Les vitres s'entrouvrent. Sur un curieux visage. Très brun orné de tresses noires.

— Je m'excuse de vous déranger, Madame, dites-vous de la voix humble que vous prendriez pour vous adresser à la reine d'Angleterre. Vous êtes la concierge de l'immeuble ?

— Si (bon, elle est portugaise, elle aussi). Qu'est-ce qué vous voulez ?

Vous pensez : « Te foutre mon pied au cul. »

Vous expliquez (toujours d'une voix humble) :

— Je suis la nouvelle locataire du sixième étage. Une amie de Monsieur Jean-Marc. Je suis ravie de venir m'installer dans votre merveilleux immeuble, si propre, si élégant, si...

— Ah, c'est vous ! Il paraît qué vous avez un chien énorme.

Allons bon ! Comment est-elle déjà au courant ?

— Oui, il est un peu gros (attends un peu de le voir, connasse). Mais si gentil ! Un amour ! J'ai aussi un petit chat que j'adore.

— Pas d'enfant ?

— Non. Enfin si. Deux filles. Mais elles sont grandes et ne vivent pas avec nous.

Ce détail a l'air de plaire à la Portugaise. Elle daigne appuyer sur un bouton. La porte d'entrée s'ouvre enfin. Ainsi que celle de la loge, où vous pénétrez comme dans la grotte de Lourdes. Vous sortez de votre poche une enveloppe gonflée de billets et la tendez à la pipelette avec un sourire angélique :

— En cadeau de bienvenue.

Elle hoche la tête, marmonne quelque chose (peut-être un remerciement ?) mais reste impassible. Cependant, vous sentez qu'un peu d'amabilité monte en elle comme la sève dans un cerisier au printemps.

— Vous voulez qué yé vous accompagne à l'appartement pour vous montrer où sont les compteurs ? propose-t-elle. Vous savez qué j'ai un double de toutes les clés. Vous désirez qué yé vous les rende ?

— Surtout pas ! vous écriez-vous chaleureusement. J'ai toujours confié le double de mes clés à ma concierge.

— Si cela ne vous fait rien, indique un peu sèchement votre nouvelle *bavarde*, yé préférerais qué vous m'appeliez « Madame la gardienne » ou « Madame la régisseuse ». Yé trouve qué « concierge » c'est vulgaire.

— Mais avec plaisir, Madame ma gardienne...

Vous vous réjouissez à l'avance de la tête que fera l'Homme quand il apprendra que sa *bignole* est plus snob qu'Oscar Wilde.

Sur votre palier, assis sur la première marche de l'escalier, un inconnu se lève et se présente :

— SOS-Nettoyage.

Qui l'a prévenu aussi, celui-là ? Enfin, tant mieux, cela vous arrange.

— Vous avez fait vite ! Bravo ! le félicitez-vous.

La concierge, pardon, Madame votre gardienne n'a pas l'air aussi enthousiaste que vous.

— D'habitude nous faisons appel à Propreté Partout, lance-t-elle, pincée.

SOS-Nettoyage ne répond pas. Vous entrez tous les trois dans le salon. SOS-Nettoyage regarde autour de lui d'un air effaré.

— Quel chantier ! s'exclame-t-il. Vous n'avez pas vidé l'appartement ?

— Je comptais que vous alliez le faire, remarquez-vous.

— Ah non ! Nous nous chargeons seulement de lessiver, brosser, shampooiner les moquettes, même faire les vitres. Bref, vous rendre votre logis propre comme un sou neuf. Mais c'est à vous d'enlever vos meubles avant... enfin les débris qui en restent. En attendant, je vais mesurer les pièces pour vous établir un devis.

Embêtée, vous vous tournez vers Madame votre régisseuse.

— C'est à Monsieur Jean-Marc d'enlever ses affaires, enfin celles de sa bonne femme, observe-t-elle (visiblement Dame Marie-José ne lui plaisait pas. Peut-être ne lui offrait-elle pas une boîte de chocolats pour sa fête ?).

— Il est parti trois jours en Arabie Saoudite coiffer une princesse arabe pour son mariage.

Rentre alors par la porte laissée ouverte un deuxième inconnu. Il se présente à son tour.

— Propreté Partout. Bonjour, Madame la gardienne. Ah mon Dieu ! Qu'est-ce que c'est que ces cochonneries partout ? Il faut me les faire disparaître au plus vite.

— Vous ne pouvez pas vous en charger ? implorez-vous. Je vous paierai pour cela, bien sûr.

— Désolé, mais nous n'avons ni le matériel, ni les gros bras. En attendant, je vais mesurer les pièces pour le devis. (Apercevant Monsieur SOS-Nettoyage.) Tiens, Marcel, t'es déjà là, toi !

— Ouais. Et je te parie que, cette fois, je vais emporter l'affaire.

— Tu parles ! Avec les prix que ton patron pratique...

Et les deux hommes de s'esclaffer et de sortir leur décamètre ensemble.

Vous vous tournez vers Madame votre gardienne.

— Comment font les autres gens, d'habitude, pour se débarrasser de leurs vieilles affaires ?

— Ils convoquent le brocanteur du marché. Mais ces ordures ne l'intéresseront pas : trop abîmées. Ou ils les donnent aux œuvres comme les Compagnons de Saint-Joseph, mais ceux-là, ils sont devenus très difficiles, et ne se déplacent que s'ils peuvent revendre. Ou alors, dernière solution, appelez la mairie qui envoie une benne où vous pouvez jeter toutes les saloperies que vous voulez.

Dame Marie-José a eu la bonne idée de laisser derrière elle les annuaires du téléphone non déchirés.

Vous vous asseyez sur le canapé éventré et vous tapotez sur votre portable le numéro de votre future mairie. Vous exposez votre problème à une voix jeune et gentille, mais qui ne peut rien pour votre cas, et vous donne un autre numéro. Vous tapotez le deuxième numéro. Vous expliquez à nouveau votre souci à une voix mâle et aimable, mais qui, hélas, ne peut rien pour vous non plus. Sinon vous donner un troisième numéro (SOS Sainte-Patience !) Vous tapotez le troisième numéro. Occupé. Vous hésitez entre piétiner votre portable ou respirer Zen. Vous respirez Zen. Inspirez... expirez... inspirez... expirez... Ah ! ça va mieux et le numéro est enfin libre. Madame la gardienne et les représentants de Propreté Partout et de SOS-Nettoyage se sont rassemblés autour de vous et suivent passionnément vos relations avec la Puissante Administration Française.

Vous racontez votre histoire pour la quatrième fois (si ça continue, vous allez apprendre votre texte par cœur). Non. Hourrah ! cette fois c'est le bon préposé, bien qu'il ait l'accent de Marseille.

Il peut vous louer, pour enlever vos saletés, une benne de quinze mètres cubes qui sera déposée devant la porte de votre immeuble de 6 heures du matin à 7 heures du soir, pour 2 097,33 francs, TTC.

Simplement, il faut le prévenir très à l'avance : il est débordé de demandes en ce moment. Tous les Parisiens ont l'air de déménager.

Ensuite, vous devez galoper au commissariat de police du Petit Palais remplir un formulaire pour obtenir une autorisation de stationnement sur la voie publique, toujours pour ladite benne.

Non, la mairie ne peut pas vous la fournir (l'autorisation de stationnement). Ce sont les flics qui sont responsables de la circulation automobile. Après...

Hein ? Quoi ? Ce n'est pas fini ? Pas du tout. Il vous reste à vous rendre au Bureau de La Propreté de Paris avec le formulaire des flics tamponné (le formulaire, pas les flics. Quoique...) et un chèque de 2 097,33 francs TTC à l'ordre du Trésor public.

Vous trouvez ça cher. Mais il y a pire : c'est vous qui devrez descendre les déchets de Dame Marie-José dans vos petits bras jusque dans la benne.

— Et monter celles de la cave, chuchote Madame votre gardienne.

Vous avez en effet découvert que la cave était bourrée de bouteilles de vin vides. La maîtresse de votre cher coiffeur buvait.

— Vous ne louez pas de gros bras ? demandez-vous, accablée, au représentant de la mairie, toujours au téléphone.

— Non, Madame, répond celui-ci avec une certaine indignation dans la voix, nous ne louons pas de « gros bras » comme vous dites. Pour cela, il faut vous présenter à l'ANPE et remplir les déclarations d'embauche. Mais vous avez bien un mari, de la famille, des amis ?

— Heu... oui.

— Eh bien, voilà de quoi bien les occuper. Au revoir, Madame.

Vous imaginez la tête de l'Homme, de Monsieur Gendre n° 1, de Monsieur Gendre n° 2, de vos filles, de vos petits-enfants, de quelques amoureux de Petite Chérie, de votre éditeur, d'un ou deux copains metteurs en scène, traînant dans l'escalier l'ex-mobilier de l'ex-maîtresse de votre coiffeur. Sous la surveillance de Madame votre gardienne transformée en cerbère. « Attention de ne pas égratigner la peinture des murs de l'escalier avec cet énorme canapé. » « N'appuyez pas sur ce bouton : c'est la sonnette du voisin, pas la lumière. » « Non. Aucun fauteuil dans l'ascenseur : trop lourds. »

De quoi avoir ensuite une guerre sur les bras.

C'est alors que, ému par votre désarroi, Monsieur SOS-Nettoyage vous dit :

— Je connais une société, Hop ! Hop ! Débarras !, dans le 20e, qui se charge de vider les appartements. En plus, ils ne sont pas trop chers.

Sauvée !

Non. Parce que, quand vous téléphonez au numéro de Hop ! Hop ! Débarras !, également trouvé dans les pages jaunes de l'annuaire (vraiment épatantes ces pages jaunes pour les demeurées comme vous qui ne savent pas se servir d'un Minitel !) et que vous commencez à expliquer pour la cinquième fois votre drame, une grosse voix masculine vous coupe :

— Il s'agit bien d'une succession ?

— Pas du tout, répondez-vous, surprise. Pourquoi ?

— Parce que, dans les successions, il y a toujours des trucs à récupérer que nous achetons à un prix honnête. Vous pouvez même gagner de l'argent. Sans compter que nous désinfectons après décès.

— Désolée, mais il ne s'agit pas d'une succession. En plus, tout est abîmé.

— Désolé, dans ce cas cela ne nous intéresse pas.

Clac ! Il vous raccroche au nez.

— **Pok * !**

Vous vous replongez dans les pages jaunes.

Au dixième coup de fil, vous trouvez un « débarrasseur » qui daigne s'intéresser à vous. Et vous envoie son « technicien » pour établir, lui aussi, un devis dans l'après-midi.

* « Merde » en turc.

Pilou... Pilou... sonnerie de votre portable. L'Homme est devant l'immeuble, ayant lui aussi perdu le code.

— ... et il n'y a même pas de concierge, grogne-t-il.

— Si, si. Madame la gardienne (vous appuyez bien sur MADAME LA GARDIENNE) est ici avec moi, pour m'aider. Elle est adorable.

Madame Rosa de Lima Perès sourit fièrement. Elle vous a révélé son prénom que vous trouvez divin : sa mère était péruvienne. Vous êtes dans ses petits papiers. Ne pas oublier la boîte de chocolats à la Sainte-Rosa-de-Lima, le 23 août. Vous donnez à votre époux toujours devant la porte, le portable à l'oreille, le code d'entrée de l'immeuble.

Messieurs SOS-Nettoyage et Propreté Partout s'en vont en vous promettant un devis dès le lendemain. (Vous en recevrez une cinquantaine dont les prix varient du simple au double — votre demande a dû faire le tour du Syndicat des Nettoyeurs. Vous choisissez évidemment le moins cher. Vous êtes alors accablée de coups de fil des concurrents dont les devis baissent de cinq minutes en cinq minutes. La tête prête à éclater, vous débranchez la ligne. Finalement, Palmira et vous, vous ferez le boulot vous-mêmes.)

Vous commencez l'inspection minutieuse de toutes les pièces suivie de Madame la gardienne, votre nouvelle amie, pour noter les petits défauts à faire arranger d'urgence.

— Où es-tu ? appelle la voix de l'Homme.

— Aux chiottes, répondez-vous, peu élégamment. Elles coulent.

— Fais venir le plombier.

Vous y aviez déjà pensé vous-même évidemment. Le problème est de trouver un plombier. Qui daigne venir avant six mois.

— La douche marche ? s'inquiète votre époux qui, comme on le sait, a horreur des bains qu'il considère comme une volupté réservée aux odalisques et non aux rudes guerriers comme lui.

— Y en a pas. Je vais t'en faire installer une, dès que j'aurai attrapé un plombier.

— Je connais un Kurde, chuchote Rosa de Lima. Il sait tout faire. Plomberie, électricité, peinture, bricolage, etc. Naturellement, il faut le payer au noir, c'est un clandestin.

— Épatant ! vous exclamez-vous (pardon, Monsieur le ministre de l'Intérieur). Sauf peut-être pour la peinture : s'il est tout seul, il va mettre un temps fou.

— Non ! Non ! Dans ce cas-là, il a une tribu de cousins kurdes qui viennent l'aider. Ne vous inquiétez pas, je vais vous arranger ça. En attendant, je descends distribuer le courrier.

Vous trouvez l'Homme allongé sur le canapé éventré de Dame Marie-José.

— Je suis crevé. Figure-toi que le directeur de la banque pleurait de nous laisser partir pour une autre agence près d'ici avec nos comptes et notre épargne. J'ai dû lui promettre de passer régulièrement l'aider dans ses analyses financières.

Vous avez d'autres chats à fouetter que le désespoir du conseiller de votre petit patrimoine, c'est-à-dire, tout bêtement, de vos économies pour vos vieux jours sur lesquelles l'Etat filou vous prélève deux fois des impôts. Oui, deux fois ! Quand vous serez ministre des Economies, il y en a que vous pendrez par les pieds. A moins que, pour venger vos ancêtres, vous remettiez en marche quelques guillotines.

Car, vous devez l'avouer, vous vous méfiez des banquiers.

Vos deux grands-pères possédaient et dirigeaient chacun une banque familiale. Ils ont fini ruinés tous les deux. Ce désastre ajouté au scandale du Crédit Lyonnais explique votre suspicion. D'autant que votre aïeul préféré — celui qui vous a élevée — vous avait bien recommandé avant de mourir : « N'emprunte jamais un sou. » Vous avez suivi son conseil. Sauf, vous devez le confesser, quand, jeune fille et crevant de faim avec un salaire de dactylo, vous tapiez de quelques francs, vers le 20 du mois, Adèle, l'adorable vieille bonne d'une de vos tantes. Pour acheter du pain et du lait, qui constituaient votre nourriture, avec un sac de cinquante kilos de pommes de terre germées données par votre grand-mère et venant de sa propriété. Plus du formol dans lequel vous trempiez vos doigts aux engelures éclatées : une vieille recette d'Adèle contre le manque de vitamines. Si, si, ça marche. Vous rendiez scrupuleusement ses sous à la gouvernante de votre tante Bertille le jour où vous touchiez votre petite petite paye.

Vous avez raconté cela un jour à un banquier très connu, votre voisin à un grand dîner mondain. Il ne vous a pas crue. Il a ri. Il rigole moins actuellement : il est en prison. Bien fait !

— Qu'est-ce que tu veux qu'on repeigne ? demandez-vous à votre cher mari.

— Tout ! répond-il avec un geste ample. Si nous devons vivre trente ans dans cet endroit avant d'aller dans une résidence pour vieux, autant qu'il soit propre au début. Sans compter que je désire un peu de standing pour donner des dîners d'affaires. Si je veux retrouver un petit job de consultant financier, ou quelques conseils d'administration, il va nous falloir recevoir.

— Bonne idée.

Encore une « joyeuseté » de plus. Vous avez horreur des dîners d'affaires. L'Homme, hélas, non.

Vous ne le répéterez jamais assez : vous détestez faire la cuisine (vous ne savez même pas ouvrir le splendide four que l'Homme, un jour de folie, vous a offert). D'autre part, votre époux ne trouve pas la popote de Palmira assez raffinée pour recevoir les personnalités élégantes qu'il se flatte d'inviter professionnellement. Vous vous contentez donc de passer chez le traiteur pour décider avec lui d'un menu somptueux. Retenir un maître d'hôtel qui servira en gants blancs (votre époux y tient. Il trouve que cela fait classe), aidé d'une femme de chambre avec petit tablier blanc à volants (là, c'est vous qui y tenez. Cela vous rappelle votre enfance). Vous commandez ensuite une débauche de fleurs chez votre cher Veyrat. Vous achetez un ensemble neuf dit habillé (et parsemé de paillettes) dans lequel vous ressemblez à une guenon Bonobo dans un cirque. Vous allez chez votre cher coiffeur, et même (quel ennui !) vous vous faites maquiller (vous vous trouvez affreuse, surtout avec du rouge à lèvres qui vous donne — à votre avis — une gueule de tapineuse. Mais cela plaît à votre mari).

Et vous êtes sur le pont à 20 h 30.

N'importe quelle femme serait ravie.

Pas vous. Parce que, comme vous aimez vous en vanter, vous avez l'habitude de vous lever joyeusement à 5 heures du matin pour écrire. Parfois même à 4 heures. Ce qui implique que vous vous couchiez à 20 h 30 avec un livre un peu ennuyeux — il y en a plein ! — qui ne vous empêche pas de tomber endormie à 21 heures, 21 h 30. Parfois, avec vos lunettes sur le nez, que vous n'avez même pas eu le temps d'enlever et que vous retrouvez, le lendemain matin, écrasées sous vos larges fesses (Melchior, lui, dort sur votre tête. Parfaitement. Enroulé sur votre crâne comme un chapeau de fourrure extravagant).

Or il est de bon ton, à Paris, de dîner vers 21 heures, quand ce n'est pas 21 h 30 ou même 22 heures. Bien que bourrée de vitamine C, vous recevez les invités de l'Homme à moitié ensommeillée, retenant vos bâillements, et confondant pendant le repas les Présidents (« Cher Maître ») avec les Académiciens (« Cher Président »). Votre tendre époux vous lance alors des regards assassins accompagnés de coups de pied sous la table.

Il vous est même arrivé, une fois, vers 1 heure du matin, après un dîner somptueux et des vins merveilleusement choisis par votre noble époux, de vous endormir carrément sur votre canapé en cuir noir, la tête enfouie dans la grande barbe blanche et soyeuse d'un Patriarche orthodoxe grec. C'était délicieux, mais, à votre réveil, l'Homme n'a pas paru content. Le Patriarche orthodoxe grec, si.

Depuis (chut ! Secret Défense), vous avalez un petit comprimé d'amphétamines obtenu grâce à une copine, amie d'un sportif de haut niveau (vous n'avez jamais entendu parler d'un sportif de bas niveau). Du coup, votre conversation pendant la soirée est brillante. Vous jacassez politique aussi bien que CAC 40. Votre mari est fier de vous.

Vous le payez cher.

Vous ne fermez pas l'œil de la nuit, continuant à palabrer avec vous-même sur la situation en Haïti (où vous avez dansé au temps de Duvallier, dit Papa Doc, avec le chef des Tontons Macoutes armé d'un revolver glissé dans sa ceinture). A moins que vous ne reprochiez violemment une fois de plus au Pape d'interdire l'avortement aux femmes violées et enceintes. On voit bien que cela ne lui est jamais arrivé.

Le lendemain matin, drame.

Vous êtes si fatiguée que vous êtes incapable d'écrire une ligne. Du mou de veau dans la tête. Vous restez assise à votre bureau, hébétée, gribouillant des familles de cochons sur votre texte. A propos, peut-être pourriez-vous marier le *Cannibale du Trocadero* ? Avec une vraie cannibale du Rwanda ? Non. On vous accuserait d'être raciste. Dire du mal d'une Noire est politiquement incorrect actuellement. Alors pourquoi pas une Türkmène ? Tout le monde s'en fout, des Türkmènes. Qui sait même où se trouve la Turkménie ?

— Blanc cassé, dit l'Homme.

— Hein ? Quoi, blanc cassé ? demandez-vous, arrachée une fois de plus à vos réflexions littéraires.

— La peinture de l'appartement. Tu pourrais m'écouter de temps en temps !

— Pas les WC en rouge et la cuisine en jaune pâle, comme d'habitude ?

— Non, j'en ai marre. Alors, tout en blanc cassé, ordonne votre Seigneur et Maître.

— OK.

Il sera toujours temps, un jour où votre cher mari

sera absent, de convoquer la tribu kurde pour tapisser votre chambre d'un papier à fleurs très gai, avec rideaux assortis, que vous avez repéré rue Bonaparte.

Pilou... Pilou... Téléphone.

L'Homme sort précipitamment son portable de sa poche et fronce les sourcils.

— C'est le tien qui sonne ! jappe-t-il, comme si c'était votre faute.

Où diable avez-vous posé le vôtre ? Vous parcourez la pièce, de plus en plus énervée. Vous la teniez pourtant à la main, tout à l'heure, cette vacherie d'Itinéris. Il est bêtement à sa place : dans le fouillis de votre sac (vous avez déjà remarqué que les choses bien rangées à leur place sont plus difficiles à trouver que les autres). Vous le saisissez (le portable). La sonnerie s'arrête.

— **Ach ! Ach ! Ach * !** cacardez-vous comme une oie hystérique.

— En quelle langue tu jures, là ? demande l'Homme.

— En cambodgien.

— Je crois que je préfère encore « merde ».

— Raciste !

Pilou... Pilou...

Votre portable se remet à sonner, interrompant la dispute qui s'annonçait. Votre copine Arielle.

— Titine ! Il faut que je te parle d'urgence. J'ai trente-neuf ans demain. Qu'est-ce que je fais ? Je change de job ou je mets un bébé en route ?

— Oh ! la ! la ! c'est grave ! Je peux te rappeler dans une heure ? Mon mari et moi, nous prévoyons un déménagement et on en discute.

— Ma pauvre chérie ! Tu sais qu'un déménagement, c'est un véritable cauchemar !...

Le fait vous est confirmé par toutes vos copines, systématiquement mises au courant par Claire, et qui se succèdent au téléphone. Au septième : « Ma pauvre chérie tu sais que c'est un véritable cauchemar », vous débranchez votre appareil. Ton moqueur de l'Homme :

— C'est sympa d'avoir tant d'amies !

* « Merde » en cambodgien.

Il ne les aime pas. Jalousie ! Jalousie ! Mais surtout il sait que les femmes adorent papoter entre elles de leurs bonshommes et cela les agace énormément, lui et ses copains. Avec raison.

— En tout cas elles m'ont donné plein d'adresses, y compris celle d'un déménageur à Chartres qui ne casse jamais une lampe et coûte deux fois moins cher que les déménageurs parisiens.

— Bravo ! Bon. Moi, je vais continuer mes démarches.

Il s'enfuit avec César. Vous ne le voyez plus pendant quelques jours, sauf le soir où l'air abruti, les yeux égarés, il vous raconte des choses incroyables sur la Redoutable Administration Française. Par exemple, il vous jure qu'à la Sécurité sociale certains jours sont réservés aux hommes, et d'autres aux femmes. Vous ne le croyez naturellement pas. Mais sait-on jamais ?

Vous, de votre côté, vous vous installez dès l'aube dans votre futur appartement et recevez des « débarrasseurs », des « nettoyeurs », des « cuisinistes », des électriciens, des plombiers, des peintres, etc., etc., qui se bousculent pour prendre des mesures et vous promettent des devis très bon marché. Ce qui n'est pas vrai. Vous notez avec surprise que les prix varient du simple au double. Vous en parlez à l'Homme.

— Tu fais ce que tu veux, répond-il tranquillement (ça, c'est nouveau). Moi, j'en ai marre de ce déménagement. Du reste, je m'en vais ce jour-là au Luxembourg.

— Au Luxembourg ? Tu vas ouvrir un compte clandestin dans une banque au Luxembourg ?

— Mais non. Moi je conduis juste un copain, trésorier d'un parti politique pour... euh... bavarder avec lui.

C'est déjà mieux qu'un membre de la Mafia. Quoique.

Mais surtout ce que vous voyez, c'est que cet enfant de salaud que vous avez épousé en toute innocence va une fois de plus vous abandonner seule avec le déménagement.

Cette fois, vous n'allez pas vous laisser faire.

Vous demandez d'un ton négligent :

— Tu rentreras quand ?

— Le soir même. Ce n'est pas loin, le Luxembourg, figure-toi.

— Parfait. Je vais retarder le déménagement d'une journée pour que tu sois là et que tu puisses m'aider.

— **Laa Zahal !**

— **Laa Zahal ?** Ça veut dire quoi ?

— « Merde » en hébreu, traduit l'Homme enchanté de vous avoir épatée. Il n'a pas que toi qui parles les langues étrangères.

— Non. Mais tu essaies de te débrouiller pour qu'il n'y ait que moi à me débattre avec le déménagement. Si tu ne restes pas, c'est simple, je jetterai toutes tes affaires à la poubelle, y compris ton smoking dont tu es si fier parce que tu le portais déjà à vingt ans. Ce qui te permet de raconter à tes copains que tu n'as pas grossi d'un gramme.

Vous n'entendez plus parler du Luxembourg.

10

La veille du grand jour arrive. Vous préparez un sac de voyage avec des fringues pour une semaine, ainsi que vous l'a recommandé votre copain Pierre-Christian qui, lui, déménage tous les trois mois. Un vrai dingue. Vous priez l'Homme d'en faire autant (pas de déménager tous les trois mois, mais de remplir aussi une petite valise). Il grommelle mais il s'exécute et bourre deux énormes vieilles malles récupérées vous ne saurez jamais où.

Le lendemain, dès l'aube (les déménageurs ont prévenu qu'ils viendraient très tôt), vous sautez hors de votre lit et entassez tous les produits congelés de votre frigo dans de grands pochons isothermes achetés spécialement (toujours un conseil du cher Pierre-Christian).

Affolée par les tonnes de papiers encore en fouillis sur votre bureau, vous les jetez en vrac dans une immense panière en osier dénichée aux Galeries Farfouillettes. Vous retrouvez votre carte d'identité que vous cherchiez depuis un an. Vous avez même déclaré sa perte à la police. Vous remettez à plus tard de vous informer si vous risquez la prison pour faux témoignage.

Exceptionnellement, vous prenez une douche rapide au lieu d'un bon bain. Vous détestez les douches. Vous ne pouvez vous empêcher d'avoir les cheveux dégoulinants d'eau froide dans le cou et les yeux pleins de savon qui pique. Vous étendez le bras pour attraper votre peignoir. Votre main ne rencontre que le vide. **Srajné * !** Vous l'avez déjà entassé dans le dix-septième sac poubelle ainsi que toutes les serviettes-éponges. Vous n'avez rien pour vous essuyer. Même pas un tapis de bain.

Vous réveillez l'Homme en lui criant, d'une voix déchirante, d'apporter un des draps de son lit. Il apparaît à moitié nu et ébouriffé comme d'habitude. Mais de charmante humeur. Il vous bouchonne avec son drap comme si vous étiez une jument. Bouchonner lui plaît.

— Si on faisait l'amour ? propose-t-il.

— T'es fou, les déménageurs vont arriver.

Driiing, driiing ! Sonnerie porte d'entrée. Vous y allez, enveloppée dans votre drap mouillé. Sur le palier, huit gros bras (huit !).

— On vient pour le déménagement, vous dit un grand Noir qui semble être le chef d'équipe et vous tend un papier (déjà une facture ?).

— Parfait. Vous pouvez y aller, répondez-vous en montrant l'appartement d'un geste large.

A cet instant, attiré par le bruit, apparaît César qui s'élance en aboyant furieusement vers l'Africain géant.

Vous hurlez :

— César ! STOP !

Merci Petit Jésus, le monstre ne mord pas. Il se contente de montrer ses crocs. Vous l'attrapez par le collier et le maintenez fermement.

— Hé là ! Hé là ! s'écrie le chef d'équipe. Moi je travaille pas chez un client où qu'y a un chien raciste.

— Mon chien n'est pas raciste, jurez-vous, indignée et grelottante dans votre drap mouillé. Juste... heu... il est dressé à la garde. Mais comme je suis là, il ne vous fera aucun mal.

Les gros bras ne sont pas du tout rassurés. Ils n'ont

* « Merde » en serbe.

visiblement aucune confiance en vous pour mater une bête aussi énorme et hargneuse.

« Il n'a pas l'air commode, dites-donc »... « J'ai horreur des gros chiens noirs » « T'as raison, c'est vicieux et méchant »... « Moi, j'ai déjà été mordu dans le 18e arrondissement. Trois jours d'arrêt de travail. » Etc., etc.

— Non, non ! Je vous jure qu'il ne vous mordra pas. Hein, mon chien-chien ? Du reste je vais l'enfermer dans la voiture de mon mari dans la rue.

Les déménageurs, un peu rassérénés, pénètrent alors dans votre appartement, se dirigent vers votre bureau dont ils ouvrent la fenêtre. Apparaît le haut d'une grue.

Vous regardez le papier que le chef d'équipe vous a donné, et vous lisez l'en-tête : Société LEBLANC, Levallois-Perret. Cela vous trouble.

— Vous ne venez pas de Chartres ?

— Ah non. Nous, on vient de Levallois-Perret.

Vous appelez l'Homme qui arrive enroulé à son tour dans l'autre drap. Vous ressemblez à deux sénateurs romains en toge.

— Tu as commandé le déménagement à la Société Leblanc de Levallois-Perret ? demandez-vous à votre Seigneur et Maître.

— Moi ? Non ! C'est toi qui t'es occupée de tout ça.

— Vous vous êtes trompés de client, déclarez-vous au grand Noir. Nous attendons la Société Parabert de Chartres.

— Vous n'êtes pas madame Bijou, au 7, rue Pierre-le-Grand ? questionne le chef d'équipe, mécontent.

— Non, je ne suis pas madame Bijou au 7, rue Pierre-le-Grand. Ici, c'est le 17.

— Par Allah ! **Boye * !** s'exclame élégamment le grand Noir qui engueule le chauffeur, renvoie ses gros bras, fait redescendre la grue gigantesque et remonter par l'escalier votre panière et trois sacs-poubelles déjà embarqués dans le gros camion qui va s'installer devant le 7.

* « Merde » en malien (orthographe incertaine).

— Et alors, maintenant, qu'est-ce qu'on fait ? demande l'imperator Alexander.

— Je n'en sais rien ! avoue piteusement sa femme, la matrona Titina.

Pilou... pilou... Téléphone.

Le chauffeur de la société Parabert de Chartres vous avertit qu'il est en retard (vous l'aviez déjà remarqué) à cause d'un énorme bouchon sur l'autoroute A 10 dû à un accident. Mais il arrive dans une heure (enfin, peut-être deux), lui, son camion, sa grue, ses gros bras, ses cartons, ses couvertures, etc. Une camionnette capitonnée suit.

Vous regrettez de ne pas avoir laissé sournoisement la Société Leblanc de Levallois-Perret déménager vos affaires. Vous auriez gagné un temps fou et vous vous seriez débrouillée ensuite pour le prix, ou plutôt vous auriez laissé votre cher époux se démerder (un ex-P-DG, ça doit savoir discutailler comme dans le souk de Fez). En attendant, l'Homme et vous flanquez vos draps dans un trente-cinquième sac-poubelle (vous en avez acheté dix rouleaux de dix sacs, soit cent sacs de cent litres, soit de quoi transporter une partie du Louvre). Vous enfilez vos joggings et vos Nike et descendez au bistrot du coin vous consoler avec un bon café au lait et une montagne de croissants à faire s'évanouir d'horreur votre nutritionniste (qui vous a déjà fait perdre dix kilos. Si, si. Simplement, vous en avez déjà repris cinq). Mais, avant tout, vous devez vous remonter le moral, y compris celui de César à qui l'Homme file sous la table le contenu du sucrier.

— A propos, les déménageurs ont peur de ton monstre, apprenez-vous à votre époux. J'ai promis que tu allais le planquer dans ta voiture.

Votre cher époux renverse la moitié de son café.

— Je ne vais pas laisser mon chien bien-aimé toute la journée enfermé dans une bagnole parce qu'une bande de guignols ventrus sont des froussards péteux.

— Alors emmène-le au toilettage. Il en raffole.

— Ouais, bonne idée. Hein, le chien-chien à son

Papa ? Il est coquet comme une danseuse du Lido ! Et toi, qu'est-ce que tu vas faire de Melchior ?

— Tu crois qu'il va faire peur, lui aussi, aux gros bras ?

— Non, mais il peut se sauver devant le bruit et l'agitation. Ou être volé par le carapatin.

— C'est quoi, le carapatin ? interrogez-vous, stupéfaite.

— Le type qui fait la navette dans l'escalier.

— Tu en sais des choses ! admirez-vous.

— Je l'ai lu dans un vieux magazine. Tu devrais lire plus, répond l'Homme d'un ton désinvolte.

— Tu as raison, mon chéri. (Le jour de votre mariage, votre chère tante Bertille vous a chuchoté un conseil. « Dis toujours : " Tu as raison, mon chéri ", à ton époux. Ensuite, tu fais ce que tu veux. » La vieille dame s'y connaissait. Elle avait tué sous elle trois maris et englouti leurs fortunes.

Vous enchaînez :

— Moi, je vais installer Melchior dans les WC et en interdire l'accès.

— Et où les déménageurs vont-ils pisser ?

— Dans le lavabo, comme tous les hommes.

Votre époux ne répond rien. Le sujet est brûlant entre vous. Après trente-cinq (trente-huit ?) ans de mariage et malgré vos piaillements indignés, l'Homme continue à se glisser la nuit dans la salle de bains et à faire pipi dans votre lavabo. Sous prétexte qu'il est trop endormi pour aller jusqu'aux toilettes.

Il se sauve avec César.

Vous remontez dans l'appartement (encore vôtre pour quelques heures) expliquer la situation à Melchior, très mécontent, que vous installez dans les toilettes avec son panier, sa litière et sa souris en peluche. Vous scotchez sur la porte une feuille de papier avec, écrit en gros caractères : « INTERDIT D'ENTRER. CHAT MÉCHANT ». Heureusement que votre gouttière chéri, s'il est bavard, ne sait pas lire.

Montent de la rue des coups de klaxon, des cris, des gueulements. Une manif des conducteurs de la SNCF ?

Un défilé des profs de l'Éducation nationale ? Une parade des Verts ? Une émeute des retraités ? Le 77 003e arrêt de travail des mécaniciens d'Air France ? La 94 107e grève des agents du métro ? Vous allez voir sur le balcon ce qu'il se passe. Tous vos voisins sont penchés à leur fenêtre.

Devant le 7, l'énorme camion des Établissements Leblanc de Levallois-Perret, avec sa grue immense, déménage le cinquième étage. Et bouche la rue. Un deuxième gigantesque gros cul, probablement celui des Établissements Parabert de Chartres, ne peut pas passer. Le chauffeur chartrin klaxonne comme un fou. Le chauffeur levalloisien lui répond par un bras d'honneur. Les chefs d'équipe s'insultent. Les gros bras menacent de se dérouiller mutuellement. Un bouchon de voitures se forme derrière, et les automobilistes, en retard comme toujours à leur bureau, appuient sur leur avertisseurs avec hystérie. Surgit, attirée par le barouf, la fliquette chargée de surveiller la porte de l'ambassade des îles Fidji (qui peut bien en vouloir aux îles Fidji ?). Agitant son bâton blanc, elle rétablit l'ordre. Vive les femmes ! Quand elles auront le pouvoir, tout ira mieux. Levallois-Perret rentre sa grue et fait le tour du pâté de maison. Chartres passe et s'installe sous votre fenêtre. En jaillissent à leur tour huit nouveaux gros bras, encore tout excités par l'événement, qui montent l'escalier en faisant un chahut monstre. Tiens les Chartrins sont plus bruyants que les Levalloisiens !

Le nouveau chef d'équipe, dit le Facteur (vous aussi vous avez appris quelques mots du langage déménageur), se présente : « Je suis Monsieur Robert », et vous tend la « lettre de voiture » réclamant le paiement du premier acompte.

— Heu... C'est mon mari qui doit le payer, bafouillez-vous. Il va revenir d'un moment à l'autre. Il est parti emmener son chien chez le coiffeur.

(Parfois, votre cher époux ne vous rend pas les sommes qu'il vous a empruntées, aussi vous vous méfiez.)

— Ce n'est pas grave, dit Monsieur Robert gracieusement. Je vous fais confiance. Allez, les gars, commencez tout de suite à emballer ! (à vous) Où est la belle bête à cornes ?

— La QUOI ?

Vous avez un chien, un chat, parfois le hamster et les poissons américains d'Attila en pension, mais pas de vache. En tout cas à Paris.

— Nous appelons comme ça les meubles à quatre pieds, et on m'a recommandé une très belle commode avec un contrat d'assurance spécifique.

En effet, à l'indignation de l'Homme, vous avez fait garantir spécialement et très cher la commode Louis XVI en marqueterie de votre grand-mère.

— Tu es dingue ! Je t'ai déjà dit cent fois qu'elle ne vaut rien, ou presque. C'est une copie XIXe, avait-il ricané.

— Elle est d'époque et signée « Riesener », un des plus grands ébénistes du XVIIIe siècle. Elle a appartenu à la reine Marie-Antoinette qui l'a donnée à la princesse de Lamballe qui l'a offerte à l'un de mes ancêtres. C'est indiqué dans toutes les successions depuis 1768. Vaut une fortune * ! En plus, c'est moi qui paye.

Votre mari adoré a haussé les épaules et levé les yeux au ciel. Il sait que vous êtes têtue comme une bourrique béarnaise avec du sang basque espagnol.

D'après les dernières découvertes anthropologiques, il paraît que les Basques seraient les derniers Cro-Magnon. Cela ne vous étonne pas. Votre grand-mère paternelle de Pampelune possédait en effet la violence primitive et cruelle d'une cro-magnonne et cassait encore, à quatre-vingts ans, sa canne sur le dos de votre papa, le colonel. Ce qui n'a pas empêché le général de Gaulle de le décorer lui-même, après la victoire de Monte Cassino : « Officier d'une bravoure légendaire, etc. » Il devait ignorer le coup de canne...

... ainsi que le privilège qui se transmet exclusive-

* Note de l'auteur pour les cambrioleurs : « *Cette commode n'existe que dans mon imagination. Inutile de vous déranger. Merci.* »

ment par les femmes dans la famille cro-magnonne de votre terrible grand-mère : celui d'entrer à cheval dans les églises. Vous avez souvent rêvé de le faire avec vos filles. Mais outre que vous n'avez pas de cheval, vous craignez que la Guardia Civil, peu au fait du Droit cro-magnon, ne vous traîne en prison toutes les trois.

Avec la plus grande délicatesse, quatre gros bras enveloppent votre « bête à cornes » dans des couvertures molletonnées et la descendent tendrement dans la fameuse camionnette capitonnée. L'équipe travaille à une vitesse folle. Vos dossiers disparaissent comme par magie dans des cartons. Les cartons dans des containers. Les containers dans la rue par la grue. Votre grand lit, le canapé anglais en cuir noir du salon, les fauteuils assortis, les chaises Knoll passent en courant devant vos yeux, ainsi que la grande table en marbre blanc que votre gaillard d'1,90 m d'époux ne peut même pas soulever d'un centimètre. Vos vêtements conjugaux, bien rangés sur des porte-manteaux mobiles, s'engouffrent comme des fusées dans l'énorme camion qui bouche la rue.

L'Homme revient de chez le toiletteur où César va se laisser bichonner et admirer toute la journée.

La moitié de vos affaires est déjà engloutie dans le gigantesque gros-cul sous vos fenêtres. Vous priez votre époux de payer le premier acompte réclamé.

— Bien sûr, dit l'Homme en tâtant ses poches.

Hélas, il a rangé son chéquier dans un tiroir fermé à clé de son bureau déjà avalé par l'énorme bahut. Monsieur Robert, le chef d'équipe, décidément accommodant, accepte d'attendre encore l'installation dans l'appartement n°2 dudit bureau (le faux Louis XV, ah ! ah !).

Arrive midi. Tout est emballé et bien rangé dans le colossal camion bourré jusqu'au plafond. Vous descendez précipitamment chez votre *chère* boulangère (à qui vous faites des adieux déchirants) chercher les dix gros sandwiches beurre-jambon et les dix belles parts de tarte aux pommes que vous lui aviez commandés. Vous l'embrassez sur les deux joues, ainsi que votre *cher* épicier arabe qui vous a dépannée tant de fois, et lui prenez cinq bouteilles de vin rouge (une demi-bouteille par personne, est-ce trop ? Les déménageurs ne vont-ils pas tituber avec votre lustre de Murano auquel vous tenez tant ? D'un autre côté, vous ne voulez pas passer pour une cliente mesquine). Quant à votre *très chère* madame Shu, non seulement vous lui plaquez sur les joues plein d'affectueux poutous, mais vous lui donnez une jolie écharpe en soie en guise de souvenir. En retour, elle vous fait cadeau d'une de ses peintures chinoises. Vous jurez solennellement toutes les deux de vous revoir. Ce que vous ne ferez jamais.

Vous remontez en vitesse avec votre pique-nique que votre petit monde, gros bras compris, assis par terre (il n'y a plus de chaises nulle part), attend avec impatience. Vous vous apercevez alors avec horreur que vous n'avez plus de tire-bouchon (parti dans le tiroir de la table de la cuisine), ni verres (emballés soigneusement et rangés — où ? — dans un des nombreux cartons).

Dieu merci, les déménageurs connaissent le coup. Ils ont tous des tire-bouchons. Les bouteilles sont ouvertes en un clin d'œil et le vin bu au goulot à la bonne franquette. Vous priez juste le Ciel qu'il n'y ait pas d'épidémie d'hépatite B à Chartres. Non. Notre-Dame de Chartres vous protège du haut de sa cathédrale. Malgré son évêque qui a réussi à hériter de la fortune d'une de vos tantes éloignées pour refaire ses vitraux. Du coup, vos cousins à la mode de Bretagne sont restés sans un sou. Malgré leur réclamation, l'évêque n'a jamais voulu leur lâcher un kopeck. Ses vitraux avant tout.

La tarte aux pommes avalée, départ vers votre nouveau domaine.

Sauf vous qui — toujours anxieuse — jetez un dernier coup d'œil à la ronde. Non. Personne n'a rien oublié. Puis vous allez rendre la clé à votre *très très* chère concierge, madame Rastout. Vous vous étreignez toutes les deux en pleurant. Pendant des années, vous l'avez considérée comme votre deuxième mère. Elle a failli être étranglée à cause de vous par un fou qui vous poursuivait et à qui elle barrait le passage. Elle surveillait les retours nocturnes de vos filles adolescentes (à leur grande fureur... mais vous, vous pouviez dormir tranquille). Elle vous offrait des fleurs pour votre fête que toute votre famille oubliait. Vous la remerciez avec des chocolats.

Vous l'invitez à déjeuner dès que vous serez installée dans votre nouvel appart. Elle viendra.

Enfin, vous vous décidez à partir en reniflant.

Vous transportez dans votre jolie petite voiture neuve ce à quoi vous tenez le plus (en dehors des membres de votre famille et de madame Rastout) : les diamants de famille, le manuscrit de votre livre : *Le Cannibale du Trocadéro*, votre manteau Revillon doublé en mouton de Mongolie et, surtout, Melchior dans sa cage de voyage. Avec son panier, sa litière, sa petite souris en peluche, quelques boîtes de terrine au saumon, et votre affiche « INTERDIT D'ENTRER. CHAT MÉCHANT » à coller sur la porte de vos nouvelles toilettes.

Votre petit minou bien-aimé est fou de rage.

— C'est la dernière fois que je déménage, miaule-t-il furieux. Les types, ils ont pas arrêté de venir me pisser dessus et de rigoler en m'entendant rouspéter. Y en a même un qui m'a uriné sur la tête. Je pue.

— Mon pauvre amour, dites-vous tendrement, encore un peu de patience. C'est bientôt fini.

Vos copines vous ont prévenue. Quand il s'agit d'installer les meubles dans le deuxième appartement, les déménageurs sont encore plus pressés que lors de l'enlèvement. Ils n'ont qu'une hâte : en finir et se tirer.

Exact. Dès votre arrivée dans votre nouvelle habitation, ils se précipitent tous sur vous : « Où on met la grande table ? Et le canapé ? Et cette armoire ? Et ci ? Et ça ? »

Au début, vous répondez calmement. Au bout d'une demi-heure, vous n'en pouvez plus. Vous avez la tête qui tourne, les yeux qui se brouillent, la mémoire qui s'enfuit. Vous les renvoyez à l'Homme.

C'est un tort. Il répond majestueusement : « Mettez tout ça en vrac au milieu des pièces. Nous nous en occuperons nous-mêmes tranquillement demain. »

Résultat : quand les gros bras s'enfuient sur le coup de 16 heures, après que votre cher époux a rempli un gros chèque (qui prévoyait le rangement à leur place de tous vos meubles, vêtements, etc.) et signé une foule de papiers, le désordre dans votre appart' est délirant. Pas question de pénétrer dans le salon et dans votre bureau où sont entassés mobilier et cartons. Il faut enjamber des murs de sacs-poubelles pour pénétrer dans les autres pièces.

Vous vous apercevez alors que les produits congelés ont décongelé dans leurs sacs spéciaux hypomachins. Vous jetez des dizaines de bifteaks hachés, trois boîtes de coquilles Saint-Jacques à la crème, un stock de pizzas Reine, des kilos de petites pommes de terre à faire rissoler, etc., etc. Vous gardez les sacs pour aller en coiffer, en l'insultant, le droguiste escroc qui vous les a vendus très cher.

Seule, la chambre de l'Homme est parfaitement rangée. Le faux-cul a veillé sournoisement à ce que toutes ses affaires à lui soient bien déposées à la place prévue. Vous êtes trop fatiguée pour lui faire remarquer son égoïsme. Pour l'instant, il classe tranquillement ses papiers dans les tiroirs de son bureau. Vous vous allongez sur son lit sans draps, ni oreillers, ni couette. Vous ne les retrouverez que trois jours plus tard (sauf la couette). Vous soupirez. Melchior avait raison. Vous ne déménagerez plus jamais.

Melchior ! Vous vous levez d'un bond et courez aux toilettes où vous l'aviez encore enfermé.

La porte est grande ouverte. Votre minou-minou a disparu.

— **Woy** * !

* « Merde » en ouolof.

Vous vous élancez à travers votre nouvel appartement en criant :

— Melchior ? Mon petit chat chéri ! Où es-tu ? Viens ! Viens voir maman !

Hélas, votre bien-aimé gouttière a un défaut. Il ne répond jamais quand vous l'appelez. Vous le lui avez souvent reproché. Il vous répond avec hauteur :

— Je ne suis pas le chien de Jean de Nivelle qui vient quand on l'appelle.

Après avoir fouillé toutes les pièces, regardé dans tous les placards, ouvert toutes les armoires, fouillé dans toutes les commodes, déplacé tous les cartons, vous être couchée à plat ventre par terre pour inspecter le dessous de tous les lits, et même grimpé dans la chambre du septième et descendu à la cave, vous revenez vers l'Homme qui continue à tripoter paisiblement ses dossiers.

— Melchior s'est sauvé, annoncez-vous d'une voix dramatique.

— Mais non, assure votre époux affectueusement, il s'est caché dans une de tes grandes boîtes comme il adore le faire. Il apparaîtra quand il aura faim.

Mais oui, bien sûr ! S'il y a un mot que Petit Chat connaît et apprécie par-dessus tout, c'est « pâtée ». Vous refaites le tour de l'appartement en chantant à tue-tête :

— La pâtée ! La pâtée du minou-minou ! Viens manger ta pâtée, mon Melchior ! Ou une belle biscotte beurrée... (c'est sa folie).

Aucune queue ni museau ne surgit. Vous éclatez en sanglots et vous vous laissez tomber sur le lit de l'Homme qui ne lève pas la tête de ses saletés de papiers. Il se fout de votre chagrin. Quel salaud !

— J'ai perdu mon petit chat adoré, pleurnichez-vous, je ne m'en consolerai jamais.

— Mais il va revenir, Titine ! affirme votre époux gentiment. Sinon je t'en donnerai un autre. Un abyssin, tiens, à la place de cet affreux gouttière. Ou un persan.

— Je ne veux pas d'un abyssin ni d'un persan. Je veux mon Melchior bien-aimé.

— Bon, dit l'Homme, en attendant que ce monsieur daigne réapparaître, je vais chercher César chez le toiletteur. Il va peut-être nous le retrouver.

Voilà un truc qui exaspère le petit chat de votre cœur. Le dogue de votre mari a un très bon flair et démasque toujours les planques de son ami-ennemi.

Pour se venger, Melchior lui cache son os en caoutchouc sous la bibliothèque où le museau de César est trop gros pour se glisser. Il doit attendre que Palmira se décide à faire un grand ménage comprenant le dessous des meubles, pour récupérer son jouet.

L'Homme s'en va en sifflotant.

Vous restez à renifler sur votre matelas, telle une amoureuse abandonnée.

Soudain, vous entendez un petit miaulement. Qui semble sortir de dessous le lit. Vous n'en croyez pas vos oreilles. Vous avez regardé dix fois sous cette saloperie de plumard.

Deuxième petit miaulement.

Vous vous remettez à plat ventre et regardez à nouveau sous le pieu ensorcelé.

Rien.

— Mais où es-tu, nom d'un chat ? criez-vous.

— Coincé dans le sommier, répond la voix, pour une fois tremblante, de Melchior.

Vous vous relevez et, à grand peine, en rassemblant toutes vos forces, vous réussissez à soulever le lit. Vous découvrez alors que le tissu du dessous du sommier est déchiré, et que la petite tête de votre amour de minou-minou apparaît entre deux ressorts dont il ne peut se dégager. Avec mille précautions, vous réussissez à extirper le pauvre chéri de son piège.

— Mais qu'est-ce que tu foutais là ?

— J'en avais marre de ces déménageurs qui venaient me pisser dessus tout le temps. Je pue de plus en plus.

Effectivement.

— Ce n'est pas grave. Je te shampooinerai demain,

annoncez-vous tendrement en berçant votre trésor qui se met à ronronner.

L'Homme revient avec César qui inspecte les lieux avec surprise.

— Ouf, c'est fini ! s'exclame-t-il avec délice (l'Homme, pas César, évidemment).

— Tu rigoles ? On en a pour un mois à ranger tout ce bordel. Pourquoi tu n'as pas laissé les gros bras le faire ? On avait payé pour !

— Je ne pouvais plus supporter leurs tronches et leurs gueulantes : « Où je mets ça ? Et ci ? Et ça ? » Mon crâne menaçait d'éclater.

— Demain, c'est notre dos qui nous fera mal : nous aurons tous les deux une bonne sciatique.

Le soir tombait. Vous êtes presque dans l'obscurité.

— Allume, dites-vous.

L'Homme appuie sur le bouton de sa lampe.

Qui ne s'allume pas.

— Tu n'as pas branché la prise, remarquez-vous.

— Si, justement. Je l'ai fait moi-même.

Saisie d'un affreux pressentiment, vous allez appuyer sur les boutons près de la porte puis dans l'entrée.

Rien.

— L'électricité ne marche pas ! annoncez-vous d'un ton tragique.

— Mais tu déconnes ! J'ai fait toutes les démarches et le technicien de l'EDF devait passer hier à 11 heures du matin faire je ne sais quoi au compteur. La concierge était prévenue et avait la clé. Moi, j'avais rendez-vous à la Séc. soc.

— Eh bien, il n'est pas venu, ton gars. Il nous a laissé tomber.

— Ce n'est pas possible.

Votre époux se lève et va à son tour tripoter toutes les prises électriques qu'il rencontre.

Rien.

— **Tac** * **!** vous exclamez-vous.

— Bordel de merde ! s'écrie l'Homme à son tour.

* « Merde » en malgache (se prononce Taï).

Saloperie d'électricité ! Enfoiré d'EDF ! Putain de Service public ! (si votre amie Marguerite des Coustals de Cabardès l'entendait, votre époux ne serait plus jamais invité dans son donjon breton).

Il regarde sa montre aux chiffres lumineux.

— A cette heure-ci, ces messieurs les fonctionnaires sont tous rentrés chez eux, tu penses ! Qu'est-ce qu'on va faire ?

— Se coucher. Dormir. Et téléphoner demain à l'aube à l'EDF pour les engueuler et menacer d'envoyer des Corses faire sauter leurs beaux bureaux.

— Tu n'as pas une lampe électrique ou une bougie ?

— Hélas, non ! Je les ai oubliées dans la boîte du compteur de notre ancien appart'. On n'a même pas d'allumettes ni de briquet.

A votre grande fierté, vous avez arrêté de fumer tous les deux.

— Comment on va dîner ? grogne votre époux. J'ai faim, moi !

Ainsi qu'on l'a déjà remarqué, l'Homme a toujours faim.

— Tu veux que je commande des pizzas par téléphone ?

— Tu sais bien que je déteste les pizzas.

— Je sais. Aussi, comme tu as une merveilleuse petite épouse — ce dont tu ne te rends pas assez compte —, je me suis méfiée et j'ai acheté ce matin à ma chère madame Shu un dîner chinois pour ce soir.

— Mais on ne peut pas le réchauffer ?

— On le mangera froid : « Le crocodile affamé ne choisit pas sa proie », dit le proverbe malgache.

Vous allez ouvrir en grand la porte d'entrée et allumer la lampe du palier.

Dans la lumière qui éclaire ainsi le seuil de votre appartement, vous disposez les deux tabourets de la salle de bains, une pile de cartons en guise de table, du bœuf aux champignons noirs de madame Shu, plus deux petites cuillers trouvées par miracle dans la boîte violette marquée « Généalogie... Famille Chappe d'Auteroche * », avec, ô merveille, une bouteille de château-margaux dont vous ignoriez l'existence.

Seul inconvénient : la lampe de l'escalier s'éteint automatiquement toutes les trois minutes et vous devez vous lever et aller la rallumer à tâtons.

Le bœuf froid aux champignons noirs n'est pas très bon. Mais tant pis. Vous le dévorez de bon cœur avec vos doigts et vos petites cuillers. A la surprise des locataires d'en face qui sortent de chez eux et descendent l'escalier en vous jetant des regards effarés au passage. Ils ont des fous comme nouveaux voisins.

Prévenue immédiatement par leurs soins, Madame votre gardienne qui s'était planquée toute la journée (de peur peut-être qu'on lui demande un service ?) surgit par l'ascenseur. Vous lui offrez du bœuf aux champignons noirs. Elle refuse avec horreur. L'Homme lui raconte votre drame avec l'EDF.

— ... et pourtant on m'avait juré que le préposé passerait hier matin à 11 heures, et vous aviez la clé, n'est-ce pas ?

Embêtée, Rosa de Lima Perès avoue que justement, hier, à 11 heures... heu... elle s'était absentée une toute petite heure pour faire un ménage impromptu chez le célibataire du troisième étage, un pilote australien qui rentrait de Sydney vingt-quatre heures à l'avance. Vos Kurdes ayant fini leur travail étaient partis depuis la veille en lui rendant sa clé (vous notez dans un coin de votre tête : « Kurdes = honnêtes — à faire re-travailler »).

Votre Grand Mâle, furieux, ouvre alors la bouche pour injurier Madame votre gardienne qui n'a pas à s'absenter (pilote célibataire australien ou pas) alors qu'elle avait promis... Vous lui coupez brutalement la parole (à votre gaillard, pas au pilote célibataire australien. En tout cas, pas encore). Inutile de commencer une cohabitation qui durera peut-être vingt ans par

* Ont inventé le télégraphe sans fil. Parmi eux, le grand-père de votre grand-père.

une dispute avec une personne aussi importante que la concierge de l'immeuble.

— Ce n'est pas si grave, hein, mon chéri ? dites-vous gracieusement, en pinçant férocement en douce la fesse gauche de l'Amour-de-votre-Vie (c'est votre châtiment préféré).

Votre époux vous jette en réponse — comme d'habitude — un regard assassin. La lumière de l'escalier s'éteint à nouveau. Madame votre gardienne — qui malgré son teint brun et ses tresses noires enroulées ressemble de plus en plus à une belette — va la rallumer, vous souhaite aimablement une bonne nuit, et s'en retourne vers son terrier.

— Pourquoi m'as-tu pincé et empêché de passer un savon à cette affreuse « fumelle » ? demande votre mari rancunier (« fumelle » étant la grosse injure réservée aux femmes par votre macho).

— D'abord à cause du courrier. Pour qu'elle ne nous monte pas à 17 heures les lettres déposées par le facteur le matin à 8 heures. Ou qu'elle « oublie » de nettoyer notre palier quand elle fait le ménage de l'escalier. Ou qu'elle ne m'envoie pas les Témoins de Jéhovah à qui elle est supposée refuser l'entrée de l'immeuble. Je perds une heure à discutailler avec eux. Etc. Tu n'as pas idée de tous les tours que peut vous jouer une concierge, même mi-péruvienne, mi-portugaise, qui ne vous aime pas.

L'Homme ne répond pas. Votre chéri déteste admettre qu'une petite bonne femme comme vous ait raison contre lui. Il se contente de soupirer et de finir la divine bouteille de château-margaux que vous avez bue à vous deux. L'excellent bordeaux rouge vous aide à vous déshabiller, toujours sur le palier, l'oreille aux aguets au cas où des bruits dans l'ascenseur ou dans l'escalier révéleraient l'arrivée de voisins curieux ou de petits hommes verts.

Vous refermez la porte de l'appartement.

Noir absolu.

Tout nus et à tâtons, vous tenant par la main, votre époux et vous, vous retrouvez sa chambre et son petit lit. Vous n'avez ni chemise de nuit (vous l'avez fourrée par erreur dans le dixième sac-poubelle-linge-sale), ni short de nuit. L'Homme jure qu'il avait soigneusement rangé le sien dans une de ses malles, mais il s'est envolé avec sa chère couette. Peut-être en Thaïlande avec Nouvelles Frontières (ils font des prix spéciaux). Bien que votre mari soit persuadé, et le restera, que ce sont les déménageurs qui lui ont piqué l'ensemble. Il en parlera pendant des années.

Vous grelottez de froid.

Par une chance inouïe, vous trouvez dans la salle de bains, suspendu à la place de votre peignoir-éponge, votre très vieux et très grand manteau de fourrure en queues de ragondin canadien. Hourra ! Vous vous couchez tous, serrés dessous : l'Homme, Vous accrochée à l'Homme par la taille, avec Melchior enroulé autour de votre cou qui vous tient délicieusement chaud, et César qui, mécontent d'avoir dû vous laisser sa place près de son maître adoré, vous bave sur l'épaule.

— Ça pue, ici ! dit brusquement la voix de votre époux dans le noir.

Vous vous gardez bien de lui révéler que le coupable est votre pauvre minou-minou parfumé au pipi de déménageur.

— Ah bon ? Moi, je ne sens rien, mentez-vous. Dors.

Pas question d'inaugurer votre nouveau foyer en faisant l'amour, rite sacré que vous respectez d'habitude. Mais aujourd'hui, vous n'êtes pas encore installés chez vous. Vous ne faites que camper.

Cependant, prodige inouï, vous réussissez tous à roupiller comme des loirs.

Jusqu'à 8 heures plus une minute, le lendemain matin.

L'Homme se lève alors d'un bond, attrape son portable, appelle l'EDF. Et pousse une telle gueulante concernant le manque d'électricité de votre appartement qu'il doit crever le tympan de l'employé au bout du fil. Naturellement, votre cher mari passe sous silence le fait que ni lui ni la concierge n'étaient au rendez-vous. Terrorisé, le préposé à demi sourd lui jure qu'il envoie sans faute quelqu'un dans la demi-heure qui suit.

Ah mais ! Votre ex-P-DG sait se faire obéir.

8 h 30. *Pan ! Pan !* On frappe à la porte. Voilà l'EDF ! Vous allez ouvrir, toute nue sous votre manteau de fourrure en queues de ragondin canadien.

Kaka Zaharra * **!** Ce n'est pas l'électricien de l'EDF, mais Palmira, venue spécialement vous donner un coup de main, un samedi, le cher ange.

Elle pousse un cri de détresse en voyant le désordre qui règne partout. Vous la rassurez.

— À nous deux, en quelques heures on va tout ranger...

Elle ne vous croit pas.

Elle a raison.

8 h 35. *Pilou... Pilou...* Sonnerie de votre portable à vous. Petite Chérie ! Levée si tôt ? Non. Pas encore couchée. Elle a peint toute la nuit, assure-t-elle. Avec votre mauvais esprit, vous croyez plutôt qu'elle a dansé aux Bains-Douches. Elle demande gentiment si vous avez besoin de son aide. Oui. Qu'elle vienne immédiatement avec un grand thermos de café bien chaud et plein de croissants. Une fois de plus, tant pis pour le régime.

Vous chargez Palmira de se transformer en détective et de retrouver, dans le fouillis ambiant, des tasses pour le petit déjeuner, ou des verres.

8 h 42. *Pilou... Pilou...* Sonnerie du portable de l'Homme. Sa chère maman, Lilibelle, veut savoir si votre déménagement s'est bien passé.

— Formidablement ! répond son fils

Vous admirez qu'il mente aussi bien sans que son nez bouge.

9 heures. *Pan ! Pan !* On frappe de nouveau à la porte. Enfin, l'EDF ! Toujours non. Mais Rosa de Lima, baptisée pour toujours par l'Homme « la Belette », qui passe son museau pointu et souhaite savoir si elle peut faire quelque chose pour vous. Finalement, elle est gentille, votre Belette. Oui, justement. Palmira n'a pas

* « Merde » en basque.

encore retrouvé des tasses ni des verres pour le petit déjeuner (probablement envolés en Thaïlande eux aussi grâce à Nouvelles Frontières). Votre chère femme de ménage demande à Madame la gardienne si Madame la gardienne peut lui en prêter momentanément. Mais bien sûr ! Entre Portugaises/Péruviennes, on se rend service, non ?

9 h 10. *Pan... Pan...* On re-re-frappe à la porte. Victoire ! Cette fois, cela ne peut être que l'EDF. Eh bien encore non ! Mais Petite Chérie, avec le café et un sac énorme de croissants, précédant Palmira portant quatre tasses prêtées par la Belette.

Waououh ! L'Homme et vous, vous vous jetez sur le petit déjeuner. Alizée aussi qui a toujours faim (a hérité des gènes de son papa).

— J'ai dit à mon copain de venir nous aider à pousser les meubles, annonce-t-elle.

— Bravo !

Justement on re-re-re-frappe à la porte. Le voilà !

Non. Cette fois, c'est le technicien de l'EDF. On l'acclame et on lui propose du café. Il accepte. Demande juste un délai de trente secondes pour trouver le compteur.

Et crac ! la lumière revient partout.

Miracle ! Miracle !

— Non, pas miracle, explique l'EDF en rigolant, j'ai juste appuyé sur le bouton du disjoncteur.

— Comment ça ?

— Hé ben oui ! L'électricité n'est jamais coupée entre deux clients qui se suivent. Simplement nous l'arrêtons et relevons le compteur quand le dernier propriétaire s'en va. Il suffisait de le réenclencher en arrivant.

L'Homme se frappe le front d'un poing furieux.

— C'que j'suis con ! Mais c'que j'suis con !

— Pas du tout, le réconforte gentiment l'EDF, les clients ne sont pas supposés connaître nos petits secrets. De toute façon, il faut que j'aille maintenant remettre le gaz qui est dans un petit placard dans la cour.

En attendant, il dévore joyeusement un croissant et

vous révèle que son collègue n'est pas venu lui non plus hier matin à 11 heures. A cause d'une grève-surprise.

— Et si nous, les clients, on faisait aussi des grèves-surprises des impôts ? Quelle tête il ferait, votre copain, de ne pas être payé ? râle votre ex-P-DG qui s'en veut toujours de ne pas avoir appuyé sur le disjoncteur de l'électricité.

— Pas de politique, on a du travail ! interrompez-vous précipitamment.

Ce serait le comble si le préposé claquait la porte, vous laissant sans gaz.

Petite Chérie vous présente son dernier copain, Gérald (comment est-il entré, celui-là ?). Vous le remerciez chaleureusement d'être venu vous aider, bien qu'il soit petit et maigrelet, et que vous aimiez bien son prédécesseur (comment s'appelait-il déjà ? Thomas ? Non. Est-ce qu'il n'y a pas eu un Gilles après ?). Votre cadette prétend que le problème avec vous est que vous vous attachez trop à ses amoureux, et que vous êtes désolée quand elle en change.

Le Père, comme d'habitude, regarde le nouveau chéri d'Alizée d'un œil noir. Il est jaloux de ses filles, le pauvre trésor.

— Tu devrais sortir ton chien, suggérez-vous, il se tortille.

— J'y vais, dit l'Homme précipitamment, ravi d'échapper à la corvée du rangement.

— Au boulot ! claironnez-vous à vos troupes.

A ce moment précis (9 h 32) *driiing... driiing...* Sonnerie stridente du téléphone de l'appartement.

— Où est-il ? braille Petite Chérie.

— Je ne sais pas, beuglez-vous à votre tour en fouillant fébrilement alentour.

— Je l'ai ! crie le jeune Gérald en sortant un appareil vétuste planqué sous une chaise.

— Allo ! grognez-vous à quatre pattes dans le téléphone « estranger ».

— Avez-vous des casseroles ? interroge une voix féminine impérieuse.

— Heu... Oui, bien sûr, répondez-vous, surprise. Et agacée.

Si des représentants en casseroles vous embêtent dès l'aube de votre premier jour dans votre nouvel appart', il est urgent de vous inscrire sur la liste rouge.

— Elles sont bleues ? reprend la voix antipathique.

— Non. Rouges.

— Bon. Tant pis.

Clac ! La folle a raccroché.

Vous profitez de l'absence de l'Homme pour installer les meubles à la place qui vous plaît à vous. Malgré la résistance inattendue de Petite Chérie.

— Tu ne crois pas que la commode de Grand-mère serait mieux dans ce coin du salon qu'entre les deux fenêtres ?

— Pas du tout ! Entre les deux fenêtres elle est mise en valeur.

— Oui, mais elle jure avec le canapé Chesterfield en cuir noir.

— Je m'en fiche.

— Je t'assure ! Essayons pour voir.

— Une autre fois. Pour l'instant, elle reste entre les deux fenêtres.

Petite Chérie boude. C'est elle l'artiste dans la famille, non ?

L'Homme revient avec César et vous propose gentiment ses services. Vous refusez non moins gentiment. Vous savez que si votre Seigneur et Maître s'en mêle, doué de l'esprit de contradiction masculin comme il est, vous en avez pour la journée de discussions échevelées avec lui et Petite Chérie sur la place du moindre coussin. Il s'enferme alors dans sa chambre avec son chien et son portable, et se met à téléphoner comme un moulin à prières javanais. Vous l'entendez même menacer le directeur des déménageurs de la Société Parabert à Chartres de déposer une plainte pour vol de couette.

Palmira, elle, réinstalle la cuisine, y compris les verres-de-cristal-de-Bohême-légués-par-votre-papa-etdont-vous-ne-vous-servez-jamais, qui retrouvent leur place dans le haut de l'armoire.

Vous aviez mal jugé le jeune Gérald. Malgré son aspect maigriot, il déploie une force herculéenne et une activité d'abeille. Avec un charmant sourire. Ça y est ! Vous êtes en train de vous attacher à lui !

Vous faites débrancher tous les portables (sauf celui de l'Homme) qui n'arrêtaient pas de sonner. Celui de Fille Aînée, retenue à sa boutique par les soldes (elle double ses prix). Ceux des copines de Petite Chérie, de vos amies à vous, des nombreuses sœurs de Palmira. Lilibelle vint cinq fois aux nouvelles et proposa son aide. Vous la remerciez affectueusement... et refusez absolument. Encore quelqu'un pour avoir ses idées personnelles sur la façon de décorer votre appartement, merci bien! Seul le téléphone de l'appartement, dont vous ignorez le numéro inscrit dans votre agenda enfoui dans la pagaille de vos papiers, carillonne régulièrement. Toujours des appels étranges et féminins.

— Allo ? Avez-vous des assiettes en porcelaine blanche ?

— Heu... oui.

— J'arrive !

Clac.

Comment ça, j'arrive ?...

Neuvième appel.

— Allo ? Y a-t-il chez vous des tabliers de cuisine ?

— Ben... deux ou trois.

— Avec une phrase imprimée dessus ?

— Oui.

— Quoi ?

— Attendez, je vais voir. Palmira ! Qu'est-ce qu'il y a d'écrit sur votre tablier ?

Votre Portugaise, du fond de sa cuisine :

— « Bien manger pour bien vivre ».

Vous répétez à la dame, et ajoutez :

— C'est, je crois, une citation démarquée de Socrate. Mais pourquoi me demandez-vous cela ?

La ménagère ignore votre question.

— Socrate ?... Connais pas... Jamais vu d'émission de lui à la télé... Enfin, je passerai peut-être.

Clac !

Au dix-septième appel, vous vous jurez de faire payer cher cette mauvaise blague à celle de vos copines qui a monté le coup.

— Allo ? Je voudrais des nappes à fleurs, style provençal ?

— Écoute, Christiane, j'en ai marre de cette plaisanterie. Aujourd'hui, je n'ai vraiment pas le temps de rigoler. Dis-le aux autres !

— Mais, Madame, ce n'est pas une plaisanterie ! Et je ne m'appelle pas Christiane. Je cherche à acheter des nappes à fleurs, style provençal, et une amie m'a affirmé que vous en aviez.

— Pas du tout ! En plus, je ne suis pas une boutique !

— Comment ? Vous n'êtes pas la « Maison magique » ?

— Ah non, pas du tout. Je suis une simple citoyenne. (C'est fou ce que les mots et adjectifs citoyens-citoyennes sont à la mode en ce moment. Exemple : un bon livre est un livre citoyen. Un téléspectateur qui croit tout ce qu'on lui dit au journal télévisé est un républicain citoyen, etc.) Madame, vous vous êtes trompée de numéro.

— Oh ! Excusez-moi !

Clac.

Vous raccrochez à votre tour, furieuse. Ça re-sonne immédiatement. C'est pour le coup que vous allez tuer quelqu'un. Une autre bonne femme réclame, elle aussi, « la Maison magique ».

— Faux numéro ! braillez-vous. Et arrêtez de m'emmerder ! **Dou me * !**

Cette fois, vous raccrochez la première. Clac !

Cependant ces erreurs vous tracassent. Vous allez déranger l'Homme qui lit paisiblement dans son fauteuil, avec la tête de César sur ses genoux. Spectacle

* « J'enc... ta mère » en cambodgien.

qui, d'habitude, vous fait fondre le cœur. Aujourd'hui, fatiguée et énervée, vous râlez.

— Tu pourrais quand même faire un effort pour m'aider.

— Mais c'est toi qui n'as pas voulu tout à l'heure que je te donne un coup de main ! s'indigne votre époux.

— Eh bien, j'ai changé d'avis. J'ai le droit, non ? aboyez-vous.

— Oui, oui, approuve précipitamment l'Homme qui sait que quand vous êtes dans cet état de nerfs, il a intérêt à filer doux (ce qui n'est pas dans sa nature). Vous lui parlez alors de ces coups de fil réclamant « La Maison magique ».

— Si ça continue, j'étrangle une mémère, concluez-vous.

— Inutile, je vais m'en charger moi-même, déclare l'Homme qui se lève. Je fonce aux Télécoms avec César exécuter quelques fonctionnaires.

Vous l'embrassez. C'est bon, parfois, d'avoir un vrai mâle à soi.

Pendant ce temps, vous allez terminer vos rangements avec vos troupes.

C'est alors que vous apparaît la catastrophe.

11

Pas de doute. Votre nouvel appartement est beaucoup plus petit que le précédent.

Toutes vos affaires ne tiennent pas dedans.

Elles ont été repoussées, petit à petit, dans votre bureau où elles s'entassent jusqu'au plafond. Six chaises bleues de jardin de la Micoulette (qu'est-ce qu'elles foutent là ?). Deux vieux fauteuils Voltaire (d'où sortent-ils ? Vous ne les avez jamais vus. Peut-être d'un autre déménagement ?). Le canapé-lit de secours. De la vaisselle achetée aux Puces dans un élan d'enthousiasme et dont vous ne vous êtes jamais servie. Une cinquantaine de cartons de livres (dont vous ne vous rappelez jamais si vous les avez lus ou non).

Et votre énorme caisse en bois noir indonésien qui contient les archives de votre vie.

La cave est pleine. La chambre du septième remplie jusqu'au plafond. Il y a même dans le box du parking où vous comptiez garer votre nouvelle petite 206 rouge les cantines militaires héritées de votre papa, bourrées de vos manuscrits (votre éditeur vous a bien recommandé de les garder au cas où vous deviendriez célèbre, mais vous vous demandez, quand vous déprimez, si c'est bien la peine), une armoire débordante de linge centenaire (toujours votre manie de ne jamais rien jeter, mais vous avez lu, quand vous étiez petite, de nombreux livres où l'héroïne déchirait de vieux draps pour en faire de la charpie pour les blessés de guerre. D'accord, c'est en 1914. Mais sait-on jamais ?). Et un immense (plus grand que vous) et ravissant chat en papier mâché mexicain que l'Homme vous a offert à Oxaraca et pour lequel il a dû payer une demi-place d'avion Mexico-Paris au retour. Vous ne vous êtes jamais décidée à vous en séparer malgré les supplications de vos filles, et maintenant d'Attila, qui voudraient l'avoir.

— Quel cauchemar ! vous exclamez-vous, effondrée. Où va-t-on mettre tout ça ?

— Une seule solution : les greniers de la Micoulette, répond Petite Chérie.

Vous réfléchissez deux minutes.

— Bonne idée. Sauf que la maison est à mille kilomètres de Paris et que le déménagement va encore coûter une fortune.

— Pas du tout ! s'exclame votre cadette. Je connais la mère d'un copain qui voulait envoyer quelques vieux meubles dans son mas en Provence. Elle a trouvé dans un journal une petite annonce d'étudiants possédant une camionnette qui proposait d'en faire le transport pour trois francs cinquante. C'est une bonne combine.

Quand l'Homme revient, après avoir insulté les Télécoms et les avoir menacés d'un plastiquage (cette fois d'un groupe islamiste), vous avez un nouveau numéro de téléphone tout neuf. Bonne chose de réglée. Vous lui parlez alors de la camionnette estudiantine pour la Micoulette.

Votre cher mari n'est pas enthousiaste.

— Sont-ils vraiment sérieux, ces jeunes gens ? interroge-t-il, retrouvant son ton de P-DG.

Petite Chérie appelle alors la mère de son copain, qui lui assure que vous pouvez faire confiance aux étudiants en question. Gentils. Polis. Très bon genre. En prépa de Polytechnique. Bref, deux futurs hiérarques destinés à gouverner (mal) la France. Elle a même gardé leur numéro de portable.

Vous leur téléphonez sur-le-champ. Ils semblent ravis de ce nouveau petit boulot qui leur tombe sur la tête. Ils arrivent vingt minutes plus tard (vous leur avez laissé entendre qu'une bonne dizaine d'étudiants en prépa de Normale et avec camionnette, eux aussi, vous harcèlent depuis le matin pour obtenir le job). Vos futurs polytechniciens regardent votre bazar et vos tonnes de papier avec effarement, mais assurent que tout tiendra dans la HY Citroën (de leur oncle).

Discussion financière avec l'Homme. Accord. On convient que ces aimables jeunes gens embarqueront votre fatras dès maintenant, prendront la route le lendemain matin avant l'aube, et rouleront d'une seule traite en se relayant au volant jusqu'à la Micoulette où ils devraient arriver à la nuit. Vous leur dessinez un plan précis car vous avez arraché toutes les pancartes posées par la mairie dans vos chemins sans votre accord et indiquant la direction de votre maison.

Ceci, depuis qu'un dimanche où, étant seule dans la propriété... et nue dans votre piscine, vous avez vu débarquer une Espace d'où est sortie une dame de votre âge aux cheveux teints en jaune poussin, escortée d'un mari chauve mais moustachu et d'une foule d'enfants et de petits-enfants. Vous n'avez eu que le temps de vous camoufler — toujours toute nue — derrière l'immense figuier de la terrasse.

Trop tard. La « fumelle » jaune poussin vous avait aperçue.

— Nicole ! C'est Jeannette ! Tu ne me reconnais pas ?

— Désolée, mais non, criez-vous de derrière votre arbre en essayant de recouvrir votre nudité de grandes feuilles de figuier.

— Mais si, voyons ! JEAN-NETTE ! On était ensemble pensionnaires à Sainte-Jeanne-d'Arc, au Maroc.

Vous ne voulez pas calculer combien d'années auparavant. Vous préférez dire :

— Désolée, mais j'ai perdu la mémoire.

Ce qui est, hélas, un peu vrai.

— On n'était pas dans la même classe, reprend

ladite Jeannette tout excitée, mais je me souviens très bien de toi.

Pas vous, d'elle.

— On est venus déjeuner avec toi. On a apporté un grand pique-nique avec un fabuleux couscous.

— Navrée, mais je suis déjà invitée chez des amis de la région.

Ce qui est, naturellement, un vilain gros mensonge, pas une « joyeuseté ». Mais vous n'avez qu'un désir : récupérer votre serviette de bain pour cacher votre petit **calibistri** * (les feuilles de figuier ne cessent de tomber), et vous débarrasser de cette affreuse Jeannette, de son horrible famille (les enfants commencent à courir dans tous les sens en criant), et même de son couscous (pourtant c'est une de vos passions).

Quelque chose vous tracasse :

— Comment m'as-tu trouvée ?

Les livreurs se plaignent assez que dénicher votre ferme perdue dans les collines, les bois et les vignes est un tour de force.

— C'est Françoise Piel, tu sais celle qui louchait, qui me l'a donnée. Elle t'a écrit et tu lui as répondu en précisant ton adresse perso. Mais ça fait une heure qu'on tourne dans le coin.

Il vous faudra une heure à vous aussi pour vous débarrasser de Jeannette, de son petit monde, et tant pis pour le couscous !

Dès le lendemain, vous vous ruinez dans l'installation d'une grande grille électronique que vous fermez la nuit et surtout le week-end, et sur laquelle vous avez placé trois pancartes « Attention, chien méchant » (si vos trois bergères allemandes, si douces, savaient cela, elles en feraient une dépression). Vous n'avez cependant pas osé, ainsi que votre mari, hilare, vous le suggérait, ajouter un panneau : « Interdit aux anciennes de Jeanne-d'Arc ».

* Délicieux nom ancien du sexe féminin (Réf. : *Almanach des Demoiselles de Paris*, 1791, Imprimerie de l'Amour, réédité par Arléa).

Pour l'instant, à votre grand soulagement, les étudiants/futurs polytechniciens ont embarqué votre capharnaüm dans leur camionnette. A grand peine. Des cours de musculation devraient être obligatoires pour tous ces futurs hauts fonctionnaires : *Mens* non *sana in corpore* non *sano*.

Vous titubez, harassée, jusqu'à votre chambre.

A peine dans votre lit, vous vous endormez.

Un cauchemar vous réveille en sursaut.

Et si vos étudiants avaient un accident ?

Vision de la camionnette écrasée par un poids lourd, tôles abominablement froissées, deux corps étendus dans le fossé, tous vos papiers voletant sur l'autoroute et dans les champs alentour. Y compris, camouflées dans le fond de votre caisse en bois noir indonésien..., les vieilles lettres passionnées de vos anciens amoureux que vous n'avez pu vous empêcher de garder.

Vous vous imaginez partant avec le vieux camion C35 de la Micoulette, en compagnie de Monsieur Louis au volant, et de l'Homme à qui des gendarmes narquois remettraient les missives torrides de... Victor... Joachim... Patrice... et de... ?... **Djoula** * !... comment s'appelait-il le grand blond bouclé dont vous avez été folle et que vous avez failli épouser ? Il a fallu tout l'acharnement haineux d'une mère (la sienne) pour vous l'arracher. Elle reconnaissait que, certes, vous aviez des qualités. Une particule qui faisait chic, et une bonne éducation (qui s'est un peu, même beaucoup, estompée avec le temps). Malheureusement, un terrible défaut : pas un sou, une famille ruinée, et aucune « espérance », comme disait autrefois votre vieille tante Marie-Paule (c'est-à-dire pas d'héritage en vue).

Alors ce débile à sa maman (mais comment s'appelait-il donc ?) vous avait quittée en pleurant, et s'en était allé épouser une riche fille d'agent de change avec laquelle il ne s'entendit jamais. D'après les papotages de relations communes, quarante ans plus tard, il vous

* « Merde » en ivoirien.

regrette toujours. Vous rêvez parfois qu'il crève en prononçant votre nom avec désespoir.

L'Homme qui ignore complètement l'existence de ce courrier amoureux va faire un drame, c'est sûr. Peut-être même demander le divorce.

Vous ferez répondre par votre avocat que vous adorez votre mari — et même de plus en plus avec l'âge — mais que vous tenez à la disposition de la Justice un dossier d'un kilo deux cents contenant les lettres d'insultes de cet époux merveilleux, certes, mais ô combien chiant par moments. Pardon, Monsieur le juge ! Vous vous expliquerez le moment venu.

Le lendemain matin, votre mari et vous prenez l'avion pour Toulouse où Monsieur Louis vient vous chercher. Et vous attendez à la Micoulette l'arrivée de vos étudiants, de leur camionnette et surtout de vos affaires (vieilles lettres d'amour d'abord).

La nuit tombe.

Rien ni personne.

Le lendemain, itou.

Tatti * !

Les futurs polytechniciens ont eu un accident, c'est sûr. Vous faites le serment, si jamais ils réapparaissent, de mettre un cierge à saint Antoine, bien que vous ne croyiez guère à cette superstition. Cependant, dans les cas graves, il faut tout essayer. On ne sait jamais.

Mais, surtout, vous vous jurez de brûler dans la grande cheminée de la Micoulette les lettres torrides de Jean-Charles (ça y est ! Vous avez retrouvé son nom, à ce lâche crétin !). Parce que vous avez réfléchi que vous pouviez également mourir dans un accident de voiture. Cela n'arrive pas qu'aux autres.

Et qui fouillera dans vos papiers ? Non seulement l'Homme mais vos filles. Vous ne tenez pas à ce qu'elles apprennent que leur mère avait un cœur de midinette et s'était amourachée, à vingt ans, d'un autre homme que leur père, et qui était en plus un minable.

* « Merde » en hindi.

L'Homme, lui, ne croit pas à votre version de l'accident.

— C'est tout simplement deux petits cambrioleurs qui ont trouvé une combine épatante. Ils n'ont même pas besoin de fracturer une porte ou une fenêtre pour piquer quelque chose. On leur donne nos affaires avec le sourire, et hop, ils disparaissent dans la nature. On s'est laissé avoir comme des imbéciles.

Le troisième jour, Monsieur Louis, qui guettait anxieusement comme sœur Anne... « *le chemin qui poudroie et l'herbe qui verdoie* », crie :

— Les voilà !

C'est bien en effet la camionnette attendue. Des bras s'agitent joyeusement aux portières.

Sauvée !

Pas tout à fait.

La vieille HY Citroën, trop chargée, refuse de grimper la côte très raide menant à votre maison (et ses bâtiments agricoles) piquée sur son rocher.

— Je vais les tirer avec le tracteur, déclare Monsieur Louis.

L'Homme et vous descendez la côte à pied.

— Qu'est-ce qui s'est passé ? demande l'Homme un peu sèchement. Nous vous attendons depuis deux jours.

— On a pété la boîte d'embrayage du côté de Dijon, répond piteusement le premier étudiant.

— Et le garagiste n'avait pas la pièce, ajoute le second. Il a fallu poireauter jusqu'à ce qu'elle arrive.

Ça, vous le croyez. Vous n'avez jamais rencontré un garagiste qui « ait la pièce » qui vient de casser dans votre moteur. Même pas monsieur Labouret, votre concessionnaire et ami à Castelbrac.

Monsieur Louis revient avec le tracteur et une grosse corde qu'il attache au pare-choc de la vieille camionnette qu'il tire tandis que l'Homme et vous poussez derrière.

A mi-côte, la corde pète. La HY Citroën repart en

arrière. Vous n'avez que le temps de sauter dans le fossé pour éviter qu'elle vous écrase au passage.

— Je vais chercher une autre corde ! crie votre cher régisseur agricole qui repart avec son tracteur.

Vous savez ce qui s'est passé, mais vous ne le dévoilez pas à l'Homme. Monsieur Louis, toujours follement économe, s'est servi de la plus vieille corde qu'il ait pu trouver dans son atelier. Du reste, il revient avec une corde neuve qui, elle, tient parfaitement le coup dans la côte.

Vous faites arrêter le véhicule devant la porte de votre immense bureau (ex-bergerie/trois cents moutons), où votre petite troupe transporte en vrac le contenu de la camionnette, y compris votre caisse en bois noir indonésien avec vos vieilles lettres d'amour.

Saint Antoine aura son cierge.

Une chose qui vous a toujours épatée chez l'Homme, c'est son instinct animal.

— Qu'est-ce qu'il y a dans cette putain de caisse noire qui pèse un âne mort ? vous demande-t-il. Des lingots d'or ?

— J'aimerais bien. Seulement mon certificat de baptême, mes fiches de paye depuis l'âge de dix-huit ans, toutes mes déclarations d'impôts, une quarantaine d'agendas, les albums de photos de famille depuis trois générations, etc., etc. Bref, mes archives personnelles.

— Tu es folle de garder tout ça.

— Tu verras si je n'ai pas raison quand la Puissante Administration Française te réclamera notre contrat de mariage que tu ne retrouves pas, ainsi que le nom du notaire, le livret de famille que tu as perdu, sans oublier...

— Bon, ça va ! dit l'Amour-de-votre-Vie, furieux, en pinçant les lèvres.

Vous vous tournez vite vers vos futurs polytechniciens en train d'étudier avidement votre bibliothèque, et leur proposez de déjeuner avec vous d'un confit de canard (en boîte) avant de repartir, et même de dormir quelques heures dans la maison des Vendangeurs.

Ils vous remercient chaleureusement mais refusent

(ouf !). Ils ont un autre déménagement de prévu et doivent rentrer le plus vite possible à Paris.

Votre époux les emmène dans son bureau et les paye en arrondissant largement la somme pour aider ces pauvres étudiants à payer la facture de leur boîte d'embrayage.

Ce qui lui permettra de dire quand vos convoyeurs seront partis, enchantés :

— Finalement, ça nous aurait coûté moins cher avec le camion de Chartres.

— C'est fini ! On n'y pense plus, répondez-vous, câline, en lui glissant dans la bouche un rond d'un de ces saucissons espagnols qu'il aime tant.

La bouche pleine et le nez rougissant, votre époux vous annonce qu'il repart dans l'après-midi par le premier avion Toulouse-Paris. Vous, non. Vous désirez rester deux jours de plus (seule...) pour vous frayer un chemin à travers le bric-à-brac qui encombre votre bergerie, jusqu'à la caisse noire indonésienne.

Ce soir, vous allumerez un immense feu dans la grande cheminée du salon pour brûler vos vieilles lettres d'amour. Après les avoir relues et rêvé à votre folle jeunesse.

12

Le commissaire Sinoquet s'éclaircit la voix et demanda au commissaire principal :

— Qu'est-ce qu'on fait avec le petit boucher ? On le garde encore vingt-quatre heures de plus ?

— Avec l'emmerdeur d'avocat qu'il a et qui a déjà commencé à pousser des clameurs dans tous les médias, non ! N'oublions pas en plus qu'il a quatre alibis solides sur six meurtres.

— Je sais, soupira le commissaire Sinoquet.

— Reprenez plutôt tous les dossiers et regardez s'il n'y a pas un détail qui nous aurait échappé.

Le commissaire Sinoquet rentra dans son bureau. Quelque chose lui trottait dans la tête. Mais quoi ? Il pria son jeune lieutenant Broquet d'aller lui chercher les papiers concernant les six meurtres attribués au serial-killer cannibale, ainsi que les rapports d'autopsie, et se plongea dans sa lecture.

Soudain, il sursauta.

— Ça alors ! s'exclama-t-il.

Il se leva d'un bond, renversant sa chaise, et se rua dans le bureau du commissaire principal où il entra sans frapper. Le commissaire principal, qui était en train de consulter avec passion Le Chasseur français *en vue de l'ouverture de la pêche, faillit tomber de sa chaise.*

— Eh bien, Sinoquet ? Qu'est-ce qui vous prend ?

— Monsieur le commissaire principal, postillonna

Sinoquet hors de lui, j'ai constaté quelque chose d'incroyable...

Driiing... driiing... driiing... Sonnerie du téléphone fixe. Vous êtes surprise. Les Télécoms vous ont attribué un nouveau numéro que vous n'avez communiqué à personne, ou presque. Vous espérez que, cette fois-ci, vous n'avez pas hérité de la ligne des urgences d'un hôpital.

Non. C'est votre éditeur au bout du fil.

— Bonjour, ma toute charmante ! s'exclame-t-il d'un ton câlin (qui ne vous émeut pas : il appelle ainsi toutes ses auteurs femmes, même l'affreuse et idiote M.C. qui écrit trois mauvais livres par an et qui les vend, en plus !). Alors, quand est-ce que vous me le donnez enfin, votre roman policier ? J'ai hâte de le lire.

— C'est que, soupirez-vous, je suis un peu en retard.

La voix de votre éditeur devient nettement moins caressante.

— Ah non ! Ne me faites pas ce coup-là ! Je compte dessus, moi, pour la mise en vente du 3 février prochain.

— Je sais bien, mais j'ai dû déménager, un vrai cauchemar... (silence de votre interlocuteur qui s'en fout), et mon mari voudrait que nous partions nous reposer dix jours sur une plage aux Seychelles.

— Pas question ! Qu'il y aille tout seul ! crie furieusement le P-DG des Éditions Pontacq qui prend ensuite un ton geignard. C'est infernal, les femmes-écrivains. Elles ont toujours un bonhomme dont il faut qu'elles s'occupent... des enfants perpétuellement en vacances, ou malades, ou qui travaillent mal à l'école... une belle-mère à visiter régulièrement dans sa résidence pour retraités...

— ... sans compter un éditeur qui les dérange quand elles écrivent ! coupez-vous un peu sèchement.

— Bon, bon, pardon ! Je vous quitte, mais je compte sur votre livre pour le 3 février, hein !

— Oui, oui !

— Comment s'appelle-t-il, déjà ?

— Qui ?
— Votre polar.
— *Le Cannibale du Trocadéro*. Pour le moment.
— Amusant. Mais on peut peut-être trouver quelque chose de plus excitant. Pensez-y.

Il raccroche. Cette conversation vous a stressée. Votre titre serait-il si mauvais ? Et puis, où en êtes-vous ? Ah oui ! Sinoquet qui bafouille tout excité au commissaire principal : « ... *J'ai constaté quelque chose d'incroyable !...* »

Zoum ! Cette fois, c'est la porte de votre bureau qui s'ouvre brutalement et l'Homme qui entre, tout agité.

— **Ezan * !** jappez-vous, furieuse.

Personne ne vous laissera tranquille ce matin. A quoi donc sert le grand panneau affiché sur votre porte : « INTERDIT DE DÉRANGER L'" AUTEURE " QUAND ELLE TRAVAILLE » ?

— Il est midi ! annonce gaiement votre Seigneur et Maître à qui votre air courroucé n'a pas échappé. L'heure où les gentilles petites écolières rangent leurs devoirs. J'ai préparé pour le déjeuner un pintadeau au citron avec de la semoule de blé aux raisins, d'après une recette d'Alain Ducasse, qui m'a l'air exquis. J'ai faim, moi !

Ce qui vous énerve le plus, c'est que cet homme qui a toujours faim, on le sait, ne semble pas grossir d'un gramme. Et qu'il a hérité de Lilibelle la manie que vous avez remarquée chez beaucoup de belles-mères vis-à-vis de leur bru : vouloir les bourrer de nourriture. « Vous n'aimez pas mon cassoulet ? »... « Resservez-vous de ma tarte aux oignons. Si, si ! Ça vous fera du bien »... « Et mon clafoutis ? Vous en prenez à peine, alors que je l'ai fait pour vous »...

— Mange ! Mange ! vous encourage votre époux au déjeuner. Il est délicieux, mon pintadeau, non ? Te contenter d'une endive cuite sans beurre et d'une demi-tranche de jambon pour déjeuner, cela ne va pas te donner des forces pour travailler.

* « Merde » en Kabyle.

— Le médecin m'a ordonné de perdre de nouveau quatre kilos.

— Qu'il commence par les perdre lui-même. Je l'ai aperçu l'autre jour dans la rue : il est drôlement rondouillard. Et puis ça me fout le cafard de te voir regarder les plats d'un air malheureux. Quand on s'est mariés, tu adorais la bouffe et j'adorais te voir t'empiffrer joyeusement.

Vous reprenez du pintadeau au citron avec plein de semoule aux raisins.

Important de continuer à plaire à son chéri.

Plus que de maigrir.

S'il préfère vous voir ronde et gaie plutôt qu'anorexique et triste, à vous les bons petits plats.

C'est vrai que ce pintadeau est délicieux. Cela vous met de bonne humeur bien que le visage indigné de votre nutritionniste apparaisse par moments au fond de votre assiette.

Vous questionnez l'Homme d'une voix tendre :

— Qu'est-ce que tu fais, cet après-midi ?

(A votre tour d'être gestapiste.)

Votre mari paraît gêné. Tiens ?

— Je vais chez le coiffeur.

— Encore ! Mais tu y as déjà été la semaine dernière.

— Et alors ? J'ai pas le droit d'aller chez le coiffeur tous les huit jours ?

— Si, si ! Bien sûr que si, mon amour.

Mais vous savez qu'il ment. Et il sait que vous savez qu'il ment.

Que va-t-il donc faire qu'il n'ose pas avouer ? Vous tromper ?

Au bout de trente-cinq ans (enfin, trente-huit...) ?

Justement, oui. Au bout de trente-cinq ans (trente-huit), il en a peut-être marre de vous.

Mais surtout, il s'embête. Avant sa « .... * », bien que dotée d'un tempérament follement jaloux, vous viviez assez tranquille. Vous aviez calculé qu'il avait en

* Mot censuré : « retraite ».

tout et pour tout sept minutes et demie de temps libre dans la journée. Pas assez pour séduire une créature de rêve. Tandis que maintenant... il va vous falloir vous remettre à surveiller ses allées et venues, écouter ses téléphones, fouiller ses agendas, vérifier les tickets de sa carte bancaire, etc., etc. Avec l'angoisse au cœur de découvrir dans une des mille poches de sa saharienne style explorateur du désert de Libye, un petit mot griffonné d'une autre main que la vôtre : « Mon bichounet [comment ça, mon bichounet ? Votre grand mari que vous admirez tant se laisse traiter de « bichounet » par une conasse inconnue ?], je t'adore [tu vas voir si tu vas adorer mon poing dans ta sale gueule !] et je pense à toi toutes les nuits [pense, putasse, pense ! Pendant ce temps-là, moi je vais le violer à le rendre fou d'amour !...] » Etc., etc.

Il faut absolument que vous trouviez pour l'Homme non pas une mais une centaine d'activités intenses.

Silence. Un grand ange passe.

— Et toi, qu'est-ce que tu fais ? interroge aussi votre époux, sans intérêt excessif.

A votre tour d'être gênée.

— Heu... un saut à la boutique de Justine.

Vous mentez. L'Homme sait que vous mentez. Vous savez qu'il sait que vous mentez. Vous êtes un vieux couple uni qui se connaît bien.

En fait, vous allez vous faire ravaler la tronche dans un Institut de Beauté. Cela vous embête profondément (vous préféreriez de loin aller au cinéma malgré la tristesse des films actuels). Mais vos copines vous ont assurée qu'une femme au-dessus de quarante ans (et quelques) et même... allons ! soyez franche : de cinquante... (et quelques !) devait se livrer tous les mois à des soins esthétiques. Il y va, prétendent-elles, de votre avenir conjugal.

Vous vous traînez donc régulièrement à Beauté-Beauté où une foule de jeunes créatures papillonnantes se jettent sur vous, vous enduisent tout le corps d'une pâte de sel marin mélangé de thym, de romarin, et de citron (comme une grosse daurade en croûte de sel de Guérande). Cela s'appelle, paraît-il, un gommage. Ensuite, elles vous retapent la gueule avec un paquet d'algues caoutchouteuses dit : « masque raffermissant ». Puis vous font un massage musclé, prétendument amincissant. Et, pour finir, vous arrosent d'un jet d'eau glacée qui vous fait pousser des cris de douleur. Par contre, vous refusez farouchement le bronzage par UV (vingt minutes) : votre copine Anaïs prétend qu'on peut attraper ainsi le cancer de la peau. Madame Jacqueline, la patronne de Beauté-Beauté a beau jurer que non, vous vous méfiez et vous préférez vous tartiner la figure avec du fond de teint bronzé de Dior qui vous vaut des exclamations admiratives : « Tu rentres de Tahiti ? — Non. De l'avenue Montaigne. »

Vous revenez chez vous, ce soir-là, trois heures plus tard, épuisée et ravie de retrouver votre canapé et votre pile de livres et de magazines.

L'Homme rentre à son tour et referme la porte d'entrée en la claquant violemment. VLAN !

Aïe !

Un emmerde.

Il a cassé sa voiture ou perdu César.

Non.

Il pénètre dans le salon, se plante devant vous avec sa figure des mauvais jours et hurle :

— Pourquoi tu ne me l'as pas dit ?

Allons, bon ! Comment a-t-il appris que vous aviez assisté hier à une réunion de la Ligue des Gonzesses où vous vous êtes toutes bien marrées et avez papoté politique, enfants, vacances, et surtout bonshommes. Ce qui exaspère ces derniers. A juste titre.

Qui a trahi ? Peut-être Juliette, la bavarde, qui l'a raconté à son mari qui s'est jeté sur son téléphone pour informer votre cher époux.

— Ben... Heu... Parce que... balbutiez-vous.

L'Homme ne vous écoute pas. Il crie de plus belle :

— J'avais l'air d'un con de ne pas m'en être aperçu !

Vous ne comprenez rien à cette embrouille.

— Aperçu de quoi ?

— Que je perdais mes cheveux.

Ouf ! ce n'est que ça.

— Ce n'est pas grave, mon bébé ! assurez-vous tendrement. Tous les hommes perdent leurs cheveux.

— Peut-être. Mais cela les vieillit.

— Pas une petite tonsure sur le haut du crâne à moitié recouverte par tes boucles.

Boucles que vous adorez. Hélas, aucune de vos filles n'a hérité de cette chevelure d'angelot.

— Comment l'as-tu vu ? questionnez-vous, un peu surprise que votre époux découvre ce désastre après tant d'années.

— C'est l'esthéticienne qui me l'a dit.

— Quelle esthéticienne ?

Votre mari avoue. Depuis quelque temps il fréquente en douce, lui aussi, un Institut de Beauté pour Hommes.

A lui aussi, on nettoie la peau (vous n'avez rien remarqué. Honte ! Honte !). On le masse (il a droit à un massage coréen sur lit chauffant). On lui rajeunit le visage en lui lissant les traits avec un produit drainant et désintoxiquant (ah bon ! Y a quoi dedans ?). On lui régénère les jambes avec de l'argile rouge « circulatoire » (?). On lui tripote les petits doigts de pieds. On lui fait faire de la gym pour atténuer ses poignées d'amour et garder son ventre plat. Etc. Bref, lui aussi, on le ravale.

Le seul soin qu'il ait refusé, c'est l'épilation.

Il sait que vous adorez les hommes poilus.

Exact. Un jour où une petite guenon, manucure chez un célèbre coiffeur, avait entrepris de lui arracher les poils des bras, vous l'avez menacé (votre mari, pas la petite guenon qui s'est simplement passée de pourboire) de faire la grève du sexe pendant quinze jours.

Par contre, il envisage une opération esthétique des poches sous ses paupières comme Salman Rushdie (parfaitement : Salman Rushdie lui-même qui a l'air d'un philosophe si sérieux !). Et même, une transplantation capillaire par micro-greffe pour camoufler son mini-début de calvitie. Il en a déjà parlé cet après-midi avec le docteur Alain Lejade, chirurgien et spécialiste des alopécies. L'intervention est toute simple. Elle consiste à prélever des cheveux un par un (un par un ! Quel boulot !) là où il y en a pour les réimplanter là où il n'y en a pas. Opération d'environ deux à trois heures, sous anesthésie locale, avec musique. Le plus agaçant est d'attendre la repousse : trois mois.

Deux autres solutions : la moumoute — ou le postiche partiel — fixée sur le cuir chevelu par une colle biologique et hypoallergénique. Tient vingt-quatre heures sur vingt-quatre pendant quatre à cinq semaines. Passé ce délai, à faire recoller en vitesse par le dermatologue si on ne veut pas la perdre, plouf ! en mangeant une bisque de homard chez Marius et Jeannette ou en plongeant dans la piscine du Ritz. Dernière possibilité : se faire raser complètement le crâne comme Fabien Barthez *. Et adhérer à l'association des Chauves de France où l'on peut retrouver Gérard Jugnot, Michel Blanc, Alain Juppé, Jacques Toubon, enfin plein d'hommes amusants (sauf Alain Juppé qui arbore toujours un air horriblement sérieux. Ce qui, à votre avis, lui nuit aux élections).

L'Homme s'arrête de parler, essoufflé.

Vous ne dites rien.

— Eh bien, qu'est-ce que tu en penses ? demande impatiemment votre Grand Chéri.

— L'Institut de Beauté, formidable ! Peut-être... cependant...

— ... D'autant plus que, coupe votre mari d'un air honteux, le prof m'a vivement conseillé de faire de la gym tous les matins. Alors, j'ai acheté un rameur assis pour muscler les dorsaux, un rameur debout pour muscler les abdominaux, une longue barre d'haltères pour muscler les fesses, un matelas antidérapant avec poignées d'appui pour exécuter au moins cinquante pompes tous les matins au réveil, un aéro-jump sur lequel on saute comme un kangourou pour tonifier le

* A l'indignation de votre directrice littéraire, vous ne savez pas qui est Fabien Barthez. Simplement qu'il est très à la mode et plaît beaucoup aux dames.

corps, une énorme machine avec laquelle on peut faire des dizaines d'exercices, bref, je me suis ruiné.

— Je m'en fous si j'ai un bel homme qui garde la forme ! vous écriez-vous gaiement. Si nous devenons vieux et pauvres, je viens de trouver dans le journal un petit boulot épatant : gardiens de maison pendant que les propriétaires sont en vacances.

Vous allez vous asseoir sur les genoux de l'Amour-de-votre-Vie et vous lui mordillez tendrement le bout de l'oreille.

— Par contre, murmurez-vous d'une voix langoureuse, je suis absolument contre tes opérations esthétiques aux paupières et aux cheveux. Salman Rushdie est peut-être un grand écrivain mais il n'est pas le quart aussi beau que toi. Quant à ta petite tonsure, j'en raffole. Tu me fais penser à un moinillon coquin. S'il te plaît, reste comme tu es. Je t'adore.

L'Homme vous embrasse impétueusement, comme Burt Lancaster Deborah Kerr sur la plage dans *Tant qu'il y aura des hommes*.

— OK ! Pas de chirurgie esthétique. Au fond, je préfère. Un ami m'a dit que les médecins ne vous préviennent jamais qu'on va souffrir et rester gonflé et violet pendant des semaines.

— Sans compter que si l'opération rate on peut complètement changer de gueule. J'ai eu une copine, Diane, qui avait juste deux petites pattes d'oie au bord des yeux. Eh bien, son médecin, un généraliste qui n'était pas du tout chirurgien — ils ont cependant le droit d'opérer — l'a tellement tripatouillée que personne ne l'a reconnue. Même pas son amant.

Huit jours plus tard, une montagne d'objets extravagants fut livrée chez vous. Dont un truc de taille gigantesque qui ressemblait à une girafe au galop. Vous croyez d'abord qu'il s'agit de ces horribles sculptures d'avant-garde qui défigurent nos villes et nos musées français.

— Pas du tout ! dit l'Homme, vexé, c'est mon matériel de gymnastique.

— Où va-t-on mettre tout cela ? vous exclamez-vous.
— J'avais pensé à la petite chambre du septième.
— Je comptais la prêter à Matthias qui voudrait tellement quitter l'appartement familial.
— Qu'il se démerde tout seul ! s'indigna votre époux. Moi, à son âge, j'avais déjà un job, un studio, et assez de fric pour inviter des filles au resto.
— Oui mais à ton époque, et à la mienne, le chômage n'existait pas.
— Bon ! Je vais tout de suite téléphone au P-DG de PSA pour qu'il lui trouve un petit boulot d'ouvrier.
— Mais Matthias a bac plus cinq !
— Et alors ? Il débutera à la base comme nous l'avons fait tous les deux. Et après, **Démerdassek !** ainsi que le disait ton papa, le colonel.

Tout en parlant, votre mari et vous, aidés par Palmira, vous transportez péniblement tout cet équipement au septième.

Où il vous apparaît :

1°) que la pièce est encore bourrée de trucs divers qu'il va falloir redescendre à la cave. **Rahat** * **!**

2°) que la moitié du matériel de gym de votre époux bien-aimé (dont, prise d'une folle curiosité, vous déchiquetez les emballages) est en kit. Il en a pour au moins trois semaines à remonter ces appareils diaboliques. S'il y arrive.

Il n'y arrive pas.

Dégoûté, l'Homme abandonne la gymnastique.

* « Merde » en roumain.

13

Où en êtes-vous avec votre Cannibale du Trocadéro ? Toujours au même endoit. **Païk Kaana** * **!** Vous n'avez pas écrit une ligne depuis au moins une semaine.

— Monsieur le commissaire, postillonna Sinoquet tout excité, j'ai constaté quelque chose d'incroyable !...
Le commissaire principal leva un œil sur son subordonné qu'il considérait, au fond de lui-même, comme un triple idiot. Qu'est-ce qu'il allait encore lui sortir comme connerie ?
— Quoi ? demanda-t-il sèchement.
Et il éternua.
— La grippe ! Merde ! J'ai oublié de me faire vacciner !

Cela vous rappelle que vous aussi vous avez oublié de vous faire vacciner contre ce fléau ! **Vuvno** ** **!** Vous saisissez la feuille rose : « *à faire* » où vous inscrivez nerveusement : « urgence piqûre/grippe ». Puis vous revenez à votre manuscrit.

Après avoir respectueusement laissé son commissaire principal se moucher, Sinoquet reprit :
— D'après les rapports d'autopsie, avant d'être assas-

* « Merde » en bengali.
** « Merde » en polonais.

sinées, toutes les victimes avaient subi des opérations esthétiques : du nez, des seins, du double menton, des pattes d'oie, du ventre, des fesses, etc., etc.

— Et alors ? C'est la mode, maintenant. Toutes les femmes, et même les hommes, se font charcuter.

— Pas mon épouse en tout cas ! s'exclama le commissaire Sinoquet.

Le commissaire principal retint à grand peine une réflexion du style : « Rien ne l'arrangerait, cette pauvre créature », et dit, à la place :

— C'est peut-être, quand même, une bonne piste. Sinoquet, trouvez-moi si c'est le même chirurgien qui est intervenu dans tous ces cas.

— Oui, monsieur le commissaire principal.

Ce dernier éternua une deuxième fois.

— Saloperie de saloperie ! Et, avant, faites une note de service pour que tout le monde se fasse vacciner contre la grippe. Avec ces réductions de budget, je n'ai pas assez de personnel pour me permettre d'avoir des malades.

Vous décidez définitivement que le coupable sera le chirurgien esthétique. Non, un simple médecin opérant dans son cabinet. Dans une clinique, il y a trop de monde. Il serait vite repéré. Et pas un Français amateur de steak-frites. Un Asiatique plutôt... Cruels, les Asiatiques... Un Cambodgien, ancien Khmer rouge de Pol Pot ? Plutôt un Vietnamien rendu fou par la guerre. Voyons ! comment s'appelait l'ordonnance de votre papa en Indochine... ? ... Truong Thi ?... (c'est ça ! OK allons-y pour le docteur Truong Thi). Mais attention, un chirurgien même bidon a besoin d'une assistante, d'une complice. Peut-être sa concubine ? Plutôt sa femme. Une monstrueuse sorcière. C'est elle qui fait la cuisine. Une conversation gastronomique sur des pieds de jeune fille à la Sainte-Menehould entre ces deux-là pourrait être amusante à imaginer. Allez, au boulot !

Vous mordillez le bout de votre bic.

Le problème, c'est que vous n'avez pas envie d'écrire, ce matin.

Cela vous arrive de plus en plus souvent, ces temps-ci. Peut-être que votre table de travail n'est pas installée dans le bon sens. Vous avez lu récemment, dans un magazine féminin, que le grand chic n'était plus aux architectes-décorateurs, de toute façon trop chers pour vous, mais aux maîtres chinois en Feng Chui. Eux seuls savent, paraît-il, disposer les meubles pour « mettre votre univers en harmonie avec le cosmos ». Il paraît que Bill Clinton lui-même a tout changé de place dans son bureau Ovale « pour mieux faire circuler l'énergie » (on sait qu'elle circulait bien... son énergie !). Voilà ce qu'il vous faudrait. Mais où trouver un maître chinois en Feng Chui dans le 17e arrondissement ? Votre chère grand-mère, qui vous a élevée, vous avait avertie : « Pour bien dormir, place toujours la tête de ton lit au nord. » Vous avez pieusement suivi le conseil de votre aïeule, ce qui n'est pas simple à Paris où les hauts immeubles empêchent, hélas ! de voir le soleil se lever et se coucher et de trouver le nord et l'étoile polaire. Vous notez sur la feuille rose des choses « à faire » : *Acheter une boussole à la boutique Nature et Découvertes*.

Pour en revenir au Feng Chui, vous regardez attentivement votre bureau toujours recouvert d'un bric-à-brac de trente centimètres d'épaisseur. Et si vous le mettiez en travers de la pièce, alors qu'il est en long ? Impossible : vous ne pourriez plus ouvrir ni fermer la fenêtre, ni attraper l'un de vos nombreux dossiers. A moins d'acheter deux escabeaux, l'un pour grimper sur la table, l'autre pour en descendre de l'autre côté. Ridicule ! Tant pis pour le Feng Chui. L'énergie du cosmos ne circulera pas en vous.

A la place, vous croquez une vitamine C et vous décidez, une fois de plus, de changer le titre de votre polar. Ils sont deux serial-killers maintenant. *Les Cannibales du Trocadéro* ? Pas mal !... Ou : *Le Couple cannibale* ? Non. Les lectrices croiront qu'il s'agit d'un essai philosophique sur le couple. Qui dévore l'autre ?

Vous calligraphiez soigneusement : *Les Cannibales du Trocadéro* sur la feuille jaune des « Titres éventuels ». Et, ragaillardie par votre trouvaille, vous vous remettez à écrire.

Il faisait froid. Le lieutenant de police Broquet éternua.
— Putain !
Il avait attrapé la grippe du commissaire Sinoquet qui la tenait du commissaire principal qui la tenait du commissire divisionnaire qui la tenait du chef de cabinet du ministre, etc. Il appuya sur la sonnette d'un petit appartement, avenue de Javel. Une voix féminine demanda de l'autre côté de la porte :
— Qu'est-ce que c'est ?
— Vous êtes madame Brune ?
— Oui.
— Officier de police Broquet. Nous nous connaissons déjà. J'ai juste une petite question à vous poser au sujet du meurtre de votre fille.
La porte s'ouvrit sur une femme au visage las.
— Entrez, dit-elle d'une voix triste.

La porte de l'entrée de votre appartement s'ouvrit, elle aussi. Cliquettement des clés de l'Homme qui transporte à sa ceinture un trousseau digne de la sœur tourière d'un couvent de carmélites. Vous regardez votre montre. Tiens, votre cher époux rentre plus tôt que d'habitude. A-t-il abrégé son jogging ? Est-il grippé, lui aussi, comme les officiers de police de la Crime ? Ses pas s'éloignent vers la cuisine, suivis du froufroutement soyeux des pattes de César. Que vont-ils préparer tous les deux pour le déjeuner ? L'envie vous prend d'aller voir. Vous résistez à la tentation. Si vous commencez à vous arrêter de travailler sous n'importe quel prétexte, vous êtes fichue. Vous ne terminerez jamais ce putain de livre.

Bon ! Où en étiez-vous ? Ah oui ! Le jeune Broquet entre dans le petit appartement de madame Brune, mère d'une des six victimes des serial-killers. Comment est-il cet appart' ? Coquet et bien rangé ? Ou moche et en désordre ? Vous optez pour la première solution.

Le lieutenant de police, sur un geste de madame Brune, s'assit sur le canapé-lit et regarda autour de lui. La pièce était coquette et bien rangée. La pauvre femme, maintenant que sa fille unique était morte dans des conditions atroces, ne s'intéressait visiblement à rien d'autre qu'à son ménage.

— Je voudrais savoir, dit le représentant de la Crime, dans quelle clinique, et par quel chirurgien votre fille s'est fait... heu... opérer... heu (il hésita) *sa culotte de cheval ?*

Madame Brune se leva et alla ouvrir un tiroir d'une petite commode en pin clair, style anglais, en sortit un dossier qu'elle feuilleta.

— Pas dans une clinique, mais au cabinet du docteur...

BAOUM !

Fracas d'une lourde casserole tombant par terre dans la cuisine, suivi d'un tintamarre d'assiettes et de verres bousculés.

Qu'est-ce que l'Homme pouvait bien trafiquer ? Cette fois, vous ne résistez plus. Vous abandonnez vos personnages, pourtant à un moment délicat, et vous courez voir.

Coz * **!** Le foutoir culinaire habituel. Votre cuistot personnel, enveloppé d'un grand tablier blanc tout neuf marqué : « Le chef a toujours raison », s'agite devant la table recouverte une fois de plus de toutes sortes de légumes et produits divers : huit artichauts violets, grosses tomates, courgettes, champignons de Paris, botte d'oignons blancs, gousses d'ail, persil haché, un jaune d'œuf, purée d'olives noires, petits bouquets de thym et de laurier, etc., etc. Deux ou trois livres de recettes ouverts. Par terre, une cocotte en fonte dont vous aviez oublié l'existence, des assiettes cassées, des verres en morceaux.

Et sur le micro-ondes, vos chers petits ciseaux à ongles.

* « Merde » en breton.

— Qu'est-ce que tu fabriques ? bafouillez-vous, les yeux exorbités.

— C'est César qui a renversé plein de trucs en voulant manger un morceau de saucisson... que j'avais camouflé dans la cocotte en fonte, avoue, piteusement, votre époux.

— Vous n'avez pas honte d'être aussi gourmands l'un que l'autre, dites-vous sévèrement. Privés de saucisson tous les deux pendant un mois.

— **Djoulaka** ! s'écrie l'Homme.

— Dans quel jargon tu parles, là ? demandez-vous, stupéfaite.

— Dans une langue que je suis en train d'inventer. Hein, mon chien-chien à son Papa, comme ça on pourra bavarder tranquillement tous les deux.

— **Tatti** !

Votre époux ne vous demande pas ce que cela signifie. Il sait. Vous enchaînez :

— Et tu prépares quoi ?

— Des petits farcis au coulis de tomates crues d'après une recette d'Alain Ducasse.

— Pourquoi on ne fait pas comme la dernière fois ? Deux œufs sur le plat et l'amour sur la table. C'était érotique en diable !

— Non, Titine ! aujourd'hui, on reste sages, répond l'Homme avec détermination, mais en vous embrassant tendrement le bout du nez. J'ai décidé d'apprendre vraiment à cuisiner. Cela m'amuse. D'autant plus qu'ici, remarque que je ne te fais pas de reproches, mais sans madame Shu, la gastronomie ne règne pas.

Vous n'en revenez pas. Après avoir été P-DG, votre époux veut faire une carrière de maître queux. Peut-être rêve-t-il d'ouvrir un restaurant ? En tout cas, vous vous refusez dès maintenant à servir à table. D'autant plus que l'allusion à votre immense incompétence culinaire vous a un peu vexée.

— Alain Ducasse utilise les ciseaux à ongles de sa femme dans sa recette ? demandez-vous d'un ton pointu en récupérant les vôtres que vous allez dorénavant cacher sous votre matelas, comme au temps où vos filles vivaient sous votre toit et vous piquaient inlassablement ciseaux, peignes, et crayons.

— Non, mais c'est tout ce que j'ai trouvé comme ciseaux dans la maison.

— Pourquoi ? Tu te fais les ongles en préparant les petits farcis ? C'est dégoûtant !

— Non. Je m'en suis servi pour épointer les feuilles des artichauts. Mais n'aie pas peur, je vais en acheter une paire « Spécial Cuisine » cet après-midi même.

— Formidable ! Mais tu sais ce qui fait les grands chefs ?

— Non.

— Ils rangent leur désordre quand ils ont terminé leurs exercices culinaires.

L'Homme rigole.

— T'inquiète pas !

Oh si ! vous vous inquiétez. A cause de Palmira qui supporte de moins en moins le désordre de son patron et va vous menacer une fois de plus de vous quitter, comme elle le fait régulièrement. Ce qui vous terrorise. Une femme de ménage qui travaille vite et bien et ne bavarde pas longuement au téléphone avec sa mère au Portugal ou avec sa sœur, également femme de ménage mais à l'étage en dessous, c'est très difficile à trouver.

Vous rentrez dans votre bureau et vous écrivez, sur le fond d'un grand carton Chanel (il y a toujours tout et n'importe quoi dans votre repaire) : « PALMIRA, VENEZ ME VOIR EN ARRIVANT, AVANT D'ALLER DANS LA CUISINE. »

Vous allez poser cet ordre impérieux sur une chaise, dans l'entrée, face à la porte.

Puis vous retournez chez madame Brune en train de discuter avec le jeune lieutenant de police Broquet. Mais votre élan créateur a disparu, remplacé par un de vos éternels et nombreux sentiments de culpabilité. Si vous étiez une vraie femme-femme, telle que les hommes les aiment — paraît-il —, c'est vous qui sauriez cuisiner les artichauts *à la Barigoule*, les petits farcis, les tourtes à la queue de langouste, les soufflés au fromage de votre enfance, les Iles flottantes, bref, de bons petits plats qui font les gentils maris, dit la sagesse populaire.

Pourquoi les Bonnes Sœurs ne vous ont-elles pas enseigné l'art culinaire au lieu de vous obliger à aller à la messe tous les matins pour ensuite hisser le drapeau tricolore en gants blancs dans la cour en chantant : « Maréchal ! Nous voilà... » Hé oui ! Vous avez été collabo à douze ans tout en ignorant complètement qui était ce maréchal Pétain.

En plus, cette incompétence gastronomique est dans vos gènes. Votre chère grand-mère ne savait pas faire cuire un œuf à la coque. A votre avis, elle n'était même jamais entrée dans la cuisine. C'était Louise — le cordon-bleu maison — qui venait le matin s'enquérir des menus du jour, dans le petit salon bleu où votre aïeule tricotait inlassablement des écharpes et des châles, pour les vieux de l'hospice du village, tout en récitant d'innombrables chapelets pour l'âme de Louise. Car votre cuisinière avait un défaut. Elle buvait comme un trou, et votre grand-père, aidé de vos cousins, était obligé de la porter dans son lit, le dimanche — son jour de repos —, tellement elle titubait dans les couloirs. Votre grand-mère, pourtant très à cheval sur les principes, la gardait, malgré cet abominable péché d'ivrognerie, car c'était le meilleur chef de Paris à l'époque.

C'était aussi votre copine. Au mépris d'une défense absolue grand-maternelle, elle vous bourrait ainsi qu'Yvette et Léa, les filles du garde-chasse, vos meilleures amies, de délicieux petits sablés qu'elle vous glissait en douce à travers les barreaux des fenêtres de l'immense cuisine en sous-sol.

Chère Louise.

Votre mère, si habile à se maquiller, essaya bien un jour (de faire cuire le fameux œuf à la coque). Elle le cassa. Et, dégoûtée, abandonna désormais cette corvée à Fatima, une Berbère ramenée du Maroc et qui resta avec elle jusqu'à sa mort.

Quant à vous, comme l'on sait, nourrie dans des couvents, pendant des années, de pâtes aux charançons et de pois chiches bourrés de protéines sous forme de vers blancs, vous avez tendance à laisser l'œuf « coque » bouillir dix minutes. Parfois vous l'oubliez tout simplement jusqu'à ce qu'il devienne un morceau de charbon.

Bruit, à nouveau, de la porte d'entrée qui s'ouvre, cette fois doucement. Palmira. Elle lit votre avertissement et doit penser : « **Merda * !** Ça y est ! Monsieur a invité des amis à déjeuner, il va falloir que je retourne au marché. »

Vous sortez de votre bureau à pas de loup et l'index sur la bouche en signe de « Silence ! », vous l'emmenez s'asseoir à côté de vous sur le canapé du salon.

— Palmira, chuchotez-vous, il faut que je vous parle.

— Si, Madame, chuchote-t-elle à son tour, un peu affolée par votre ton dramatique, yé vous écoute.

— Monsieur ne va pas bien depuis qu'il a quitté son travail.

Elle approuve de la tête.

— Si. Très triste.

— Aujourd'hui, Monsieur, pour s'occuper, a décidé de faire la cuisine.

— ... De faire la cuisine ? Oh ! là ! là !

— ... et il y a un grand désordre partout.

— Oh ! là ! là !

— Alors, Palmira, je vous demande, je vous supplie, de ne rien dire de désagréable à Monsieur, et de tout ranger sans faire de bruit, Bim... Bam... Boum... avec les casseroles.

— Si, Madame. Mais je fais Bim... Bam... Boum... avec les casseroles quand yé ne suis pas contente et que yé veux que Madame le sache.

— Il y a longtemps que je l'ai compris, Palmira !

* « Merde » en portugais et en italien.

Mais là, il s'agit de supporter cette situation quelques jours, peut-être même une semaine, sans rien dire, pour ne pas rendre Monsieur plus malade. Ça va lui passer.

(Vous n'en êtes pas si sûre, votre époux bien-aimé est têtu lui aussi.)

— Si, Madame.

Palmira fut parfaite. Marchant sur la pointe des pieds. Sautant de côté pour ne pas se trouver sur le passage de l'Homme quand il courait de la table au four. Souriant avec admiration et même applaudissant quand son patron lui faisait goûter sa sauce. Déposant dans le lave-vaisselle, avec une douceur maternelle, des colonnes d'assiettes sales, comme si elles étaient en porcelaine tendre de Sèvres du XVIIe siècle, et non de chez Leclerc.

De votre côté, vous poussez des cris extasiés. Tous les jours, vous jurez que vous n'avez jamais rien mangé d'aussi bon. Digne des trois étoiles du Michelin. Il était évident que l'Homme avait un don. Il avait raté sa vie en devenant le P-DG du groupe littéraire de la Holding Vidouze. Mais peut-être n'était-il pas trop tard ? Et l'idée de diriger un restaurant pas si mauvaise.

Votre Seigneur et Maître sourit, béat. Comme tous les hommes, il adore les louanges, même parfois un peu lourdes. Vous croyez fermement que ce n'est pas par sa beauté qu'une femme séduit un homme, et surtout le garde, mais grâce à une complimenthérapie de choc et de longue haleine.

Un jour, un certain sauté de lièvre à la niçoise se révéla également délectable. D'autant plus que l'ami Jacques était venu donner un coup de main à votre cuistot personnel. Les deux hommes s'amusèrent comme des fous, et le bruit d'un chahut monstre parvint jusqu'à votre bureau. Mais vous aviez prévu le coup, et acheté des boules Quiès dont vous aviez bouché vos oreilles.

Palmira gardait toujours le sourire.

La crise éclata le lendemain. L'Homme avait oublié de saler et de poivrer sa poularde en vessie de porc.

Naturellement, vous n'émettez aucune remarque désobligeante telle que : « Pouah ! C'est fade, ce truc, et puis l'idée de la vessie de porc me soulève le cœur. » Vous susurrez au contraire :

— Le goût est très fin. Vraiment. Bravo, mon chéri !

— Tu veux dire que c'est dégueulasse, éructa votre époux. J'ai oublié le sel et le poivre et mis trop de clous de girofle.

— Oui, peut-être. Ça sent un peu le dentiste. Mais je t'assure que c'est excellent quand même.

— Il y a un vrai problème, déclara votre mari d'un ton rogue, je ne peux pas travailler convenablement quand la femme de ménage est là.

— Comment ça ? Je lui ai pourtant recommandé de ne pas te gêner...

Vous vous étiez trahie, et vous aviez trahi votre chère Palmira.

— Ah ! c'est toi qui lui as dit de ne pas être dans mes pattes quand je tourne autour de la table de la cuisine. Eh bien, cela n'a servi à rien ! On n'arrête pas de se bousculer. En plus, elle regarde tout ce que je prépare avec de gros yeux ronds stupéfaits qui m'énervent. Comme m'exaspèrent ses minauderies pour montrer qu'elle ne fait pas de bruit en posant les assiettes dans le lave-vaisselle.

Bref, c'était lui ou Palmira.

Vous êtes bien emmerdée.

Vous n'envisagez pas une seconde de quitter l'Homme que vous aimez depuis trente-huit ans, bien que vous ayez du mal à vous habituer à cohabiter, désormais, serrés l'un contre l'autre, après avoir vécu si longtemps des existences à la fois mêlées et séparées.

« Chère Notre-Dame-de-Buron, envoyez-moi une idée, s'il vous plaît ! »

Elle le fait.

Vous allez couper en deux votre cuisine qui est très grande, et en installer une petite, entièrement réservée à l'Homme.

Il s'exclame que c'est génial, (merci, chère Notre-Dame-de-Buron * !)

— Bonne idée, approuve Palmira qui écoutait dans le couloir.

Bref, tout le monde est content.

Vous faites revenir la tribu kurde. L'Homme court les cuisinistes.

Trois semaines plus tard, il est installé dans son royaume, radieux.

Un jour, il vous nourrit de lapin aux pruneaux à la flamande (gonflé à la bière !...) puis le lendemain, de pommes de terre farcies, un plat de votre enfance qui vous a laissé de délicieux souvenirs. Une autre fois, de l'étouffée de bœuf à la moelle, etc., etc.

Vous continuez de votre côté à vous pâmer en compliments. Contrairement à vos prédictions désobligeantes, cuisiner continue à passionner votre Seigneur et Maître. Il se ruine en livres de recettes qu'il lit le soir, dans votre lit, avant d'aller se coucher, et qu'il vous commente à l'occasion. Il se lève de plus en plus tôt le matin, pour foncer à Versailles où se tient, d'après son copain Jacques, le meilleur marché bio de la région parisienne. Les deux hommes, d'ailleurs, y vont souvent ensemble, et se livrent ensuite à des orgies de ratafias d'oranges.

Le dimanche, pour le déjeuner familial, l'Homme se surpasse. Il alimente sa tribu d'accras de morue, de poulets fermiers au Calva, de risotto de volaille aux champignons, de canard aux pommes, d'estouffade de bœuf aux olives, de tarte à la cassonnade, de clafoutis à la mirabelle, etc., etc. Les applaudissements claquent, les cris de bonheur fusent.

Attila proclame :

* NB Note de l'auteur à l'intention de la lectrice qui, dans une lettre, a mis en doute l'existence de Notre-Dame-de-Buron : *Mais si, elle existe ! Vous trouverez sa statue dans l'Église de Buron (Puy-de-Dôme). Pèlerinage : le troisième dimanche de septembre.*

— Ah ! ici, c'est bon, tu sais, Papi ! C'est meilleur qu'à la cantine de l'école. Ah oui ! C'est bien meilleur qu'à l'école. La cantine c'est dégueulasse.

Votre grand mari, à qui vous avez offert un dix-septième tablier blanc avec inlassablement inscrit « LE CHEF A TOUJOURS RAISON », salue en souriant.

Bref, tout le monde continue à être ravi.

Sauf votre nutritionniste.

— Vous avez encore repris quatre kilos en un mois ! gronde-t-elle quand vous allez la voir, désolée de ne plus pouvoir rentrer dans votre élégant manteau en cachemire gris pâle doublé de mouton de Mongolie bouclé gris foncé de Revillon.

Vous lui expliquez la situation (à la nutritionniste, pas à monsieur Revillon).

— Qu'est-ce qu'il vous a fait pour le déjeuner, aujourd'hui ? QUOI !... Des croquettes de coquillages, du cassoulet comme à Castelnaudary et une brioche aux poires ! Mais vous êtes folle de manger des choses pareilles !

— Je ne veux pas faire de peine à mon mari, expliquez-vous.

— Je m'en fous complètement, déclare-t-elle avec l'énergie qui la caractérise. C'est vous que je soigne. Pas votre mari. Quoiqu'il ait dû prendre du bidon, lui aussi, ce qui n'est pas bon pour les hommes de son âge. Alors, immédiatement, pour vous, régime. Viande grillée (OK. Mais tous les jours, ça lasse). Poisson poché (hélas, vous n'aimez pas malgré des litres de citron. Vous avez l'impression que les daurades, les merlans, les soles, etc., sont bourrés de mercure). Légumes verts sans beurre (vous détestez les légumes). Un fruit par jour (sauf les bananes que justement vous préférez même aux pêches blanches de vignes). Pas de pain, pas de beurre, pas de sucre, pas de graisse, pas de vin (« Oh ! s'il vous plaît, un petit verre... un tout petit verre le soir pour remonter le moral ! — NON ! »). Pour dîner, vous vous remettez à votre bol de fromage blanc 0 % matières grasses mélangé à un yaourt aux fruits

0 %, et C'EST TOUT. Revenez me voir dans un mois. C'est quatre cents francs.

Vous rentrez chez vous, effondrée. Après être passée à l'Hyper faire vos achats de condamnée.

La table a été préparée comme tous les soirs par Palmira avant de partir.

— Le dîner est prêt ! crie joyeusement l'Homme. Ouste ! A table. J'ai faim.

Et vous donc ! Surtout sachant ce qui vous attend.

Vous vous asseyez à votre place et vous démasquez votre bol de fromage blanc 0 % de matières grasses mélangé à un yaourt aux pruneaux, toujours 0 %, etc.

— C'est quoi ça ? demande votre mari qui allait vous servir une énorme part de quiche aux fruits de mer.

— Un dîner maigre, répondez-vous d'un ton désespéré.

— C'est pour quoi faire ?

Courageusement, vous expliquez : vos cinq + cinq + quatre kilos de « surcharge pondérale » (terme courtois employé par les médecins au lieu de « grosse vache »). Votre manteau de fourrure bien-aimé dans lequel vous n'entrez plus. Votre petit bidon qui pointe de plus en plus, tout rond, sous vos chandails en cachemire et vous donne un air de femme prête à accoucher. La colère de votre diététicienne.

Votre régime, enfin.

L'Homme se met à rugir :

— Mais je m'en fous, moi, de tes quatorze kilos en trop ! Je t'ai déjà dit que j'adore voir tes yeux briller de gourmandise devant mes plats. Et puis, à quoi bon me donner un mal de chien à cuisiner si je dois bouffer tout seul sans personne pour glousser de plaisir avec moi. C'est une conne, ta nutri... truc ! Je t'interdis de la revoir.

— Mais ce n'est pas bon pour la santé, surtout pour le cœur, d'être trop gros. Pour toi aussi.

— Moi, ma mignonne, je préfère crever très vite dans la joie que vivre des années dans l'austérité. A moins que tu préfères que je fasse une dépression ?

Comment diable allez-vous sortir de cette situation ?

Demander encore conseil à Notre-Dame-de-Buron ?

Vous avez l'intuition que ce n'est pas une bonne idée. Vous n'avez jamais vu ni statue ni peinture de la Sainte Vierge, légèrement dodue. Jamais. A part son petit ventre de femme enceinte, c'était la reine des top models. Saint Joseph devait lui faire suivre un régime d'enfer. Vous n'avez du reste jamais vu non plus un Christ souriant ou riant. Pourtant, s'il était Dieu FAIT HOMME, il devait bien de temps en temps rigoler avec ses copains. Comme tous les bonshommes. Ce sérieux perpétuel, cette ennuyeuse tristesse (sauf sur la Croix, bien sûr) vous ont toujours tracassée. D'autant plus que vous adorez rire et faire rire. Malgré les Bénédictins qui ont prétendu que le rire est un signe de stupidité (merci, mes bons pères !), et que saint Jean Chrysostome « Bouche d'Or » assurait carrément que le Christ n'avait jamais ri. Qu'est-ce qu'il en savait, celui-là ? né trois cents ans après Jésus. Sans oublier l'Ecclésiaste : « Le rire rend sot le Sage et la joie perd le cœur. » (Pr — 22.1.) Vous en êtes arrivée à la conclusion qu'entre leur mépris des femmes (là, vous pourriez écrire un livre de citations à tomber par terre) et leur horreur du bonheur, les Pères de l'Église ont saboté la religion d'amour du Christ (c'est délicieux, non, de s'esclaffer avec une personne qu'on aime ? Ou d'échanger un sourire radieux avec un enfant !).

Mais les Pères de l'Église savaient-ils aimer ?

En ce qui concerne la gourmandise, plutôt demander conseil à Psy bien-aimé. Encore que lui aussi ait un petit bidon qui pointe sous sa chemise. Mais il comprendra votre dilemne.

Vous sautez sur le téléphone. Hélas, Hélène, sa charmante secrétaire, vous apprend qu'il est parti huit jours pour assister à un séminaire neuro-psychiatrique... aux Caraïbes ! Vous pouffez de rire :

— C'est fou ce qu'il y a comme séminaires aux Caraïbes, à Hawaï, à l'île Maurice, à Saint-Tropez (avec ministre), à Cuba (malgré l'affreux Castro et ses prisons politiques), aux Maldives, etc. Tous ces grands professeurs doivent savoir nager comme des dieux.

— Taisez-vous, langue de vipère ! rigole à son tour Hélène. Allez ! je vous donne le premier rendez-vous à son retour parce que je vous aime bien.

Vous calculez que vous allez encore vous empiffrer pendant huit jours, et après... eh bien, après, Psy bien-aimé vous trouvera une solution.

Mais comme vous n'avez pas bonne conscience (au fond de vous-même vous pensez que vous aimeriez bien les perdre, ces quatorze kilos), vous utilisez un truc qui vous a bien servi pendant les quelques années de votre adolescence que vous avez passées chez votre mère. Elle avait, à l'époque, un splendide schnauzer noir qui vous suivait partout, plus un deuxième mari qui refusait de vous adresser la parole (Gorille Grognon). Pendant les repas, tandis qu'elle parlait avec le second (mari), vous passiez en douce au premier (le chien Titou), blotti sous la table contre vos jambes, la nourriture que vous n'aimiez pas. Le seul problème se posait lorsque, tous les deux, vous détestiez la même chose. Comme les épinards. Ils restaient alors par terre. Heureusement, vous aviez un autre très cher complice dans la place. Hammadi, le fidèle Berbère, qui servait à table et auquel votre petit manège n'avait pas échappé. Impassible, il faisait prestement disparaître, après le repas, le légume tant détesté.

Vous n'avez plus ni votre cher Hammadi, ni votre cher Titou.

Mais vous avez César.

Vous décidez donc de prendre les repas à l'heure des infos et d'allumer la télé.

Après avoir protesté (« On n'est pas des franchouillards pour regarder le JT à l'heure du déjeuner »), l'Homme se mit à avaler sa nourriture sans quitter l'écran des yeux. Au point de piquer parfois son menton avec sa fourchette. Pendant ce temps-là, vous avez appris au grand dogue à s'installer sous la table — comme Titou — et vous lui filez la moitié de votre assiette. Pas plus que votre mère et son méchant primate, votre époux bien-aimé ne s'aperçoit de rien. Des semaines passent, et vous pouvez commencer à monter sur votre balance sans trop de honte.

Vint cependant un matin où l'Homme constata qu'il ne pouvait plus fermer la braguette de son pantalon. Il vous fit part de ce détail déplaisant.

— Bah, tu as un peu grossi, ces temps-ci, dites-vous d'un ton désinvolte. Puisque tu dois aller voir ton médecin pour la verrue de ton pied droit, tu lui en parles.

Lequel généraliste ne regarda pas la verrue du pied droit mais poussa de hauts cris : cholestérol, diabète, hypertension, hyperglycémie, etc.

Bref, votre pauvre mari devait perdre, lui, vingt kilos. Sinon l'infarctus le guettait.

L'Homme rentra à la maison, accablé. Non seulement il devait jeûner comme Jésus dans le désert, mais abandonner son occupation désormais favorite : la cuisine.

— Non, non, au contraire ! vous exclamez-vous, c'est épatant ! On va aller tous les deux suivre une cure d'amaigrissement à Eugénie-les-Bains, où le chef Guérard t'apprendra la cuisine-minceur.

Vous rentrez à Paris avec chacun trois kilos de moins.

— Génial, non ? remarquez-vous, enchantée.

— Oui, mais ça fait cher le kilo... gromelle l'Homme. Et puis, je vais te faire un aveu : je préfère un bon gros cassoulet au confit d'oie à une dentelle de langouste. N'oublie pas que je suis fils et petit-fils de paysans et que chez nous, on aime la nourriture qui tient au corps.

On n'était pas sortis de l'auberge.

14

Vous détestez le dernier jour du mois que vous consacrez au paiement des factures (y compris celles de la Micoulette où une gouttière en zinc que Monsieur Louis vous avait annoncée pour quatre cents francs revenait finalement à quatre mille !). Ce que vous haïssez le plus, c'est l'établissement des bulletins de paye avec leurs trente-neuf calculs insensés que vous devez refaire plusieurs fois parce que, malgré la calculette (béni soit celui qui a inventé la calculette !), vos totaux ne tombent jamais juste. A la fin, vous inscrivez n'importe quoi sur la fiche et personne ne vous a jamais rien fait remarquer (encore moins le salarié à qui vous payez les charges sociales pour n'avoir qu'une opération à faire : nombre d'heures × prix de l'heure brut = chèque).

BAOUM !!!

Choc violent d'une voiture contre une autre, dans la rue, sous votre fenêtre.

Riiiii... Riiiii... Riiiii...

Pas de doute : l'alarme de la Mercedes S-Class de l'Homme.

Vous vous précipitez sur le balcon. Une énorme voiture américaine (très laide) vient d'enfoncer, en reculant, l'avant de la magnifique voiture de votre mari chéri. Le conducteur (ivre mort ?) sort la tête par la vitre de sa portière et regarde partout si quelqu'un accourt en hurlant. Rassuré, il commence les manœuvres pour s'enfuir.

— Hep ! Vous, là ! l'enfant de salaud ! beuglez-vous de votre balcon. N'essayez-pas de vous sauver, je vous ai vu et j'ai pris votre numéro de bagnole.

Ce qui est faux, bien sûr ; d'où vous êtes, vous ne le distinguez pas. Mais sait-on jamais ! Le chauffard crétin le croira peut-être. Puis vous courez vers la petite cuisine où votre époux, éternellement enveloppé dans son immense tablier blanc : « LE CHEF A TOUJOURS RAISON », une cuiller en bois à la main, fait frire des pets-de-nonne dans une immense bassine pleine d'huile. Ce n'est visiblement pas le jour consacré à la cuisine-minceur. Mais vous avez d'autres chats à fouetter. Vous lui annoncez, haletante :

— Il y a un enfoiré, dans un gros tank vert amerloque, qui vient d'emboutir l'avant de ta Mercedes et qui essaie de se tirer.

L'Homme démarre comme une flèche et dégringole l'escalier — suivi de César — en gueulant :

— Attends un peu que je t'attrape, charogne !

Il était temps qu'il arrive. Le coupable était déjà à moitié sorti de son créneau et allait déguerpir. Votre grand mari ouvre la portière de la Chevrolet, attrape le salopard par le col de sa veste, le tire de sa main droite hors de sa grosse bagnole et abat de toutes ses forces sa cuiller en bois — qu'il tenait toujours dans sa main gauche — sur le crâne chauve du chauffard.

L'individu, très distingué et élégant, malgré sa vilaine conduite, pousse des cris perçants. L'Homme rugit des injures : « Sale con !... Trou duc' !... Fils de pute !... Face de rave !... Furoncle !... », etc.

César gronde. De votre balcon vous encouragez votre héros d'une voix perçante :

— Vas-y ! Fesse-le aussi !

Tous les habitants de la rue se mettent aux fenêtres. Finalement la bagarre s'arrête, les insultes faiblissent : ces messieurs commencent à parler assurances.

Vous rentrez dans votre bureau et retrouvez l'affreuse pile des factures de la Micoulette (elle vous coûte cher, votre maison ! Vous l'appelez votre « danseuse »).

Soudain, une drôle d'odeur chatouille vos narines.

Pas de doute.

Ça sent le brûlé.

Vous foncez à la cuisine.

De grandes flammes dansent dans la bassine où brûlent les pets-de-nonne, sous laquelle votre cuistot de mari a oublié d'éteindre le gaz.

Vous attrapez une grosse casserole que vous remplissez d'eau et jetez sur le feu qui redouble. Ronflement infernal. Les flammes commencent à attaquer le placard aux épices.

Affolée, vous re-galopez au balcon.

— Au feu ! Au feu ! hurlez-vous aux deux hommes en train de remplir, toujours en s'insultant, un constat d'accident sur le capot de la Mercedes.

— Chéri ! Il y a le feu dans ta cuisine !

— Merde ! Mes pets-de-nonne ! gueule votre époux. Attrape un des extincteurs.

— Ils sont tous à la campagne.

— Alors appelle les pompiers. J'arrive.

Vous vous jetez sur le téléphone et tapotez le 12 en criant : « Allo... Allo... »

Une voix féminine vous répond d'un ton doux et aimable :

— Ici les renseignements Télécoms. Jeanine Sérié.

— Non ! Non ! Je veux les pompiers ! J'ai le feu chez moi ! braillez-vous, hystérique.

— Calmez-vous, Madame, dit gentiment dame Jeanine Sérié des Télécoms, les pompiers c'est le 18.

« Calmez-vous !, Calmez-vous ! » on voit bien que ce n'est pas aux Télécoms qu'il y a le feu.

Vous tapotez le 18.

— Les pompiers, j'écoute, annonce fièrement une voix très mâle.

— Venez vite ! J'ai le feu dans ma cuisine, beuglez-vous.

Et vous raccrochez.

Sans donner votre adresse.

Dame Jeanine avait raison. Il vous faut retrouver votre calme. Vous inspirez et expirez longuement, deux ou trois fois. Vous voilà Zen plus que Zen.

Posément, vous retapez le 18.

— Allo, les pompiers ? C'est moi la dame qui a le feu dans sa cuisine. J'ai oublié de vous donner mon adresse...

— Nous arrivons.

Trois coups de sonnette à la porte d'entrée.

Déjà les pompiers ? Ma parole, ils se déplacent en soucoupe volante.

Non. C'est l'Homme, toujours enveloppé dans son tablier de cuisine « LE CHEF A TOUJOURS RAISON », qui arrive, haletant, suivi de César, bavant.

Vous courez voir tous les deux où en est le feu. Hélas, il s'est propagé, a atteint votre cuisine à vous, d'où une épaisse fumée s'échappe qui est en train d'envahir l'appartement.

— Je ne me rappelle plus s'il faut ouvrir les portes et les fenêtres ou au contraire les fermer, criez-vous à l'Homme qui a disparu dans la fumée.

La réponse vient de la rue.

Pin pon... Pin pon... Pin pon...

Trois énormes engins rouges s'arrêtent devant votre immeuble. Du balcon, vous leur adressez des cris et des gestes désordonnés.

— Ici ! Ici !

Une échelle se dresse et monte vers vous. D'un autre camion sort une dizaine de pompiers dans leur uniforme bleu foncé avec bande rouge, casqués, bottés, masque en bandoulière et bouteille d'air sur le dos. Ils sont déjà dans leur tenue de feu. Ils s'engouffrent dans votre immeuble et votre escalier qu'ils grimpent dans un roulement de tonnerre. Leurs grosses bottes en cuir font plus de bruit qu'un TGV à pleine vitesse dans un tunnel. Votre mari vous dira plus tard que le sergent-chef était, lui, monté tranquillement par l'ascenseur, ce qui n'est pas, paraît-il, prévu dans le code des sapeurs.

— Où est le feu ? crie le chef, de l'ascenseur.

— Dans les cuisines ! répond l'Homme, sur le palier, qui se garde bien de faire allusion à ses pets-de-nonne.

— Reconnaissance du feu. Un homme avec moi ! Ravier ! clame le sergent-chef (vous apprendrez vite à reconnaître son grade : trois galons en biais).

Les deux hommes ajustent leur masque et s'enfoncent dans la fumée. Pendant ce temps-là, vous revenez dans votre bureau où vous comprenez que vous avez fait la bêtise de votre vie (enfin, la énième bêtise de votre vie).

La tête tournée par les somptueuses revues de décoration et les photos sublimes de pièces où personne n'habite (il n'y a JAMAIS de lampe près des lits ou sur les tables, ou même de lumière nulle part), vous avez décidé de vous créer un bureau de conte de fées : votre immense table de travail en chêne, illuminée par deux lumineux abat-jour en soie blanche soutenus par deux grands zouaves en argent. Des bibliothèques entourent toute la pièce, l'une contenant les livres reliés en cuir de votre arrière-grand-père. Deux fauteuils en velours rouge où vos visiteurs sont supposés s'asseoir (vous n'en recevez jamais !) mais où vous vous installez, vous, pour feuilleter vos vieux bouquins, à la lumière d'un grand lampadaire japonais. Des rideaux en velours rouge, assortis aux fauteuils et...

... et

... **une moquette blanche**.

Votre époux avait poussé de hauts cris.

— Une moquette blanche ? Tu es malade ! Ça fait pute, ou à la rigueur, film de Hollywood (ce qui, dans son esprit, revient au même).

— Je m'en fous, avez-vous répondu, ce bureau est ma pièce à moi. Et j'ai toujours rêvé d'une moquette blanche.

— Mais elle sera sale au bout de deux jours !

Voilà votre mari qui se préoccupe du ménage, maintenant ! Vous aurez tout vu dans votre vie conjugale.

— Non. Je vais acheter une machine à shampooiner et je la nettoierai moi-même chaque semaine.

Naturellement, vous n'avez pas encore eu le temps

de le faire (et puis vous avez un peu oublié...). Mais, juré craché, demain matin vous allez en chercher une — de shampooineuse — aux Galeries Farfouillettes, parce que, ô désolation, trois pompiers entrés par la fenêtre comme des ovnis sont en train de piétiner avec leurs grosses bottes de cuir de sept lieues votre chère moquette virginale. Vous n'osez pas leur demander de les enlever. D'autant plus qu'ils s'engueulent entre eux.

— Quel est le con qui m'a piqué ma tricoise ? Pardon, Madame, vous n'auriez pas une tricoise, par hasard ?

Vous ignorez totalement ce que c'est qu'une tricoise.

Vous saurez plus tard qu'il s'agit d'une clé servant à serrer les joints des tuyaux de la lance à eau qu'ils enfilaient les uns dans les autres.

— Désolés pour votre moquette, vous dit aimablement un « soldat du feu » qui a remarqué votre air désespéré.

— Cela ne fait rien, balbutiez-vous avec un sourire navré.

Deux minutes plus tard, votre appartement ressemble à un asile de fous.

Des cris fusent de toutes parts.

— Alors, la lance, ça vient ?

— Jolivet, vous avez éteint le gaz de l'immeuble ?

— Oui, chef.

— Lebert, prenez deux gars et faites évacuer tout l'immeuble, sans oublier les chambres du septième.

— Bien, chef.

Les deux lances à eau, avec chacune deux pompiers, arrosent avec ardeur votre cuisine sous l'œil perçant du sergent-chef.

Des coups sourds résonnent.

— Qu'est-ce qui fait ce bruit ? demandez-vous, affolée, à la ronde.

— Probablement une cloison de bois ou une armoire qu'on attaque à la hache.

Oh ! là ! là ! Pourvu que ce ne soit pas le buffet ancien — ou plutôt le buffet avec UNE porte Louis XIII authentique et le reste rafistolé autour — acheté une fortune aux puces de Saint-Ouen (où c'est trois fois plus cher que chez le meilleur antiquaire du Carré du Louvre).

Un autre cri vous fait sursauter.

— Il y a un chien inconscient sous la table de la cuisine.

— César !

L'Homme et vous avez hurlé en même temps. Vous foncez dans la fumée. Le sergent-chef veut vous empêcher de passer. Sans aucun respect pour son grade ni aucune reconnaissance pour son courage et son travail, vous le bousculez sauvagement. Et, aidés par deux pompiers, vous portez le dogue inanimé sur le palier. Seul endroit où il n'y a pas de fumée.

Votre époux est blanc d'angoisse.

Un immense sapeur antillais s'agenouille, enlève son casque, pose son oreille sur le cœur du monstre bien-aimé de votre mari.

— Alors, Sansouli ? demande impatiemment le sergent-chef.

— Je crois qu'il n'est pas mort, juste légèrement asphyxié.

— Mouchon ! vite, la valise des premiers secours pour Hilaire, hurle le chef.

Le pompier Hilaire Sansouli prend la patte de César et cherche son pouls.

Vous ignoriez que les dogues de Naples avaient un pouls comme vous.

— Le cœur bat encore très faiblement, prononce enfin le géant antillais. Il faudrait lui faire du bouche-à-bouche. Mais vite.

— Vas-y ! commande le chef. On n'a pas le temps de faire venir le maître-chien et l'équipe cynophile. Moi, je retourne au feu.

Votre mari et vous, vous vous tenez par la main et vous regardez avec émotion le grand sapeur-pompier Sansouli faire du bouche-à-museau à votre cher César. Vous vous surprenez à adresser une petite prière à Notre-Dame-de-Buron pour qu'elle ressuscite l'animal chéri. Vous soupçonnez votre mari d'invoquer, lui, Bouddha.

Enfin, le thorax de César se soulève légèrement, puis régulièrement.

— Il vit ! crie le pompier Sansouli, reprenant son souffle.

— Il vit ! crie l'Homme, éperdu de bonheur. Merci !

Il serre de toutes ses forces, et longuement, la main du sauveur de son chien adoré.

— Il vit ! criez-vous à votre tour. Merci, Monsieur Hilaire !

Vous lui sautez au cou pour lui faire un gros bisou.

Une idée vous frappe brutalement. Tous ces événements vous ont tellement tourneboulé la tête que vous avez oublié, vous, votre Melchior adoré. Mauvaise mère que vous êtes !

— Où est Melchior ? braillez-vous au sergent-chef qui est revenu vous avertir gentiment qu'enfin le feu était maîtrisé.

— Vous avez un enfant et vous ne me l'aviez pas dit ! s'écrie ce dernier, indigné.

— Non, non ! Enfin, oui, oui ! j'ai des enfants, et même des petits-enfants, mais ils n'habitent pas ici. Melchior, c'est mon chat bien-aimé.

— Ah bon ! fait le sergent-chef soulagé mais compréhensif. Ne vous en faites pas, Madame, vous allez le retrouver. Les chats c'est malin, il doit tranquillement dormir sur votre lit.

Exact.

Vous êtes si heureuse que vous le prenez dans vos bras (Melchior, pas le sergent-chef), l'embrassez frénétiquement et l'emmenez voir les dégâts.

— Les deux cuisines sont à refaire, remarque sombrement l'Homme.

Le chef pompier essaie de le réconforter.

— Je comprends que ce soit embêtant, mais tout l'immeuble aurait pu brûler et des gens avec. J'espère simplement que vous êtes bien assuré.

Votre époux a un sourire désabusé :

— Les assurances ne sont jamais en retard pour

encaisser les primes, mais elles ont une sainte horreur de payer les dommages. On a toujours des histoires avec elles, et même des procès qui durent dix ans.

Vous, ce qui vous épate le plus, c'est de voir avec quelle ardeur l'équipe des soldats du feu nettoie votre appartement. Parfaitement. ILS NETTOIENT ! Déblaient les chaises, la table et la porte du vaisselier, brûlées. Rangent soigneusement dans un carton vos magnifiques couverts en argent aux armes de vos grands-parents, fondus par le feu, votre collection de pots en étain tordus, la bassinoire en cuivre pour les confitures (que vous ne faites jamais) déformée elle aussi. Par contre, les fourchettes, cuillers, couteaux en inox du Monoprix sont restés intacts !

Lort * !

Ils (toujours vos chers pompiers) grattent le plâtre noirci. Balaient. Lavent, etc., etc. Descendent toutes les cochonneries sur le trottoir, où ils font un tas pour les éboueurs. Après un dernier arrosage au cas où le feu voudrait reprendre.

Vous n'en revenez pas. Non seulement ils vous laissent tout en ordre, mais ils travaillent mieux que Palmira. Naturellement, vous ne lui direz pas (à Palmira). Vous n'osez pas non plus leur demander (aux pompiers) s'ils ne veulent pas venir de temps en temps faire quelques heures de ménage chez vous.

Un petit incident fait rire tout le monde. Un soldat du feu donne, sans le faire exprès, un coup de pied dans une lance à eau oubliée par terre dans votre bureau. L'eau jaillit comme à Versailles et transforme en marais votre chère ex-moquette blanche devenue grise à taches noirâtres.

— Désolé ! dit le chef. On va vous éponger cela. Vous avez des seaux ? et des serpillières ?

— Laissez ! dit votre époux (qui, de toute façon, ne nettoiera rien, lui !). Nous comptions changer cette moquette. Le blanc c'est vraiment trop salissant... Aïe !

* « Merde » en danois.

C'est vous qui venez une fois de plus de lui pincer en douce mais férocement la fesse gauche.

Le sergent-chef le regarde un peu surpris et enchaîne :

— Ne vous inquiétez pas : je vais bien l'indiquer dans mon rapport.

— Nous aussi, dans notre constat, disent les agents du commissariat.

Parce que des policiers sont là également. Qui les a prévenus ? (La caserne des pompiers.) Ils doivent, eux aussi (les flics), rendre compte de l'événement. Pour l'instant, assis tranquillement dans l'entrée, ils regardent avec délice, sans bouger le moindre petit doigt, s'agiter vos sauveteurs. Vous laissez votre mari répondre aux questions des uns et des autres. Pour ce genre d'activité, vous, la féministe, vous voulez bien admettre que l'Homme est le chef de famille. Vous surveillez néanmoins d'un œil qu'aucun Représentant de la Chose publique ne l'emmène en prison pour avoir oublié ses pets-de-nonne en train de frire dans l'huile bouillante.

Vous notez avec une certaine surprise, au passage, que votre cuistot personnel parle cérémonieusement de « soupirs de nonne », et non, par exemple, de « beignets venteux ». Par pudeur, sans doute, au cas où un de ces si merveilleux pompiers aurait une tante religieuse.

Vous remarquez également que votre tenue (vous êtes toujours dans votre vieille robe de chambre rose rapée, vos chaussettes irlandaises entortillées autour de vos chevilles et vos charentaises éculées) a l'air de surprendre, et même carrément de déplaire aux agents de police. Quels snobs ! A moins qu'ils ne méditent de vous flanquer une contravention pour tenue incorrecte à 11 heures du matin.

Vous décidez donc d'aller prendre une douche rapide avant d'enfiler votre jogging en velours rose de Sonia Rykiel.

Vous êtes à peine toute nue sous le jet, recouverte de savon, que la porte de la salle de bains s'ouvre doucement. Vous poussez un hurlement. Vous ne désirez pas, mais alors pas du tout, être violée par un flic, ni même par un de ces adorables pompiers.

— Chut ! fait l'Homme à voix basse. Ne gueule pas comme un cochon qu'on égorge. Je viens juste te demander un conseil.

Parfaitement, il arrive à votre grand macho de mari de solliciter votre avis. Rarement, d'accord, mais ça arrive. Vous le jurez.

— Est-ce que tu crois que je dois donner un peu d'argent aux pompiers ?

— Non, je ne pense pas. Ce ne sont pas des coiffeurs (vous vous ruinez en pourboires au vôtre) ou des garçons de restaurant (là, c'est l'Homme qui double le service au point qu'il vous arrive de récupérer un billet de cinquante francs dans son dos). Par contre, je crois qu'il est d'usage (vous n'en savez rien, vous inventez) de leur remettre une certaine somme « pour leurs œuvres ».

— Et pour eux ?

— Peut-être une caisse de champagne ? Ce serait gentil. Il y en a dans la cave. Et une autre caisse pour les flics.

— En quel honneur ? Ils n'ont rien foutu, ceux-là, sinon m'emmerder avec leurs questions, alors que les pompiers, ils ont fait un boulot d'enfer. Avec une gentillesse incroyable.

— Oui, mais les flics, ce sont ceux de notre commissariat, et le jour où nous serons saucissonnés et cambriolés ils viendront immédiatement, sans nous faire attendre trois heures ligotés sur notre lit.

— T'as raison. Mais une bouteille seulement.

— Ne sois pas radin. *Deux* bouteilles.

— OK, deux bouteilles.

— Plus trois bouteilles pour boire un verre tous ensemble avant leur départ.

— Madame est dans un jour de faste ! remarque votre cher Trésor avec mauvaise humeur.

Mais il vous écoute. Aidé par votre désormais ami Sansouli, il remonte de la cave une caisse et des bouteilles de Krug que vous servez à la ronde dans de vieilles tasses à thé, les verres ayant tous éclaté.

Détente générale. Rires. Petites anecdotes marrantes du sergent-chef. Soudain, il saisit sa radio en bandoulière en s'écriant :

— Allez, les gars, la fête est finie ! Il faut rentrer à la caserne s'occuper de la paperasse (il pousse un gros soupir et dit à l'Homme : « Ce que je peux détester la paperasse ! » L'Homme hoche la tête avec approbation).

Le sergent-chef dans sa radio :

— Golf 32. Ici le fourgon de Champerret.

Une voix mâle, dans la radio :

— Fourgon Champerret, parlez !

Le sergent-chef dans sa radio :

— 11 h 32. Du sergent-chef Pirès. Feu d'appartement éteint au moyen de deux petites lances. Chien intoxiqué réanimé par nos soins. Reconnaissance et déblais terminés. Sommes disponibles.

Depuis, quand vous rencontrez un pompier dans la rue, vous lui dites : « Bonjour, Monsieur le pompier ! » et vous lui adressez le plus beau de vos sourires. Il a l'air un peu surpris, mais assez content.

Vive les sapeurs-pompiers !

15

— Sauvée ! Je suis sauvée ! crie joyeusement Nina dans votre portable. Pardon de te déranger pendant que tu écris, mais je ne pouvais pas attendre plus longtemps pour te le dire.

Vous êtes, en effet, en plein dans une réunion de la Crime, où il a été décidé de prendre le docteur, soi-disant chirurgien esthétique, Truong Thi, d'origine vietnamienne, en flagrant délit. Mais comment ?

D'un autre côté, Nina est l'une de vos meilleures amies.

— Qu'est-ce qui se passe ?

— J'ai trouvé une occupation formidable pour mon mec. LE GOLF ! Il part le matin après le petit déjeuner et il rentre le soir à 7 heures. Génial ! Sauf qu'il ne parle plus que putting, drive, bogey, draw, etc. bref, un jargon auquel je ne comprends rien et aussi embêtant que celui de la Bourse.

— Mais cela ne lui coûte pas horriblement cher ?

— Encore plus que tu le crois. Surtout qu'il s'est inscrit dans un club chic, à Chantilly, mais tant pis ! Il paraît qu'on peut y déjeuner pour un prix convenable. Et, surtout, il est ravi comme un enfant gavé de chocolat.

— Génial ! Mais est-ce que je ne peux pas te rappeler cet après-midi, parce que là, tu vois, je suis en plein dans une scène.

— Oui, oui. Quand tu veux, avant 4 heures. Et

encore pardon pour t'avoir chamboulée dans ton travail.

Vous écrivez sur votre liste rose « *A faire* » du jour :

1° *Golf.*

2° *Rappeler Nina après déj.*

Et vous repartez quai des Orfèvres.

— Je crois, dit le commissaire Sinoquet, qu'il n'y a qu'une seule solution. Se faire passer pour une cliente et s'introduire dans la place.

Tous les regards se tournèrent vers l'officier de police Zoé Franqui.

— Je sens que je suis de corvée, rigola celle-ci. Mais OK pour me faire refaire le nez si la Crime paie l'opération, bien sûr !

— Tu sais que cela peut être très dangereux avec un dingue pareil et tous ses scalpels, remarqua le lieutenant de police Broquet.

— Je sais, approuve tranquillement Zoé, mais je serai armée.

— Tu parles ! On va te foutre complètement à poil, avec juste une blouse blanche, remarqua Sinoquet, et où tu le cacheras, ton revolver ?

— Là où il est toujours. Le mien. Personnel. Pas le Manhurin de service.

Le commissaire et le lieutenant la regardèrent avec surprise défaire ses longs et épais cheveux noirs qu'elle portait enroulés serrés en un gros chignon sur la nuque. Camouflé à l'intérieur, un minuscule Derringer/deux coups qu'elle braqua sur le commissaire qui sursauta.

— Hé là ! Attention ! Ne fais pas la folle. Ce n'est pas très réglementaire pour un flic de ranger une arme personnelle dans ses cheveux, mais pour une fois... (fasciné) Et comment tu te l'es procuré ?

— Les Albanais jouent tous au poker avec. Ils le mettent simplement dans leur poche de pantalon d'où ils tirent, soit caché dans leur manche de veste avec un ressort qui l'amène automatiquement dans leur main. Pan, Pan ! sur le tricheur.

Dix jours plus tard, un samedi, le lieutenant de police

Zoé Franqui sonnait à la porte du docteur Truong Thi. Une infirmière asiatique lui ouvrit la porte et s'inclina.

— Je suis madame Truong Thi, l'assistante du docteur, dit-elle poliment, et je remplace aussi la secrétaire, le samedi. Si vous avez la moindre question que vous avez oublié de poser au docteur, ou la plus petite appréhension, vous pouvez à tout moment vous adresser à moi.

— Merci beaucoup, Madame, répondit Zoé, souriante.

Madame Truong Thi la fit entrer dans la salle d'attente entièrement décorée de chinoiseries et vide de patientes.

— Ce ne sera pas long, dit la femme du « chirurgien ».

Puis elle s'inclina à nouveau et disparut.

De nombreuses idées bouillonnaient dans la tête de Zoé. Madame Truong Thi était-elle vraiment au courant des activités présumées meurtrières de son mari ? Était-elle également une « serial killer woman » ? Existait-il dans le monde beaucoup de femmes cannibales ? Était-ce elle qui rôtissait les seins ou les cuisses des victimes ? Le couple avait-il des conversations gastronomiques ?

— Finalement, disait peut-être le docteur Truong Thi, j'ai préféré la daube de poitrine de la caissière de l'Hyper, la semaine dernière, à ces fesses en croûte de la libraire d'aujourd'hui.

Madame Truong Thi acquiesçait.

— La libraire était peut-être un peu trop vieille pour des fesses en croûte. La prochaine fois, il...

Pilou... Pilou...

Stront * !

... appel sur *votre* portable à vous pour votre époux bien-aimé... Son cher copain Arthur voulait lui parler d'urgence.

Arthur ! Il joue au golf, Arthur ! Vous décrochez.

— Salut, mon Tuture ! Ce n'est que la Femme de l'Homme. Tu as essayé son portable ?

— Ouais. Curieux. Il ne répond pas.

— Il a dû le poser dans un coin impossible et ne

* « Merde » en flamand.

l'entend pas. (Vous savez où : votre cher mari a la manie d'oublier son Itineris dans le frigo ! Vous n'avez jamais pu obtenir l'explication à ce fait curieux. Autre cas étrange lu dans un journal : un businessman américain s'était fait enterrer avec son portable sur son cœur !)

Vous reprenez :

— Dis donc, Tuture, tu aimes jouer au golf ?

— C'est ma passion !

— Tu ne pourrais pas essayer de la faire partager à mon bonhomme ?

— Pourquoi ? Il t'emmerde ?

— Il m'empêche surtout de travailler, et ça me rend hystérique. En plus, il stresse s'il n'est pas actif toute la journée.

— Bon, d'accord, je vais faire de mon mieux.

Il fit si bien, Tuture, que l'après-midi même, l'Homme, sous son parrainage, s'était inscrit à un club très élégant du côté de Senlis. Avait retenu un professeur pour six mois de leçons. Acheté au célèbre Comptoir du Golf, et malgré les hauts cris de Tuture, un attirail complet de golfeur de haut niveau (alors qu'une demi-série suffisait, paraît-il, largement). Soit (d'après les explications embrouillées de votre débutant de mari) : onze *fers* (bâtons en acier avec un truc plat au bout). Sept *bois* (même instrument mais en *persimmon*, arbre ne poussant qu'aux États-Unis et utilisé par les Indiens pour leurs arcs). Un *putter* (club spécial pour pousser la balle dans le trou : vous, vous le feriez en douce avec le bout de votre pied). Une boîte de douze balles. Un gant *gauche* en cuir (pas de gant droit. Qu'est-ce que le fabricant peut bien faire de tous les gants droits ?). Un costume sport en tweed. Un Bermuda à carreaux bleu marine et blanc (« la dernière mode » !... commenta votre époux épanoui. Surtout, ni short ni blue-jean : pas assez élégants !). Trois chemises Lacoste. Des chaussettes avec pompons (très important, paraît-il, les pompons. Personne ne vous explique pourquoi). Des chaussures à « cloux doux » dits *soft-pins* (bêtement en plastique). Un sac en cuir et toile (Burberry's) pour contenir tout cet équipement.

Plus une canne-siège en cas de fatigue, un parapluie en cas de pluie, des chiffons et des brosses en cas de boue, etc. Le tout dans un chariot tiré par le golfeur ou la proète (affreux nom de la golfeuse professionnelle).

L'Homme revint enchanté de sa première leçon et jura de devenir un pro. Sa conversation, désormais, ne roula plus que sur le golf. Dans un jargon bourré de mots incompréhensibles (pour vous)... *fairway, airshot, bogey, draw, hook, pitch, yip*, etc., etc. Vous avez l'impression de vivre avec un immigré patagon. Du coup, vous achetez un lexique * et vous apprenez que :

— Un *albatros* n'est pas un grand oiseau comme vous et Baudelaire l'aviez toujours cru mais « jouer un trou trois coups en dessous du *par* ».

Vous cherchez à « *par* ». N'est pas une préposition comme la maîtresse vous l'a seriné à l'école, mais « le score théorique idéal attribué à chaque trou ».

— Un *pull* ne se porte pas en hiver (laine ou cachemire) mais se dit « d'une balle qui part tout droit à gauche de la cible ».

— Une *chip* ne se grignote pas à l'apéritif. Signifie un « petit coup levant peu la balle, joué en périphérie du green pour approcher la balle le plus près du trou ».

— Un *dog-leg* n'est pas une jambe de chien comme vos vagues souvenirs d'anglais vous l'avaient laissé croire mais « un trou dont le *fairway* tourne à gauche ou à droite ». Vous n'avez plus qu'à chercher à « *fairway* ». Et ainsi de suite...

Bien que vous soyez obligée de vivre votre petit dictionnaire à la main, vous êtes ravie de voir votre époux bien-aimé si heureux.

Cependant trois points vous énervent :

1) L'Homme continue à traîner à la maison le matin, et ne part qu'à 14 heures pour revenir le soir vers 20 heures. Un jour, vous vous mettez à genoux, vous lui embrassez les babouches (ce qui le stupéfie) et vous le

* *Le Golf*, Collection Que sais-je, PUF.

suppliez de changer ses heures. Golf le matin le plus tôt possible afin que vous puissiez retrouver le calme et le silence nécessaires à votre travail (mais si, écrire est un dur boulot ! Vous le jurez pour la millième fois), et retour dans l'après-midi où vous promettez d'être à son entière disposition.

Parce que, rien à faire : autant vous êtes pétulante et grouillante d'idées, bonnes ou mauvaises, à l'aube, autant l'après-midi vous avez la cervelle comme un morceau de vieux mou de veau.

Votre époux, ému par vos larmes aux yeux et Grand Seigneur, accepte de se plier à votre horaire.

Vous le remerciez par un langoureux bisou.

Si vous aviez su...

2) Le « *putting* » (quinze minutes d'exercice par jour ordonnées par le prof) se révéla un autre revers de la médaille. Consistait à pousser la balle avec le club dit le « *putter* » sur la moquette, à la maison. L'Homme découvrit que, en longeant la plinthe, tête contre le mur, le couloir menant à la cuisine constituait un « *green* » (terrain) parfait. Il s'entraîna pendant des heures. Malheureusement, chaque fois que Palmira sortait de son royaume, elle trébuchait sur la balle et, éventuellement, tombait par terre avec les assiettes pour le dîner.

Malgré ce léger emmerdement (vous avez acheté une tonne de vaisselle bon marché chez Leclerc), vous êtes si contente d'avoir retrouvé votre paix matinale et votre inspiration que vous en faites part à la Ligue des Gonzesses, invitées à déjeuner (légèrement : vous faites toutes un régime) pour la fête d'Anaïs. Bavardages, gaieté générale, secrets racontés à toutes, etc.

Des exclamations fusent : « Le golf ? Bravo ! »... « Quelle bonne idée ! »... « Moi, je vais faire la même chose avec le mien »... « Oui, mais ça coûte très cher, non ? »... « Ça dépend dans quel club tu l'inscris. Maintenant, c'est devenu un sport plus populaire, et tu n'es pas forcée d'habiller ton type en british »... « Tu n'es pas obligée non plus de prendre six mois de cours »...

« Ah bon ? »... « Ouais, tu suis un stage de deux jours, et ensuite tu fais le parcours avec un copain qui, lui, t'apprend »... « Et pourquoi je ne pourrais pas jouer au golf, moi aussi ? »... « Tu peux ! Il y a des clubs ouverts aux femmes »... « Ah bon ! Parce qu'il y a des clubs qui ne sont pas ouverts aux femmes ? »... « Oui, ma chérie. Il y a encore des vieux misanthropes en vie »...

La conversation dérive sur les vieux misanthropes, chacune ayant le sien, en plus, naturellement, de Maurice Druon, l'académicien.

Seule votre copine Blandine fait la gueule.

Tout à coup, elle se penche vers vous et, sombrement, murmure :

— Attention au dix-neuvième trou !

Vous la regardez, étonnée.

— Qu'est-ce que tu veux dire ?

Elle ne répond pas. Béatrice le fait pour elle :

— Dans un golf, il n'y a que dix-huit trous.

Vous comprenez encore moins. Votre QI est en dessous de zéro, aujourd'hui. Béatrice ricane devant votre mine stupide.

— Blandine veut dire qu'il faut faire gaffe aux bonnes femmes qui, sous prétexte de jouer au golf, essaient surtout de se trouver un mec avec qui baiser.

Heureusement que vous êtes assise avec un verre de vin rouge devant vous, que vous avalez d'un trait. D'abord la brutalité du langage de Béatrice vous stupéfie, elle qui est connue pour réciter des prières en passant l'aspirateur. Ensuite, et surtout, la flamme toujours rampante de votre jalousie est en train de se transformer en incendie.

Vous vous retrouvez des années en arrière. Une tigresse affamée de sang au plus petit sourire séducteur de l'Homme à toute créature femelle de moins de cent ans. Vous vous revoyez en train de fouiller les poches de votre époux, son agenda, son carnet d'adresses, ses tickets de carte Visa. De surveiller ses allées et venues. De poser, la mine (faussement) ingénue, des questions insidieuses. D'écouter, sans en avoir l'air, ses conversations téléphoniques.

Vous vous livrez dès le soir même à ces vilaines petites opérations.

Rien de suspect.

Les jours passent, apparemment tranquilles. L'Homme continue à être enthousiaste. Vous aussi. Malgré le grave problème n° 3.

Les chiens sont interdits sur les terrains de golf !

Consternation générale. Votre époux souffre d'être séparé, une bonne partie de la journée, de son César chéri. Lequel se traîne tristement dans l'appartement sans son maître bien-aimé. Quant à vous, vous vous sentez coupable de ne pas vous en occuper plus, mais vous êtes débordée (qu'on vous montre une femme qui n'est pas débordée !). Et surtout, Melchior, aussi jaloux que vous, fait des scènes terribles si vous câlinez trop le « chien-chien-à-sa-Maman ». Finalement, vous trouvez une solution. Un jour sur deux, l'Homme emmènera ledit « chien-chien-à-son-Papa » avec lui, le laissera dans sa voiture et le promènera dans les bois d'Halatte après son parcours. Le lendemain, c'est vous qui baladerez le monstre pendant une heure dans le quartier.

Ce qui vous ennuie considérablement. Car les chiens ne sont pas admis non plus dans les Hypers ni les magasins alimentaires. Et si vous entrez dans une boutique de fringues avec votre bête apocalyptique, les vendeuses se sauvent en hurlant dans les toilettes.

Quant à votre Melchior adoré, malgré vos tendres explications, il continue de vous faire la gueule. Ce qui vous stresse complètement.

Le boucher, à qui vous confiez votre lourd problème, vous donne un conseil (très gentil boucher. Très bonne viande). Vous achetez un petit harnais avec laisse pour chat et vous emmenez les deux trésors (une laisse dans chaque main) vous balader au bois de Boulogne. Les nurses qui poussent les landaus des bébés riches de l'avenue Foch regardent avec surprise votre bizarre trio : un gigantesque dogue noir + une forte dame en jogging de velours rose de Sonia Rykiel + plus un tout petit chat blanc et roux.

Tant pis ! Votre époux bien-aimé est heureux.

Signe de bonheur conjugal, il vous appelle toujours Titine, et non Carole ou Fabienne. Et vous témoigne la même ardeur amoureuse.

Hélas, vous êtes une anxieuse. Sans cesse en train d'imaginer le pire.

Vous décidez d'aller faire un tour au Club House du golf où vous débarquez à l'improviste, à l'heure du déjeuner.

L'Homme est en train de déguster avec satisfaction une omelette aux croûtons, en compagnie d'un groupe de golfeurs, dont deux golfeuses portant bermudas à carreaux bleu marine et blanc (à la mode) et casquettes. Deux créatures, nettement plus jeunes que vous (aïe !), plus jolies (facile !), mieux maquillées (vous ne l'êtes pas du tout). Mais l'Amour-de-votre-Vie ne semble pas leur accorder d'intérêt particulier. Par contre, il vous accueille avec ce sourire charmeur qui vous ravage le cœur depuis trente-cinq ans (trente huit ?). On vous fait une petite place, et les golfeurs reprennent les conversations dans leur langue étrangère, tandis que vous commandez à votre tour l'omelette aux croûtons.

— Tu veux te mettre au golf, toi aussi ? vous demande votre Trésor.

— Non. J'avais juste envie de prendre l'air.

Vous l'accompagnez même dans un parcours, tirant son chariot, et surveillant l'horizon. Pas de top model en vue. Juste une des deux golfeuses du déjeuner qui s'empare de la balle de l'Homme perdue dans un buisson, prétendant que c'est la sienne. Votre époux retrouve son ton sec de P-DG et récupère son bien. La voleuse disparaît.

— Ah, les mémères ! soupire votre macho bien-aimé. Il faut qu'elles viennent nous emmerder jusqu'ici.

Se rappelant brutalement que vous êtes du sexe féminin :

— Sauf toi, ma Titine ! Mais tu es exceptionnelle.

Et vlan ! Un compliment, exceptionnel lui aussi. Vous en avez le souffle coupé. Votre cœur bondit de joie.

Vive le golf !

Vous profitez du calme qui règne à nouveau chez vous, le matin, pour terminer votre polar.

L'officier de police Zoé Franqui était étendue sur le lit d'opération dans ses éternels jean's et pull rouge. Pour le nez, le docteur Truong Thi se contenta d'entourer le visage d'un champ opératoire couvrant bien les cheveux, chignon compris. Par ailleurs, il avait farouchement insisté pour attacher la lieutenante au lit des pieds à la tête, avec une bande élastique. Sauf la main droite...

— Ma femme va vous faire une simple anesthésie locale, mais il ne faut absolument pas que vous bougiez. Sinon je vais vous gratter le nez de travers, plaisanta-t-il.

Zoé, elle, commençait à flipper. Comment attraper son revolver dans son chignon, ligotée comme elle l'était ?

Madame Truong Thi s'approcha avec une grosse seringue et piqua la jeune femme tout autour du nez. Qui sentit son visage devenir insensible.

— En tout cas, elle ne m'a pas carrément empoisonnée, pensa Zoé qui commençait à se sentir toute drôle.

Le soi-disant chirurgien esthétique s'approcha d'elle. Il tenait à la main non pas un scalpel, mais une hache. LA HACHE *! Avec laquelle il allait couper la main droite de la jeune femme (la fameuse signature des Cannibales du Trocadéro, avant de la tuer et de la mutiler. Ses yeux brillaient d'une flamme mauvaise.*

— Chienne de femme française, dit-il d'une voix brusquement rauque, tu vas mourir et nous allons nous nourrir de ton corps.

*— **Di** * ! cria son épouse et complice, haineuse.*

* « Salope » en vietnamien.

— Vous allez me manger en mironton ou en estouffade aux olives ? demanda avec insolence la jeune Zoé.

Puis elle commanda d'une voix forte :

— MAINTENANT !

Le docteur Truong Thi, qui avait levé sa hache, hésita un léger instant, surpris.

La porte derrière lui s'ouvrit doucement.

Le canon d'un revolver apparut.

Le commissaire Sinoquet tira.

Le docteur Truong Thi s'abattit, mort, sur le corps de Zoé.

— Attention à sa femme, elle est aussi méchante que lui ! cria Zoé.

Mais madame Truong Thi avait encore — qui l'eût cru ? — un petit bout de cœur. Elle éclata en sanglots :

— **Chông tôi** ** ! s'écria-t-elle.*

La pièce s'était remplie de policiers. Le lieutenant Broquet délivra Zoé toujours ligotée.

— Tu as été formidable, ma vieille !

Zoé sourit.

— J'ai eu peur, tu sais.

Vous devez maintenant écrire une fin sympa. Le premier et le dernier chapitre d'un livre sont toujours les plus difficiles à trouver, ainsi que les titres. Il vous arrive, on l'a vu, de passer des heures à en griffonner des pages entières (de titres), et quand vous avez enfin trouvé celui qui vous plaît, crac ! il est déjà pris par un inconnu qui en a vendu trois exemplaires.

Quant à la fin, vous hésitez entre marier Zoé et Jérôme ou décorer votre héroïne. Vous choisissez la deuxième solution, moins banale que la première.

— Vous serez sûrement récompensée, dit le commissaire Sinoquet, je vais faire une note pour le commissaire divisionnaire qui en parlera au ministre.

De quoi décore-t-on les policiers héroïques ? Vous

* « Mon mari ! » en vietnamien.

téléphonez à une amie, vraie commissaire à la Crime au 36, quai des Orfèvres, jolie et gentille comme tout, et dont on ne se douterait pas qu'elle soit également écrivain de polars terrifiants *.

— De la médaille du Courage et du Dévouement, répond-elle.

Et de vous raconter gaiement la fête que vous écrivez presque mot à mot. Vous rajoutez simplement un échange de regards tendres entre Zoé et Jérôme. Les lectrices pourront rêver, si elles le veulent.

Ouf !

Polar fini !!!

Après le déjeuner, dans un élan (rare, chez vous) d'activité ménagère, vous décidez de porter une pile de vêtements au pressing. Dans une poche intérieure d'une des vestes à petits carreaux avec lesquelles l'Homme joue au golf, vous trouvez un petit billet :

« *Mon poussinet* [mon poussinet ? Qui se permet d'appeler votre époux “ mon poussinet ” ? Il a dû être content, tiens ! lui qui n'aime pas les petits mots nunuches], *j'ai passé hier une heure merveilleuse dans tes bras.* »

Là, fini de rire.

Une dague se plante dans votre cœur.

Vous criez : « Non, non ! » Vous suffoquez. Votre ventre se tord comme une serpillière. Vous allez mourir, effondrée dans le placard à vêtements.

L'Homme-de-votre-Vie a fait l'amour à une autre femme.

Des images passent dans votre tête. Intolérables. Vous allez kidnapper cette pute, la découper en morceaux, comme dans votre thriller, et la donner à manger à César. « *MEURTRE SANGLANT SUR UN GOLF* ». Tant pis si vous vous retrouvez en prison. Vous préfé-

* Danièle Thierry, *Mises à mort* et *Et pire, si affinités...* (Robert Laffont).

rez finir votre existence en taule que de vivre sans l'Amour-de-votre-Vie le reste de votre destinée.

« ... *Je suis folle de toi. Tu es mon homme...* »

Non, chienne, c'est le mien ! Il est à moi, à moi, à moi... et je suis à lui, à lui, à lui...

« *Si ta femme prend l'habitude de venir à l'improviste au Club House, je pense que ça serait mieux de se retrouver en ville au Restaurant-Hôtel des Deux-Pigeons. Rendez-vous après-demain à treize heures pour déjeuner ? Je t'embrasse partout.*

« *P.* »

« P » comme « pétasse » ?

SALOPE. SALOPE. SALOPE. SALOPE. SALOPE. SALOPE. SALOPE.

Votre mari rentra tout content en fin d'après-midi. Il avait réussi un *birdie* au troisième trou, après un *swing* formidable. Quel faux cul !

SALAUD. SALAUD. SALAUD. SALAUD. SALAUD. SALAUD. SALAUD.

Vous aussi, vous jouez Tartuffe. Souriante, vous le félicitez. Vous avez pourtant passé la journée à sangloter comme Marie-Madeleine. A vous rouler en hurlant de désespoir sur votre moquette qui fut blanche jadis (du reste vous allez la remplacer par un gigantesque tapis noir de deuil). A vous plaindre à Melchior qui vous caresse la joue avec sa petite patte (comprend-il ? Oui !) A déchiqueter avec vos dents les coussins du salon. A pousser des cris rauques qui ont terrorisé Palmira, planquée dans sa cuisine, et qui doit se douter de ce qui vous arrive (pour la première fois de votre vie commune vous lui avez jeté à la figure : « Foutez-moi le camp ! » alors qu'elle venait gentiment vous demander si vous souffriez d'une appendicite foudroyante).

Vous avez alors entendu la voix de votre colonel de Père venant du ciel :

— Tu n'as pas honte de pleurnicher comme une péteuse qui n'a rien dans le ventre ! Bats-toi, sacrebleu ! vous commande celui dont toutes les citations militaires proclamaient : « la folle bravoure, l'allant, l'entrain, la témérité et le calme tout à la fois », etc.

Oui, Papa. Vous aussi, vous allez faire la guerre. A la Salope.

Vous vous préparez au combat comme un guerrier Samouraï.

Premier achat : une perruque aux longs cheveux lisses et très blonds (mille deux cent cinquante francs aux Galeries Farfouillettes).

Deuxième achat : vous qui ne portez que des pantalons, vous allez chez Saint-Laurent (tant pis pour vos petites économies !) choisir un ensemble laine et cachemire d'un violet ravissant, avec une jupe très courte. Vous découvrez qu'en fin de compte, vous avez encore d'assez jolies jambes... Votre moral remonte légèrement.

Troisième achat : à la place de vos éternelles chaussures plates d'Arche qui ne vous font jamais mal aux pieds (ce qui a changé votre vie), vous porterez des escarpins à hauts talons très fins. Vous essaierez de ne pas boiter ni de vous tordre la cheville, ce qui vous ridiculiserait à jamais.

Vous empruntez à Petite Chérie de longues boucles d'oreilles Christian Lacroix, alors que vous n'en mettez jamais. Elle reste stupéfaite : « Tu as un amant ? » vous demande-t-elle, chuchotante et frémissante.

Pour toute réponse vous éclatez en sanglots et, sans lui répondre, vous vous enfuyez à la banque...

... où vous prenez dans votre coffre-fort les deux bagues de famille en diamants que vous gardez précieusement pour vos filles mais que vous ne vous décidez jamais à leur donner. Vous avez souvent lu que, dans les révolutions, les réfugiés affamés échangeaient leurs bijoux contre un poulet. Sait-on jamais ce qui peut arriver ? Depuis feu le cher vieux monsieur Pinay, vous n'avez jamais eu confiance dans aucun gouvernement français. Ces messieurs-dames ne sont bons qu'à augmenter vos impôts et à se battre férocement entre eux pour un poste de ministre.

Arrive le jour de la déclaration des hostilités.

Vous vous rendez chez Hertz où vous louez une splendide BMW noire, bien plus chic que votre petite 206 rouge.

Vous passez ensuite chez Carita, où vous allez parfois dans les grandes occasions, pour qu'on vous farde comme une pute dans sa vitrine à Anvers. « Plus bronzé, le fond de teint ! »... « Plus de bleu sur les paupières ! »... « Plus de rose sur les pommettes ! »... « Et du rouge à lèvres cerise qui clashe plus ! »... ordonnez-vous à Sandra, votre habituelle maquilleuse, qui n'en revient pas.

— Mais vous ne mettez jamais de rouge à lèvres ! s'exclame-t-elle, juste du gloss.

— Aujourd'hui, je vais guerroyer, lui expliquez-vous.

Elle vous regarde d'un air effaré et vous barbouille avec encore plus d'ardeur.

En partant, vous vous regardez dans une grande glace, et vous ne vous reconnaissez pas vous-même, surtout avec vos lunettes noires de star. Vous montez dans votre BMW. Vous démarrez à fond la caisse.

A L'ATTAQUE !

L'Homme et la Salope sont déjà en train de déjeuner sur la terrasse des Deux-Pigeons. Installés face à face, autour d'une petite table ronde. Ils dégustent du saumon poêlé. César est attaché par sa laisse au pied du guéridon (c'est son jour avec son maître adoré). Vous fermez doucement la porte de votre voiture et venez vous asseoir (en boitillant un peu à cause de ces saletés de talons hauts) juste derrière la Salope, lui tournant le dos. Elle vous jette un regard indifférent, et l'Homme aussi.

Ni l'un ni l'autre ne vous reconnaît avec vos cheveux longs, blond filasse, votre maquillage extravagant et vos lunettes noires Dior.

Seul César a dressé ses oreilles mais n'a pas bougé.

Il ne vous a pas échappé que la Salope a sa main gauche posée sur celle de votre mari qui n'a pas retiré la sienne, bien qu'il déteste les chouchouneries en public.

Elle aussi s'est fringuée de son mieux et a passé la matinée chez le coiffeur et à l'institut de Beauté. Brune. Quarante/quarante-deux ans. Très mince. Maquillée également comme une voiture volée, mais la peau du visage trop bronzée et ravinée comme le cuir d'une vieille selle de cheval de cow-boy (excès d'UV). Sexy et vulgaire, enfin à votre avis qui n'est pas follement impartial.

Vous écoutez la conversation en faisant semblant de lire le menu.

LA SALOPE, *essayant d'imiter la voix stupide et caressante de Bardot dans* Une ravissante idiote : Mon *toutou-chou*, on fait ensemble le premier parcours cet après-midi ?

Tiens ! L'Homme n'est plus maintenant un *poussinet*, mais un *toutou-chou*. Il ne doit pas non plus aimer cela du tout. Vous manquez, malgré votre chagrin et votre rage, d'éclater de rire.

L'HOMME : Si tu veux.

LA SALOPE : Comme ça, on pourra bavarder...

L'HOMME, *pas follement enthousiaste* : Hon, hon.

Pauvre connasse qui ne sait pas qu'il a horreur de jacasser quand il doit se concentrer.

(*Petit silence.*)

LA SALOPE : Ta femme, elle ne joue pas au golf ?

L'HOMME, *ton un peu froid* : Non.

LA SALOPE, *méprisante* : Elle ne fait rien, alors ?

L'HOMME, *toujours froid* : Si, elle écrit des livres qui ne marchent pas trop mal.

LA SALOPE, *furieuse et d'une voix dédaigneuse* : Tiens ! Je n'ai jamais entendu parler d'elle.

(*De nouveau, petit silence.*)

LA SALOPE : Tu me jures que tu n'as plus aucun rapport avec elle ? Que c'est bien fini entre vous ?

L'HOMME, *un peu gêné et agacé* : Je te l'ai déjà dit.

Oh que c'est vilain de mentir comme ça ! Et si lâche ! Et si classique ! C'est qu'elle le croit, la pauvre idiote !

LA SALOPE, *cherchant une vacherie et la dégotant* : Je trouve qu'elle fait plus âgé que toi.

Ah ! Ça suffit !

Vous vous levez d'un bond et vous foncez vers la table d'à côté où vous saisissez la saucière dont vous renversez la sauce blanche sur la tête de La Salope.

— Et toi, t'as l'air d'une vieille pute de porno !

La Salope hurle tandis que la sauce blanche lui dégouline dans le cou, sur les épaules, entre les seins, partout.

— Au secours ! Qui c'est, cette folle ?

— Ma femme, répond calmement l'ex-Amour-de-votre-Vie.

Impassible, il tente d'éponger du bout de sa serviette les dégâts de la sauce blanche. Mais il vous semble qu'une lueur de gaieté danse dans son œil ; vous vous demandez s'il ne retient pas un fou rire.

Vous ajoutez, pour l'édification de la pétasse :

— Avec qui il adore toujours faire l'amour !

— Tue-la ! braille La Salope.

— Mes filles ne me le pardonneraient jamais, plaide votre époux.

C'est bien ça : il se marre, l'enfoiré !

— Ah ! Parce qu'en plus, tu as des filles !

Vous vous tournez vers le Grand Salaud et dites, ironique :

— Tu devrais avoir honte, « *Toutou-chou* » — à propos, tu veux un su-sucre ? —, de t'afficher avec une poufiasse aussi conne et vulgaire. Adieu, Ordure ! Au plaisir de ne jamais te revoir.

Vous tournez les talons en appelant :

— César ! Au pied !

César s'élance pour vous suivre, renversant dans son élan le guéridon auquel il était attaché et qui s'abat sur La Salope. Sa jolie robe mordorée Ungaro qui a remplacé le bermuda de golf à carreaux bleu marine et blanc se retrouve couverte de saumon poêlé, de pain, d'eau, de couverts, de vin blanc qui ruisselle jusque dans ses chaussures. Les assiettes et les verres tombent par terre et se cassent. Les garçons et le maître d'hôtel accourent. La Salope se lève, hystérique, et braille à l'Homme :

— Fais quelque chose, merde * !

Oui, mais quoi ? Avec sa serviette, toujours pleine de sauce blanche, l'ex-Homme-de-votre-Vie tente d'éponger le vin blanc qui trempe le chef-d'œuvre d'Ungaro (là aussi, on a cassé sa tirelire) et le salit de plus belle. La Salope se débat. Ce n'est pas son jour.

Du reste, en remontant dans votre belle voiture, vous entendez au loin le couple commencer à se disputer.

Vous retournez à fond d'accélérateur à Paris. Rendez la BMW à Hertz. Rentrez chez vous. Appelez SOS-Serrures et faites placer immédiatement un énorme verrou que vous fermez à double tour. Puis, toujours la rage au ventre, vous allez prendre dans l'armoire de celui avec qui vous avez partagé trente-cinq ans de votre vie (non ! trente-huit, même !) tous ses vêtements que vous balancez par la fenêtre. Y compris le costume Armani, les chemises Lanvin, les vestes de golf, les caleçons Hermès, etc., etc.

La concierge sort. Regarde, médusée, l'énorme tas sur le trottoir. Et lève la tête vers vous :

— Je divorce ! lui criez-vous.

— Ce sont des choses qui arrivent, répond calmement Rosa de Lima. Est-ce que cela vous ennuie si je donne quelques vêtements au pauvre SDF qui dort dans la cave ? C'est un brave homme, vous savez.

— Donnez-lui tout !

Vous refermez la fenêtre et vous allez débrancher les sonneries. Celle de la porte d'entrée, celles des téléphones fixes, des sans fil, des portables, etc. Vous laissez un nouveau message sur les répondeurs : « Je suis très fatiguée et je dors. Je vous rappellerai dans quelques jours. Merci. »

Attention, fillette ! Est-ce que, par hasard, au fond de

* Note de l'auteur : Là, je n'ai pas pu m'empêcher...

vous-même, vous n'espérez pas un appel du Grand Salaud vous demandant pardon à genoux ? Non. Même s'il se traîne à vos pieds, vous l'enverrez se faire foutre. Vous ne pourrez jamais lui pardonner. Jamais. De nouveau, des images de l'Homme en train de faire l'amour à La Salope défilent dans votre tête. Vous éclatez en sanglots et vous allez vous asseoir dans la cuisine devant une bouteille de château-lafitte.

Vous avez décidé de vous saouler.

Hélas, au lieu de vous rendre votre gaieté, le vin déverse en vous des hectolitres de culpabilité. Vous vous sentez minable, moche, pleine de défauts. C'est *votre faute à vous* si l'Homme vous trompe. Vous vieillissez avec cinq, non : dix, non : quatorze... kilos de trop, du double menton, un petit bidon de six mois, des rides... non, pas de rides (c'est la récompense des femmes rondelettes). Vous n'êtes pas jolie, avec vos tifs plats et maigres et vos dents en avant. Le pire, c'est que vous vous en foutez depuis toujours. Vous ne vous examinez jamais devant une glace (encore l'éducation des Bonnes Sœurs : « Ma petite fille, la coquetterie est un vilain péché. »). Vous n'allez pratiquement jamais chez Carita. Prétextes : 1°) Vous n'avez pas le temps, perpétuellement débordée, comme vous l'avez déjà dit. 2°) (et surtout) ça vous emmerde. Pour les mêmes raisons, vous vous maquillez rarement, et sans jamais vous démaquiller, à l'indignation de Petite Chérie : « Maman, tu t'abîmes l'épiderme à ne pas nettoyer ton visage, le soir ! » Pourtant le dermatologue vous a dit que vous aviez une jolie peau pour votre âge. Parfaitement. Simplement, il n'a pas précisé combien d'années il vous donnait... D'accord, vous avez des taches marron, dites « fleurs de cimetière » sur les mains et sur la figure, dues au soleil marocain à une époque où l'on ne connaissait pas les crèmes solaires et où vous passiez des journées entières à lire sur la plage de Rabat et dans les jardins des Oudayas, où le thé à la menthe était exquis. Du reste, vous ne croyez pas à la vertu des crèmes solaires après avoir lu le bouquin du professeur Apfeldorfer, le grand spécialiste de la peau, révélant que toutes les crèmes ne valaient rien. Sauf la moins chère, la N..., pour une raison que vous n'avez jamais comprise d'huile dans l'eau ou d'eau dans l'huile. Pour vous défendre du soleil, vous vous contentez désormais de rester à l'ombre ou de porter une visière de tennis style Suzanne Lenglen qui fait rigoler votre mari. Enfin, votre futur ex-mari.

Ah si ! il y a un soin dit « esthétique » auquel vous vous livrez régulièrement : l'épilation de la petite moustache brune qui vous pousse, comme à toutes les femmes du Sud. Alors, de temps en temps, en cavalant faire le marché à Franprix, vous vous arrêtez en chemin, entrez comme une trombe dans une petite boutique au nom charmant de Jolie Madame, où une jeune fille, habituée à vos façons bizarres, abandonne immédiatement sa cliente, vous colle à toute allure de la cire brûlante au-dessus de la lèvre supérieure (Aïïe !), l'arrache (Ouiiille !), vous passe un liquide frais (Ouf !), et, hop, trois minutes plus tard vous lui filez cinquante francs plus dix francs de pourboire et repartez au galop acheter vos yaourts aux fruits 0 %.

Il vous faudrait une **deuxième vie** pour vous papouner, vous habiller en dehors des soldes (vous détestez la foule qui vous arrache l'unique pull qui vous plaisait). Une vie où vous auriez le temps de flâner dans les boutiques à la recherche d'une tunique en soie (il vous arrive dans votre vie n°1 de passer trois ou quatre ans sans entrer dans un magasin). Pas le temps non plus de faire les vingt minutes de gym abdo-fessière recommandée par le kiné, etc.

Dès que vous avez cinq minutes de libres dans votre vie actuelle, vous vous livrez à vos deux passions : écrire et lire. Vous écrivez le matin, vous lisez l'après-midi. Or c'est inouï le nombre de bouquins qui sont édités, et de revues (politiques, féminines, sur tout et sur rien) qui paraissent. Chez vous, il y a des piles dans tous les coins. Quelquefois datant de deux ans et que vous n'avez-même-pas-eu-le-temps — non plus — de regarder.

Il vous faudrait une **troisième vie** pour « apprendre ». Vous avez souvent l'affreuse impression d'être inculte. Grâce à l'éducation des Bonnes Sœurs (toujours elles) et, hélas, de votre famille. Proust, Stendhal, Zola, etc., etc. vous ont été interdits au bénéfice de *Brigitte, jeune fille, Brigitte, jeune femme, Brigitte, Maman*, etc., de Berthe Bernage (dix ans d'âge mental). Seule a échappé à la censure *L'Araigne* de Troyat volée par vous à Gorille Grognon, et cachée dans la bibliothèque des WC. Un choc ! Ce jour-là, vous avez découvert le bonheur du Livre. Vous vous êtes inscrite en douce à une bibliothèque et avez dévoré (toujours aux cabinets) la littérature russe en entier (vous êtes imbattable sur Gogol). C'était parti. Mais vous n'avez jamais rattrapé Proust, Stendhal, Zola. Vous ne savez rien sur la culture sumérienne. Vous confondez l'*Homo Habilis* et l'*Homo Erectus* (vous n'arrivez jamais à vous rappeler si *Homo Erectus* signifie « homme qui bande » ou « homme qui se tient droit sur ses jambes »).

Vous en voulez encore à vos parents de ne pas vous avoir laissé étudier l'arabe. Plusieurs fois dans votre vie, vous avez acheté les *Assimil* pour réparer ce trou dans votre maigre culture... mais vous n'avez pas eu le temps même d'ouvrir le tome n° 1. Débordée (air connu).

Une **quatrième vie** : pour découvrir la musique. Votre grand-mère vous a dégoûtée du piano en tirant violemment vos nattes à chaque fausse note de la *Lettre à Élise*. Ni elle ni votre grand-père ne vous ont jamais emmenée au concert, ni même parlé d'un musicien.

Votre mère raffolait exclusivement du tango.

Votre père confondait Bach et Brassens.

L'avantage de cette extraordinaire ignorance fut de vous faire aimer passionnément le silence. Vous pouvez passer plusieurs jours, seule à la Micoulette, sans entendre le moindre bruit. Une ermite dans le désert. Vous vous êtes aperçue alors que beaucoup de vos copines parisiennes ne supportaient pas ce calme sidéral surtout en hiver — sans bruissement de feuilles ni pépiements d'oiseaux — et s'enfuyaient stressées au bout de quarante-huit heures. Quant à vous, la rumeur fracassante des Champs-Élysées vous terrorise. Oui, vous aimeriez avoir une quatrième vie pour écouter pendant des heures Bach, Mozart et Paganini (pour lequel vous avez une curieuse passion), etc.

Une **cinquième vie** (avec vingt ans de moins) vous aiderait à ne plus vous sentir coupable.

Coupable de ne pas être la femme élégante qui serait la fierté de votre mari.

Coupable, on l'a vu, de ne pas savoir faire la cuisine.

Coupable aussi de ne pas être sportive. Vous savez un peu nager, d'accord, grâce aux leçons (gratuites !) de Mohamed le marchand de beignets de la plage de Rabat — votre copain. Mais vous avez arrêté de monter à cheval le jour où vous êtes tombée dans le bois de Boulogne et où la jument vicieuse vous a traînée par une jambe coincée dans l'étrier. Vous avez eu si peur que vous n'êtes pas remontée immédiatement sur la sale bête (ce que doit faire tout cavalier qui se respecte). Heureusement, votre papa ne l'a jamais su. Il aurait été capable de vous exclure six mois de la famille pour cause de lâcheté.

Vous avez essayé de jouer au tennis. Malgré les efforts du moniteur, et une dizaine de leçons, vous n'avez pas réussi à lancer un service correct.

Quant au ski, ce fut pire. Il n'était pas d'usage quand vous étiez petite d'envoyer nos gosses de riches, ces petits rois de maintenant, passer leurs vacances en montagne l'hiver, et au bord de la mer, l'été. Vous ignoriez même le mot « ski ». Vers l'âge de vingt-trois/vingt-quatre ans, vous avez dû faire un grand voyage professionnel en Europe et au Moyen-Orient pour le Syndicat des exportateurs de journaux français. Vous avez pris trois jours de repos à Innsbrück, et demandé à un splendide moniteur autrichien de vous donner des leçons de ski. Dix minutes après le début de la première (leçon), vous vous êtes tordu méchamment la cheville droite et avez dû finir le premier voyage de votre carrière avec un plâtre et des béquilles. Vous avez abandonné définitivement ce sport si dangereux et antipathique.

Mais surtout, surtout, pire que tout.

Vous êtes coupable, paraît-il, d'être coléreuse et autoritaire.

Le jour où Petite Chérie vous a lancé cette désagréable remarque à la figure (eh oui ! Petite Chérie elle-même), vous avez failli tomber par terre, raide de stupeur.

Ensuite, vous avez réfléchi. Et vous avez dû vous avouer que depuis le jour où vous avez claqué la porte de l'Église catholique, apostolique et romaine, vous ne vous êtes plus jamais confessée, ce qui vous a fait perdre l'habitude de faire votre examen de conscience.

Les années passant, il vous a semblé que vous n'aviez plus de défauts du tout. Sauf peut-être quelques petites imperfections, comme d'être jalouse comme une tigresse (vous venez de l'avouer, mais ça c'est de l'amour, non ?), rancunière comme une éléphante, gourmande comme une chatte, un petit peu coléreuse, c'est vrai, mais surtout quand l'Homme se met à gueuler. Le son de sa voix qui porte à dix kilomètres vous rend hystérique et vous tentez de hurler plus fort pour le faire taire. Vous n'y arrivez pas, naturellement, mais vous continuez. Quand, épuisés tous les deux par vos clameurs, vous arrêtez de vous disputer, vous ne vous rappelez ni l'un ni l'autre pourquoi vous vous êtes bagarrés si violemment. Simple anecdote de la vie conjugale, non ?

Autoritaire ? Etes-vous autoritaire ? Non, pas du tout.

Enfin, peut-être un petit peu.

Même beaucoup.

La faute à qui ? A votre papa dont vous tenez un certain sens du commandement. Normal.

Bref, vous devez le reconnaître : vous êtes bourrée de défauts. Si, si.

Vous avez eu bien de la chance que l'Homme vous épouse.

Vous, vous ne vous seriez pas épousée.

Vous videz une deuxième bouteille de château-lafitte, retrouvez votre lit en titubant, et vous effondrez dessus toute habillée.

Ivre morte.

Vingt-quatre heures plus tard, vous vous réveillez.

Votre oreiller est trempé de larmes. Tiens, vous avez le vin triste.

Mais l'esprit clair.

Vous allez prendre un bon café dans la cuisine et faire le tour de vos téléphones. Il y a des messages partout et un fleuve de cent mètres de papier du fax que vous aviez oublié de débrancher. Il semble que votre copine Anaïs, la seule à qui vous aviez confié vos malheurs, ait téléphoné à tout Paris pour prévenir que vous alliez divorcer.

La Ligue des Gonzesses s'est séparée en deux clans.

— Celui de vos amies qui sont pour :

INÈS : Vas-y ma chérie ! Un de perdu, dix de retrouvés.

NADÈGE : Tu verras, vivre seule et peinarde, c'est le paradis !

FANNY : Fais comme moi. Jette ton vieux et cherche un jeune. Même un très jeune. Ils adorent les femmes mûres qui les chouchoutent, et ils sont tendres comme des nounours...

VICTOIRE (*qui a déjà divorcé trois fois*) : Changement d'herbage réjouit les veaux... et aussi les vaches !

— Celui de vos copines qui sont contre :

CLAIRE : Ne divorce surtout pas. Tous les hommes vous trompent un jour ou l'autre. Mais pour eux, ça n'a pas d'importance. C'est à toi qu'ils tiennent.

JUDITH : Tu ne vas pas quitter un homme avec qui tu vis depuis trente-trois ans ! Tu ne t'en remettras jamais.
ESTELLE : Ne fais pas comme moi. Rien de plus triste que de vieillir seule, avec la peur de tomber malade sans secours ni affection.

Cri général : « Les bonshommes sont des salauds ! »... « Mais on est toutes là pour t'aider ! »...

Vous avez aussi :
— Sept appels de Petite Chérie, de plus en plus angoissée : « Ma maman adorée ! Où es-tu ? Que fais-tu ? Pourquoi ne me rappelles-tu pas ? Si cela continue je viens avec les pompiers démolir ta porte à la hache. » (Décidément...)
— Deux fax de Fille Aînée :
Premier fax : « Divorcée moi-même, je suis mal placée pour te donner mon avis. Et puis tu connais ma devise : " C'est ton problème. " Mais je t'aime. »
Deuxième fax : « Figure-toi que Lilibelle a encore fait des siennes. Elle a appris, on ne sait comment, que Papa était installé chez une bonne femme dont elle a eu le nom et l'adresse. Elle y a couru, suivie de Papy Jules en grand uniforme avec toutes ses décorations, le tout dans une voiture du ministère de la Marine prêtée par un lieutenant de vaisseau, ancien officier de notre contre-amiral, et conduite par un matelot en uniforme avec pompon. Tout ce petit monde s'est engouffré dans l'appartement de La Salope à qui Lilibelle a flanqué deux claques magistrales en la traitant de pute et de voleuse d'homme. Papa a voulu s'interposer. Elle l'a giflé à son tour en priant son " sale gamin " de rentrer immédiatement chez lui... c'est-à-dire chez toi ! Tiens le coup ! »
Suivaient quatre messages d'Arthur, le copain golfeur de l'Homme : « Appelle-moi, j'ai quelque chose à te dire. »... « Rappelle-moi d'urgence. J'ai quelque chose d'important à te dire. »... « Rappelle-moi de toute urgence. J'ai quelque chose de très important à te dire. » « Rappelle-moi, nom de Dieu ! Ton mec s'est réfugié chez moi. Il a rompu avec sa bonne femme, et

elle n'arrête pas de l'appeler au téléphone ou de frapper à ma porte. Je vais devenir dingue. »

Après avoir longuement hésité, vous rappelez Arthur qui pousse un ouf de soulagement.

— Ah ! Enfin toi ! Il faut que je te parle sérieusement. Tu peux attendre deux minutes ? Je vais m'enfermer dans la salle de bains pour que ton bonhomme ne m'entende pas.

Deux minutes plus tard, vous entendez les torrents du Niagara de la baignoire et la voix d'Arthur revient.

— Tu es toujours là ?

— Oui.

— Écoute, j'ai parlé des heures avec ton mari. Il est effondré d'avoir couché avec cette conasse qui s'est jetée sur lui au golf en prétendant qu'il lui avait piqué sa balle, ou le contraire. Il paraît qu'elle fait tout le temps le coup aux types. Après quoi elle s'est accrochée à lui. Et que je te dis que tu es beau ! Et que je bats des cils ! Et que je te fais des mamours ! Alors il a craqué...

— Oui. J'ai vu.

— Mais il s'est vite aperçu qu'il tenait plus à toi qu'à elle... En plus, il paraît que ce n'est pas un bon coup.

— Ah.

— Il veut se réconcilier avec toi.

— Jamais. Je demande le divorce. Il n'a qu'à épouser sa Salope. Ce sera sa punition. Tant pis pour lui si ce n'est pas un bon coup !

— Tu sais, c'est toi qu'il aime. Vraiment. Trente-huit ans de mariage, c'est une fantastique preuve d'amour, de nos jours ! Pardonne-lui !

Vous ne pouvez empêcher votre voix de trembler.

— Je voudrais bien mais je ne peux pas. Je n'ai plus confiance en lui. Tout le reste de ma vie je me demanderai s'il n'est pas encore en train de me tromper en douce.

Vous raccrochez. Vous éclatez à nouveau en sanglots. Vous êtes devenue la Fontaine de Trevi à Rome.

Moins cependant que la baignoire d'Arthur qui déborde. L'eau coule dans l'appartement du dessous. La propriétaire monte, furieuse, et insulte l'Homme qui lui a ouvert, après avoir regardé par l'œilleton de la porte si ce n'était pas La Salope, devenue sa persécutrice (bien fait).

Votre futur ex-mari va chercher Arthur. Engueulade générale. Puis les deux parties conviennent de téléphoner à leur assureur et la voisine redescend chez elle, calmée.

— Qu'est-ce que tu faisais, enfermé dans ta salle de bains en train de téléphoner les pieds dans l'eau ? demande l'Homme, curieux, à Arthur.

— Je téléphonais à ta femme.

— Ah ! Elle m'en veut toujours ?

— Oui. Elle est blessée et en colère. Elle veut demander le divorce.

— Tout ça pour quelques coups... mal tirés en plus ! Qu'est-ce que je peux faire ? interroge votre futur ex-époux, cette fois franchement angoissé.

— Lui téléphoner que tu n'aimes qu'elle et que tu ne recommenceras jamais.

— Elle va me raccrocher au nez.

— Envoie-lui un énorme bouquet de fleurs, avec une lettre d'amour torride.

— Elle va me les renvoyer. Tu sais, elle n'en a pas l'air, mais elle peut être « duraille ».

Pendant ce temps-là, la « duraille » toujours en larmes, habillée encore plus n'importe comment que d'habitude, a couru chez Psy bien-aimé. Bien que vous n'ayez pas de rendez-vous et que l'on soit dimanche, effaré de vous trouver assise en larmes sur son paillasson, il accepte de vous recevoir cinq minutes. Vous lui expliquez la situation.

— Je veux divorcer de mon mari, sanglotez-vous.

— Ah... fait placidement Psy bien-aimé.

Il regarde le plafond et remarque doucement :

— ... et pourtant vous l'aimez.

— Je le hais !

Votre exclamation n'a pas l'air d'impressionner votre cher docteur. Il ajoute, toujours en examinant son plafond :

— ... Lui aussi tient beaucoup à vous.

— Ça ne l'empêche pas de me tromper.

— Si peu, en trente-huit ans. Ce n'est pas une vraie liaison. Juste quelques exercices sexuels. Écoutez : vous allez me prendre ce médicament (il écrit une ordonnance à toute allure), et vous revenez me voir dans dix jours. D'ici là, vous ne faites rien de définitif. Promis ?

— Promis.

Vous repartez rassérénée, comme chaque fois que vous le voyez.

Petite Chérie est assise, elle, devant votre porte à vous avec Gérald (toujours son copain), qui la tient tendrement par les épaules d'une main et, de l'autre, brandit la hache pour défoncer votre porte.

— On te croyait morte, mais la concierge m'a dit qu'elle t'avait vue sortir. Alors on t'attendait.

— Vous êtes des amours, dites-vous en les embrassant. Mais vous me rendriez plus service en allant à la pharmacie me chercher ce médicament plutôt qu'en démolissant mon entrée.

Le jeune couple dégringole l'escalier, Gérald tenant toujours sa hache. Est-ce que la loi permet de se promener dans Paris une arme blanche à la main, ou allez-vous devoir galoper chercher votre couple d'amoureux au commissariat ?

Vous rentrez chez vous juste au moment où *Pilou... Pilou...* votre portable se met à sonner.

Vous décrochez machinalement. Voix affolée d'Arthur.

— Titine ! Ton mec veut se suicider et il est en train de s'ouvrir les veines avec une lame de rasoir. Viens vite ! Il te réclame avant de mourir.

— Appelle plutôt le SAMU ! criez-vous, affolée.

— Il refuse. Il veut te voir, toi.

— J'arrive !

Vous dégringolez l'escalier à votre tour, jusque dans votre parking. Sautez dans votre 206. Foncez chez Arthur qui n'habite heureusement pas loin. Mais vous n'avez pas le code. **Mennen * !** Ouf. La porte cochère

* « Merde » en mooré (Burkina-Faso).

est ouverte, la concierge lave le trottoir. Vous arrêtez brutalement votre voiture devant et sortez comme une bourrasque.

— Hé, là, vous !... crie la pipelette. Ne laissez pas votre voiture devant MA porte !

Trop tard. Vous êtes déjà à l'étage d'Arthur. Vous n'avez même pas le temps de sonner, la porte s'ouvre immédiatement. Tuture devait vous attendre derrière (oui).

— Où est-il ? bégayez-vous, essoufflée.

— Suis-moi.

Couché dans la chambre d'ami, blanc comme un linge, les poignets bandés dégoulinants de sang, VOTRE HOMME.

Vous vous abattez sur sa poitrine, en larmes (encore !).

— Tu es fou ! Pourquoi as-tu fait cela ?

— Parce que je ne peux plus vivre sans toi.

— Moi non plus.

Baisers frénétiques. Petits mots d'amour (Arthur, discret, s'est éclipsé), et

RÉ-CON-CI-LIA-TION.

Vous vous apercevrez quelques jours plus tard que les blessures sont de simples éraflures. Mais d'où venait tout ce sang ? Arthur vous l'avouera un jour où vous réussirez à le soûler à son tour : c'était du sang de foie de veau donné par le boucher. Mais l'Homme a fait cette mise en scène très sérieusement. Il voulait tellement que vous reveniez. Vous ne lui direz jamais que vous savez que son suicide était du cinéma. Même le jour où il s'exclamera « Moi, qui ai failli me tuer à cause de toi... »

Deux semaines plus tard, vous partez en couple vous reposer à la Micoulette.

Allongés côte à côte dans des chaises-longues, sous la glycine, vous lisez tranquillement. Le soleil est déjà chaud. Votre éditeur a l'air assez content de votre polar. Bref, tout ne va pas trop mal. Vous remarquez alors avec stupéfaction que celui qui est redevenu VOTRE HOMME porte son vieux costume Lanvin.

Déjà bizarre à la campagne, mais, surtout, comment l'a-t-il récupéré ?

— Je l'ai racheté au SDF à qui la Belette l'avait filé. Mais il n'a jamais voulu me revendre l'Armani. Il fait donc la manche devant le Monoprix dans mon ensemble Armani avec une cravate Lanvin. Les passants n'en reviennent pas. Si les grands couturiers savaient cela !...

Vous éclatez de rire tous les deux et reprenez votre lecture.

Brusquement, votre époux de nouveau bien-aimé vous dit :

— Tu savais que ton ancêtre, André Fauchard, appelé le Grand-Père de la Dentisterie moderne, avait fabriqué pour la marquise de Sévigné un dentier entier avec dents et palais en ivoire d'hippopotame, qui tenait avec des fanons de baleine ?

— Incroyable ! Elle pouvait parler, avec ça ?

— Peut-être qu'elle bredouillait mais, tu sais, à cette époque-là, la moitié des gens n'avait plus de dents du tout. Louis XIV avait des chicots abominables. J'ai envie d'écrire un livre sur lui, Fauchard. Ça m'a l'air d'avoir été un drôle de rigolo.

— Très bonne idée !

Vous êtes enchantée. Que voilà une bonne occupation pour l'Amour-de-votre-Vie !

Apparaît votre cher Monsieur Louis, le visage sombre.

— Qu'est-ce qu'il y a ? demandez-vous, inquiète.

— Il y a que... j'ai un ennui... Hier matin, on a enterré le père Terroles. Une grande cérémonie avec même un vrai curé, le maire, le sous-préfet, et tout le pays...

— Oui, je sais.

— ... et, l'après-midi, Thierry, mon second garçon, qui gardait mes brebis dans le champ d'à côté, n'a pas remarqué que la porte du cimetière était restée ouverte. Alors les moutons sont entrés et ils ont bouffé toutes les fleurs des couronnes. Et le fils Terroles, vous savez, le petit rouquin, méchant comme un blaireau, il me réclame sept mille francs de préjudice, qu'il dit.

— Ridicule ! s'exclame votre époux.

— Il assure qu'il va me faire un procès, pas *moinsse*.

— Je vous défendrai, promet l'Homme en riant. J'ai été avocat au Barreau de Paris dans ma jeunesse, et on va voir ce qu'on va voir !

— Toi, tu as été avocat ! vous exclamez-vous, stupéfaite.

— Mais oui, Madame. J'ai fait non seulement cinq années de droit, mais une licence de lettres plus Sciences-Po/Économie et Finances. Je ne suis pas illettré comme vous semblez le croire. Je vais m'inscrire au Barreau de Lescouloubre et devenir un avocat « de campagne » ! Mais j'aurai aussi un bureau à Paris, et nous continuerons à vivre entre ville et champs.

— C'est une merveilleuse idée, mon chéri.

— *Macarel* ! Que oui, c'est une bonne idée ! s'écrie Monsieur Louis. Même que j'ai un autre client pour vous : mon cousin Ginestas qui est traîné devant le tribunal par des Hollandais qui ont acheté la maison à côté de sa ferme. Pour trouver le calme de la campagne, qu'ils disaient. Mais ils viennent se plaindre tous les jours que ses coqs à lui, Ginestas, ils chantent trop tôt, que ses chiens, ils aboient quand il passe quelqu'un dans le chemin, et que son tracteur fait du bruit quand il laboure. Ces cons, ils savaient même pas qu'un tracteur ça gronde plus fort qu'une tondeuse à gazon. Alors, pour se venger, mon cousin, il a mis des cloches à ses vaches. Et maintenant les Hollandais prétendent que le potin des sonnailles les rend malades.

— Parfait ! conclut l'Homme, enchanté. Entre mes procès, mon livre sur Fauchard et la cuisine (en essayant d'éviter les incendies), me voilà occupé pour une passionnante deuxième vie.

Et le bonheur revint chez vous.
« *Pourvu que ça doure* », comme
le disait Madame Laetitia,
la maman de Napoléon.